分骨

Fen Gu

吴克敬 著

陕西师范大学出版总社

图书代号　WX18N0606

图书在版编目（CIP）数据

分骨 / 吴克敬著. —西安：陕西师范大学出版总社有限公司，2018.6
　ISBN 978-7-5695-0004-2

　Ⅰ.①分… Ⅱ.①吴… Ⅲ.①长篇小说—中国—当代 Ⅳ.①I247.5

中国版本图书馆CIP数据核字（2018）第101785号

分　骨　FENGU

吴克敬　著

选题策划	刘东风
责任编辑	郭永新　姚蓓蕾
特邀校对	巩亚男　马　宁
装帧设计	白砚川
出版发行	陕西师范大学出版总社
	（西安市长安南路199号　邮编 710062）
网　　址	http：//www.snupg.com
印　　刷	西安雁展印务有限公司
开　　本	720mm×1020mm　1/16
印　　张	14.25
插　　页	1
字　　数	206千
版　　次	2018年6月第1版
印　　次	2018年6月第1次印刷
书　　号	ISBN 978-7-5695-0004-2
定　　价	38.00元

读者购书、书店添货或发现印装质量问题，请与本公司营销部联系、调换。
电话：（029）85307864　85303629　传真：（029）85303879

○ 目录

001 / 师梦芳
022 / 牛秋乡
040 / 付心莲
062 / 龚小烟
083 / 鲜红玉
108 / 张子蕊
127 / 桂正香
155 / 上官兰
185 / 米细心
209 / 分　骨
216 / 仰望锁子（后记）

血是没有了，肉是没有了，有血有肉的锁子就剩下火化后的一把骨头，堆在一个铺了桌布的台面上，任由师梦芳、牛秋乡、付心莲、龚小烟、鲜红玉、张子蕊、桂正香、上官兰、米细心她们，一人手捧一个雕漆绘彩的骨灰盒，小心地分拣着，分拣出自己想要的一点骨头，包在黄绸的方巾里，打起像是黄色玫瑰似的花结，盛殓进骨灰盒里，盖上盒盖，抱起来搂在怀里，像是搂着什么要命的宝贝，逶迤鱼贯地走了去。

飞魂在天的锁子，如云似烟，低头看下来，看着让他依然心牵，在他心头舍不掉、放不下的女子们。

师梦芳

一

你听我说,我上了手术台,切下来的乳房要拿桶装!

妇科病专家锁子面对他的患者师梦芳说出这句话时,不惊不诧,一点儿别的反应都没有,但却把师梦芳听得心惊肉跳,肠胃一阵悸动,不是她忍着,当下会呕吐出来。师梦芳想了,锁子多长时间上一次手术台?是每天都上吗?她已听他说过,几乎天天都要上。也就是说,他每天要切下一桶的乳房!那个盛装乳房的桶大吗?师梦芳想不出来,她只是一路想,西安城的大医院多了去了,每家医院都有锁子这样的妇科病医生,他们都像锁子一样,上了手术台,就要切下一桶的乳房吗?你切一桶乳房,他切一桶乳房,堆在一起,有多大呢?会如一座乳房堆积起来的坟冢吗?

师梦芳往锁子化成烟云的天上瞥了一眼,她不知道,那片幻化着各种形态的云烟,可就是锁子,但她蓦然就想起和锁子初识时他说的这一番话。

师梦芳听了锁子的话,她当时就那么吃惊地想着,想了一会儿就不敢往下想了。

那时的锁子,说话是多么让人惊惧呀!而且干脆,一点儿都不拖泥带水。但是到后来,他身上插着几根管子,横躺在病床上,他就不会那么说话了。要命的疾病让他说出的话有气无力——他给陪在他身边的师梦芳说了,要她相信他——他就不是个好人。很显然,师梦芳并没有相信他说的话,于是他就还要说:"你怎么能不相信我呢?我是个啥人我知道,我的确不是个好人。"

西安城摇了铃的妇科病专家锁子,这个时候每说一句话,都把他累得额头上要冒出一层细汗。师梦芳的手里握着张汗巾纸,她看见锁子额头上的细汗了，就及时地伸手粘了去。锁子说他不是个好人，别人怎么看，师梦芳不知道，但她自己是要反对的，所以在锁子这么说的时候，她的脸是微笑的，满含着一种知性女人才有的那样一种温暖。她心疼着突然倒在病床上的锁子，尽己所能地陪护着他，想要他好起来，像他过去一样，在他的工作岗位上，为患有妇科疾病的女人排忧解难、祛病消灾。但是种种迹象都预示着，妇科专家锁子，很难再健康地回到他的工作岗位上去了。塑胶的管子，一根白，一根黄，一根绿，插在锁子身体上的不同部位，让心疼着他的师梦芳看着，它们几乎都是从锁子身体里抽出来的一截小肠或血管似的……锁子喘着气，他还想给师梦芳强调他说的话——他不是个好人。师梦芳却及时地拧过头去，眼眶里蓦地就是一汪泪水。

在这一刻，师梦芳想起了牛秋乡、付心莲、鲜红玉、龚小烟，自然还有桂正香、张子蕊、上官兰、米细心她们。她想，锁子把他不是个好人的话，可也给她们都说过？

师梦芳没有多想，她很确定地认为，锁子也给她们都说了。

师梦芳还坚定地认为，她们都会如她一样，是不相信锁子自贬的那句话的。

二

在西安市电视台当主持人的师梦芳，生得那叫一个好——见没见过她人不要紧，在电视屏幕上瞧一眼，你就会记住她，惊叹她条子顺、盘子靓。什么是条子？什么是盘子？在西安城的街巷里走一走就知道了，条子是指身材，盘子是指脸面。西安城的人就是这样，但凡夸一个女子生得好，又不好直说出来，就用"条子"和"盘子"来表达了。条子顺、盘子靓的师梦芳，主持的那档节目叫《都市时尚》，每晚八点半到九点，她会雷打不动，准时准点地出现在电视屏幕上。前天晚上,她面对观众,说的是时尚着装的话题;到了昨天晚上,就换成了时尚化妆的话题;到了今天晚上,话题还要换,可能换成时尚饮食,或者是时尚养生……她的话题可真多啊!每晚一个话题,说了好几年了,好像就没重复过,总是非常新鲜,非常抓人。师梦芳因此培育了好多粉丝。别人因为什么迷醉于师梦芳,锁子不知道,糊涂着,但他自己因为什么喜欢师梦芳呢?他想了许多遍,还是像师梦芳的粉丝们一样,不知道,糊涂着。总之,他如果不是加班,等在家里,仿佛等的就是师梦芳和她主持的《都市时尚》。不论做什么——翻阅报纸新闻、学习医学知识、盯着电视屏幕发呆……只要到了这个时间点上,他都会撂开手上的报纸或书籍,打开电视机,或者换台,找出师梦芳主持的《都市时尚》栏目来,做她的一个忠实的粉丝。

西安妇女专科医院里,师梦芳的粉丝真是不少。在锁子身边,协助他工作的几位护士,就都是师梦芳的粉丝。她们上班的时候,交头接耳议论的事,大多离不开师梦芳和她主持的《都市时尚》节目。

时间过得真快,五年多了吧,锁子像在平常日子里一样,清早起来,刷了牙,洗了脸,磨了手指甲。对了,作为妇科医生的锁子,养成了这个习惯——别人可以几天剪一次手指甲,他不能,他必须天天磨,这一点很重要。他的手是妇科医生的手,他有责任触摸求诊女子的皮肤,常常又还是她们最为敏感的那一部分皮肤,他不把自己的手指甲磨平滑了怎么行?把自己收拾利落后,锁子上班来了。他一走进医院的门诊大楼,就会迎来一双双热切的眼睛。那些眼睛注视着他,看着他从她们中间走过,走进他位于二楼的专家诊室。

门诊楼里满是人,一楼的大厅里如此,二楼的过厅里亦如此。尤其是二楼的过厅,人似乎更稠密一些,仅有的两排候诊椅子,根本不够她们坐。因此,太多太多的人就都以各种各样的姿态站着,有无论色相没色相,又几乎都是同一种情态——她们都是女人,她们都生着两只乳房,她们之所以赶早到妇女专科医院的门诊大楼二楼来,挂了锁子的号,求诊于锁子,是因为她们乳房都出了问题。她们从不同渠道得知,在这里的专家门诊室里坐诊的锁子大夫,是西安城解决这一问题最有办法的人。她们来,就是冲着他的。所以，锁子从一楼的人群里走出来时，二楼眼尖的人就已发现了他。待他迈着稳健的步子，从相对宽阔的楼梯上，一个台阶一个台阶地走上二楼，走到候诊在这里的女患者中间，不可避免地会引起一阵骚动。当然，对那样的骚动不仔细体会，还觉不出有多么惊心动魄，仔细地体会了，自然感同身受。锁子不是一段木头，不是一截铁杵，他从挂了他的专家号、在二楼他的专家诊室外过厅里等的女人伙里走，他是太有体会了。天天如此，月月如此，年年如此，渴望获得他准确诊疗的女人们，在他走到她们中间时引起的骚动，很多时候，就都表现在她们的眼睛里。那样的眼睛不论年轻年老，骚骚乱乱地撞到他的身上，就是慌乱中夹杂着些许欣慰，惊惧中夹杂着些许期望……锁子就在那一片眼睛制造的骚乱中，从从容容、不紧不慢地走到他专家门诊室的门口，从裤子口袋里掏出钥匙，插进锁孔，转动着……就要打开门时，他回了一下头。

　　锁子知道他必须从从容容、不紧不慢，这是他的职业需要的，也是向他求诊的女人们需要的。过去的早晨，锁子来他的诊室，开锁时回不回头，他没有意识，自然也不知道。但是这个早晨，他回头了。一回头，竟立即惹得他心慌意乱，不可自禁。

　　锁子忘不了，这是个春暖花开的日子。妇女专科医院的院子里，牡丹花和玫瑰花，还有芍药和月季，全都开得灿灿烂烂。他之所以回头，不是因为那些开得灿烂的花儿，他回头了，完全出于一种本能，抑或是某种无法捉摸的牵引，他必须要回一下头。他天天如此，从众多患者夹峙的诊室走廊走过时，知道身上会挂满求诊女人的眼睛，他动一下身子，那些眼睛丁零当啷能掉一地。他懂得那众多的眼睛，也同情那众多的眼睛。在这个早晨，他仿佛突然开了天眼，或是第六感觉起了作用——他从众多的眼睛里感觉到了一双特别的眼睛，是这双眼睛让他回头了。正是这一回头，他看见了在《都市时尚》里经常看到的师梦芳。他扭动锁孔的动作迟疑了一下，深藏着的心，也不由自主地悸动了一下。他发现真实的师梦芳，比电视屏幕上的她更好看，眼睛如花儿一样，面容如花儿一样，还有她的整个身体，都如一朵盛开着的花儿一样。

　　锁子笑了，他是对师梦芳笑的，但他知道，他的笑虽然温暖平静，可他的心却不能自禁地慌了起来。

通常的情况是，锁子上午出专家门诊，下午则安排手术。他在这个上午，依着挂号顺序，向来求诊的妇女患者询问她们的病情，仔细地诊断着。需要做B超的，就开单子让她们做B超；需要做钼靶的，就开单子让她们做钼靶。当然，他还可以用手去摸……妇女患者之所以信任他，都不在于B超和钼靶，而都在于他的手。他摸了患者感觉患病的地方，即使不做B超、钼靶，他说是什么，大家都会相信是什么。西安城里有这样一个传说，传说锁子的手是比B超和钼靶还有感觉哩！协助他的护士，在专家门诊室的外边，依次叫着号。叫到前八位，每位患者都急煎煎地进门来，诚惶诚恐地接受锁子的检查。但是叫到九号时，小护士叫了三遍，都没人应声，自然也就没人进入诊室接受锁子的检查。小护士就越过了九号，叫了十号进诊室检查去了。一个上午，锁子忙在他的诊室里，期间还出来了一次，上了一趟卫生间，很自然的，他又看见了坐在楼厅里候诊的师梦芳。对此，锁子没有怎么多想，以为师梦芳的专家号挂得晚，排在了后边。但是他把楼道过厅里挂了他号的妇女患者都检查完了，师梦芳还坐在楼厅里的排椅上，没有进他的诊室来检查。

诊室门口的小护士都问师梦芳了。小护士看来早已认出了师梦芳，所以问出的话中有点胆怯，但更多的还是敬慕："您……是来检查……"

小护士的话没有完全问出口，师梦芳"嚯"地站起来，没有往锁子的专家诊室里去，而是向二楼楼梯的方向走了去。就在这个时候，锁子从他的专家诊室里走了出来。他看见走向楼梯口的师梦芳，冲着她的背影叫了一声："你是挂的九号吗？"

锁子的专家号是很紧张的。一个上午，从一号看起，锁子看到了最后一个号，只有九号没进他的诊室。他在诊室里，听到小护士叫了九号的，叫了还不只一声，但九号没有进来，一直没有进来，所以锁子认定师梦芳就是九号了。

三

听到锁子的叫声,师梦芳收住脚,并慢慢地转回头,向锁子的门诊室走了来。她在跨进门的一瞬间,把她攥在手里的挂号签,推到了锁子的手里,接着又把一个很大的牛皮纸袋给了锁子。

师梦芳给锁子说:"都是其他医院诊断的。"

锁子走回到他的诊断桌前,自己坐下来,并示意师梦芳在他的对面坐下来。两人坐了个面对面,却谁也不看谁。锁子埋头在牛皮纸袋里拿出来的一沓诊断资料上,师梦芳则埋头在她的十根手指上,挨着个儿观察她修剪得十分洁净的指甲盖儿。

一厚沓的诊断资料,来自西安市的三家医院。这一点,锁子简单地一翻,就看得非常清楚。现在的患者,哪儿有问题,特别是严重点儿的问题,都要看过几家医院,才决定自己的治疗方案。对此,锁子一点儿都不惊讶,甚而还十分理解——对自己的身体,多用些心是必要的,费点时间、费点钱财,又算得了什么呢?锁子先把师梦芳的诊断资料粗看了看,然后抽出几页关键的检查报告,仔细研究了一阵。他抬起头来,平视着坐在他对面的师梦芳。

锁子说:"把你上衣下边的两颗纽扣解开。"

听到锁子这么说话,师梦芳不再观察她的指甲盖儿了。她也抬起头来,看向要她解开上衣下边纽扣的锁子,目光里有一丝惊愕,还有一丝羞怯。

锁子强调了一下他的要求:"就下边两颗纽扣,解开来,到帘子背后去。"

是锁子的提示,让师梦芳发现,就在诊室进门的偏角,有一圈浅绿色的布帘,很好地围住一张窄窄的诊疗床。师梦芳能怎么办呢?她听话地站起来,踱到布帘里边,解开了她上衣下边的两颗扣子,顺势躺在了诊疗床上。

师梦芳的问题出在乳房上。市电视台集体查体,医生发现师梦芳的右侧乳房里有一个肿块,要她到医院做进一步的检查。师梦芳没敢怠慢,她接连走了西安市三家医院，这三家医院有医学院附属医院，还有驻地军队医院。随便哪家医院，都非常权威，非常有名，医生们给师梦芳检查病情，其实都有医生用手触摸这一环节，但是都被师梦芳拒绝了，她只接受他们的仪器诊断。师梦芳的心里存在着一线幻想，幻想着她的乳房里没有那一个肿块。可是不幸得很，所有的诊断，都指向了一个可怕的字眼——"乳腺肿瘤"！师梦芳不敢幻想了，她到市妇女专科医院来，挂了锁子的专家号，是想确认她的幻想就是幻想，还是会变成现实，她也好做她的决断。因此，她没有拒绝锁子对她的要求，她允许他从她解开的衣扣下边，把他的手伸进去，触摸她的乳房了。

这个思想准备，师梦芳在来挂锁子的专家号时就有了，但她依然戴着她戴习惯了的乳罩。因此，她躺在诊断床上的样子，一切都极平顺，唯独她的胸前，撑起的乳房就如挺起的两座乳山。

锁子的手从师梦芳的衣襟下伸进来了。他是属蛇的吗？他没戴手套，医用白布手套、塑料薄膜手套，他统统没戴，就那么裸着手，从师梦芳的衣襟下伸了进来。凉飕飕的，让师梦芳很容易地想到了蛇，据说冷血动物的蛇，就有那种凉飕飕的触感。锁子如蛇一样的手，从师梦芳光滑平坦的肚皮上迅速滑过。他触摸到了师梦芳的乳房，戴着乳罩的乳房。锁子浅浅地笑了一下，他把伸进师梦芳衣襟里的手抽了出来，他给师梦芳说了。

锁子说："起来把乳罩摘了。"

锁子说着话背过身去，暂时地走出布帘，他等着师梦芳摘除她的乳罩。师梦芳呢，她看见了锁子浅浅的笑，她自己也有点知趣地笑了笑，从诊断床上爬起来，双手从衣襟的后背伸进去，把乳罩的扣子解了开来，然后又横躺在诊断床上。

锁子的后脑勺上长着眼睛吗？背身站在布帘外的他，就在师梦芳解除了乳罩的扣子，往诊断床上躺的时候，再次站在诊断床前，再次地把他蛇一般凉飕飕的手，伸进师梦芳的衣襟下，滑过她的肚腹，滑到她的乳房上……这一次没有了乳罩的隔阻，锁子就很方便地握住了师梦芳的乳房。他的手在伸进师梦芳衣襟、握住师梦芳乳房前，是在诊室的水龙头下洗过的，因此特别凉。这让师梦芳再一次地想到了蛇，蛇在吞食一头小动物的时候，可不就是这个样子吗？师梦芳的眉头蹙了一下，眼睛也随之闭合起来……她没有办法，她只能任由锁子在她的乳房上触摸，触摸了左边的乳房，又去触摸右边的乳房。锁子触摸得可太仔细了，从乳尖到乳晕，再到整个乳房，一点点都触摸到了。而且是，他触摸她乳房的手法，也十分多样，她不知道这可是一个医生必需的诊断方法，十根手指，或轻或重，或按或压，或捏或拽……把她的乳房彻底地捏揣触摸了一个遍。

从小到大，到现在成为西安市家喻户晓的电视节目主持人，师梦芳很想有人触摸她深藏不露的乳房。当然，这个人必须是她爱着的人，她愿意把自己托付给爱她的人。可是很遗憾，她都三十岁往上奔了，却一直没有遇到这样一个人。不过，她有那样的敏感，有太多的人是很觊觎，进而还很眼馋她的乳房的，这些人里，有的权力大，有的财力大。她知道台里个别女主持，前前后后的，都已把自己交给了权力大或财力大的人了。师梦芳不，她宁肯一辈子独身，也绝不犯那样的贱！有些年头了，她在心里想过，谁是第一个触摸她乳房的人，她就嫁给他，做他不离不弃的爱人。

想不到，锁子成了第一个触摸她乳房的人。这么想着，蹙着眉头、闭着眼睛的师梦芳，把她的眉头舒展了开来，眼睛呢，也睁了开来，而脸上还浮现出一丝浅浅的笑意。

锁子能算数吗？他触摸了师梦芳的乳房，但他用来触摸她的手，完全只是作为妇科专家的手吗？

四

认真仔细地触摸完了师梦芳的乳房，锁子把他的手从师梦芳的衣襟下抽出来，他给师梦芳说："起来，把扣子扣上。"

因为师梦芳是锁子上午的最后一位患者，因为他还有点时间，因为起来扣好衣裳扣子的师梦芳，这时候又坐在了锁子的对面，满心忐忑、满脸期待地看着锁子，使得锁子不好一开口就说出他对师梦芳病情的诊断，他和师梦芳闲扯了起来。

锁子说："还单身过着吧。"

师梦芳没接锁子的话，但她的神情已肯定地回答了锁子。

锁子有这方面的经验，尽管他像师梦芳一样，也单身过着，可他的职业，让他在妇女身体方面有了比他人更多的了解。他是妇科专家，他为妇女治疗乳腺疾病，每天都要触摸许多女患者的乳房，长年累月，他不用眼见，只是那么轻轻的一个触摸，就能判断患者是单身着，还是结婚了；是未生育，还是生育过。这些信息都在女患者的乳房上明明白白地呈现着。锁子触摸到师梦芳的乳房，是坚挺圆润的。特别是她的乳尖，还深深地缩在乳房里，这能说明什么呢？说明她的乳房还是一片处女地，一片未经男人蹂躏的处女地！为此，锁子刚触摸到时，自己都无法觉察地在心里感慨了一声。

如今，像师梦芳这样的女子，谁还会是她这个样子？

心里的感慨一直在锁子的心头上存在着，他给师梦芳说："现在的人啊，生活是太好了，住的房子大，睡的床铺宽，吃的精食多，可这样的好那样的好，日复一日，月复一月，年复一年的，谁知道隐藏在其中的危险呢？"

没头没脑的一堆话，听得师梦芳一头雾水。她不知道一个妇科专家，给她说这样的话有什么用意。

师梦芳问锁子了："我是来看病的，你说那些关我什么事？"

锁子听出了师梦芳的埋怨，说："你别不耐烦，听我说，字字句句都对着你的病症。"

师梦芳睁大了眼睛，脸上满是疑惑。

锁子不卖关子，他说："夫妻们的生活，就该是有夫妻生活的样子。现在倒好，房子大了，一人住一间屋子，这像夫妻吗？这是最差的。好一点的同住一间屋子，同睡一张床铺，可是床铺太宽了，一人睡一边，伸长了胳膊伸长了手，也是一个摸不着一个，问题就出在了这里。夫妻间没有了身体的交流，夫妻间该有的游戏少做，甚至不做，这是不正常的，而且是有害的。我在这里为女同胞诊治疾病，问了不少人，几乎都是这样的生活方式，结果自然也就差不多一样了。何况你，还单身着……"锁子说到这里停了一下，自嘲地还说了自己一句。他说："我呀，也是单身着。我们今天的单身太多了，我无法判断这样好与不好，我也知道这不能简单地归罪于自己，没有遇到合适的人，你让人家怎么办？但是话说回来，我们老大不小了，我们都得想想自己的身体，正是生命蓬勃的青春年华，我们有理想，我们的理性约束着我们，我们的身体怎么办？身体是自然成长的，到了一定的年龄，身体必须有身体自己的活法，用理性限制身体，身体的问题就来了，就以身体所能表达的方式，来警告抗议理性了。"

师梦芳隐约听懂了锁子的话，她的眼睛已不是睁大的那一种形态，而是瞪得圆圆的，惊疑的脸上还淡淡发起了烧。

锁子的话还没说完，他继续着自己的说道："还有乳罩，女性用品专柜里陈列着多少样式的乳罩啊！大大小小，花花绿绿，蕾丝花边的，透明肩带的，谁能数得过来？我们的女性用品设计师，真是太有才、太有创意了。可我看来，那形形色色色的乳罩，就都是乳房的囚牢，把乳房囚禁起来，锁上一道隐藏着的铁箍，让乳房失去自由，难得空间，这可是太有害了。兔子一样的乳房，活蹦乱跳，是该有自己的自由和空间的，我们没有理由为了所谓的美，而把它们剥夺了去。"

锁子太能说了，他说得师梦芳目瞪口呆。她的眼睛不再躲闪锁子，而是神情专注地看着他。她还在心里想，锁子如果放弃他的妇科专家身份，到他们电视台当一名主持人，做得一定比她还要好。

不能自禁地，师梦芳开口了。她说："你到我的《都市时尚》做一档妇女健康栏目，肯定会大受欢迎。"

锁子被师梦芳这么一夸，他不好再说下去了。他想师梦芳也太敬业了，她到他这里来，没有做节目的设想吧？她是来检查病情的。可她听他一番说道，不往她的疾病上想，想的还是她的节目，这让同样敬业的锁子不能不佩服师梦芳了。但这时候，不是他要佩服谁的时候，他有一句话，必须说给师梦芳。

锁子说："你们新闻人，在哪儿都能发现新闻。"

师梦芳依然沿着她的思路，说："我不骗你，你说的问题是普遍的，正是妇女们所关心和要了解的。"

锁子说:"好了,我就不卖嘴了。"

师梦芳晓得社会上把他们在电视台和电台做主持的人,都叫"卖嘴的"。"锁子这么说,是说他自己呢?还是说我师梦芳?"师梦芳这么想着,觉得锁子也是,真如他们电视台、电台的主持人,很会"卖嘴"。师梦芳在锁子的话语引导下,把她来瞧乳房病患的事淡了下来,竟然顺着他的话语来说了。

师梦芳说:"社会上说我们电视台、电台的主持人卖嘴,你不是,你是救死扶伤的医疗专家。"

锁子发现他说的话起了作用,让师梦芳的神情松弛了下来,因此,他不再瞎绕弯子,而是直接地给师梦芳说了。

锁子说:"几家医院的诊断是正确的,你的左乳是有一点问题。"

听着锁子给自己扯了那么一河滩杂话,师梦芳原本不知不觉地又幻想了起来,幻想前头几家医院的诊断都是误诊。锁子轻松的神态和他几乎可称滔滔不绝的闲扯,更进一步强化了师梦芳的幻想。但他却突然说了这样一句肯定的话,让师梦芳差不多松弛下来的情绪,突然又紧张了起来。

师梦芳说:"那我……我该怎么办?"

锁子说:"立即住院,手术治疗。"

师梦芳说:"非得手术吗?就没有别的办法吗?"

锁子说:"你的顾虑我知道,我也能理解,但目前的医疗水平,中外一个样,还没有别的办法,只能手术。"

虽说师梦芳是个电视台的节目主持人,但在疾病面前,特别是想到要在她的乳房上动刀子,她和所有罹患此病的女人一个样,首先想到的是,手术后还能不能保证她的乳房像以前一样完整,像以前一样美观。女人啊,谁愿意自己的胸脯瘪下去呢。

这是女人的悲哀了。她们忘记了乳房之所以为乳房,天生就是为了哺乳后代用的,那是人体器官的一个实用器。发展到现在,乳房却变为一个观赏对象,谁的乳房丰满,谁的乳房就美观、就好看。张艺谋弄的那个电影叫什么?《满城尽戴黄金甲》是吧,里边的女人,是王后,是婢女,一个都不能少地都被导演用什么东西垫得又高又翘……历史真是那样吗？锁子不知道，只是觉得人类太会折磨女人了。千余年的封建时代，说是女人的小脚好看，普天之下的女人，就断骨折筋，千方百计地把自己的脚缠裹成如端午祭奠屈原大人的粽子一样，还美其名曰"三寸金莲"。好不容易解放了女人的脚，现在又宣扬起"丰乳肥臀"来，女人们唯恐自己的乳房不丰，到什么劳什子的美容院里去，把乳房割开一道口子，往乳房里垫上东西，垫得高高的翘翘的，这就好看了吗？唉！一言难尽啊，女人的乳房太受罪了。

面对着他十分钦敬的电视节目主持人师梦芳，锁子不能自禁地又要慨叹了。

"啊啊啊……"锁子在他的工作中，经常地会在心里慨叹，"受苦受难的乳房啊！"

师梦芳在电视上主持节目时讲得铿锵好听的普通话，这时变得颤抖起来，微弱起来。她说："你是专家，你能保证……"

师梦芳说着说不下去了。锁子就跟着说："如果是良性的，就一定能保证。"

师梦芳又听出了一种幻想，她急切而又无奈地说："那么不是良性的呢？"

锁子迟疑了会儿，说："我尽量吧。"

五

事情看来还不是那么糟糕。师梦芳回到电视台，把她的工作向台里交代了一下，这就住到西安妇女专科医院里来了。她就是这样一个人，在事情没有确定下来之前——特别是在自己身上动刀子的事，她是恐惧的，当然更是犹疑的，而一旦确定下来，她态度随即为之大变，什么恐惧，什么犹疑，全都被她扔到了脑后。她做好了一切准备，思想上的、精神上的，她无所畏惧了。因而，她住进了医院，就与查房到她病床跟前的锁子说了她的打算。

一身白大褂的锁子，在几位科室医生和护士长以及众位值班护士的簇拥下，来到师梦芳的病床前。锁子是师梦芳的主治医生，本来是该由他先问话的，多少年的医生经历，也都是这样，而且他在为师梦芳准备手术方案时，还准备了许多鼓励安慰她的语言，要在师梦芳的病床前给她说的，但没等他说出来，师梦芳却先说着了。

住进医院来，师梦芳遵守医院的规定，已用医院的浅蓝色条纹住院服，换下了她的生活常服。不过，她穿上住院服，似乎一点儿都不输她漂亮时尚的生活常服，依然亭亭玉立，依然气质饱满，依然妩媚动人。

师梦芳说："锁医生，请您给我安排早一点，越早越好，早安排早安心。"

锁子能说什么呢？他只有点头说："好。"

大幸啊！一千一万的幸运哩，都不抵活检结果那么幸运："良性！"师梦芳左乳里切出来的肿瘤是良性的！锁子在寂静得有点森严的手术室里，从他戴着浅绿色口罩的嘴里，给师梦芳报告了这一好消息时，是喜悦的，是发自内心的大喜悦呢！受此好消息的鼓舞，师梦芳忘记了她还躺在手术台上，给她动刀子的左乳房也还没有缝合，整个儿牵着一圈镀银的止血钳，她当即按捺不住自己的高兴劲儿，"嚯"地就想从手术床上坐起来，幸亏她的胳膊腿脚被绑在手术台上，幸亏她还被局部麻醉着……锁子安慰着她，让她再安静地躺一会儿，他则像个绣花高手一样，穿针引线，用现在流行的美容针，小小心心地给她缝合好了伤口。

师梦芳说什么都不想躺在手术台上被人推着走了。她固执己见地从手术台上坐起来，坐一会儿，又站到地上，也不要他人搀扶，自己一步一步地走出手术室……电视台那天来了不少人，大家都等在手术室门口，看着师梦芳自己走出手术室，就都惊异地鼓起掌来。

已经走出手术室了，师梦芳却不知何故，还回头往手术室看了一眼。她看见了送她到手术室门口的锁子，给她做手术时，锁子的额头和脸面上都是汗水。现在，他额头和脸面上的汗水都塌了，而他的眼睛却涌出一股亮晶晶的泪水，而且有一滴还滑出他的眼眶，挂在了他的脸颊上。

师梦芳的坚强让锁子没法不流泪。他做的手术多了去了，手术台上的病人中谁有这么坚强呢？在锁子的记忆里，唯师梦芳一个人。师梦芳回头看他，他不好意思了，想要回头擦他脸上的泪水，师梦芳却没等他回头，就对着他莞尔一乐，紧接着又是一个鬼脸。师梦芳觉得她的心，此刻仿佛一架放久未弹的钢琴，而锁子的泪珠，就是天才的钢琴手，每一滴泪珠，就是一根透明的手指，把她的心弦弹动了，嗡嗡地鸣响起来。

电视台同事们的掌声，执着地拉回了师梦芳的目光，她回过头来，向他们走了去，他们也向她走了来。

师梦芳和他们都要想拥抱了，是锁子箭步冲过来，把他们隔开来，说师梦芳总还是个经了手术的人。她在医院里归他管，她是他的人！

锁子少说了一个"病"字，本来也必须说是他的病人，但他把那个"病"字省略掉。这一省略，师梦芳的同事们或许听见了，或许没有听清楚，都迟疑了一阵，就在他们迟疑的时候，锁子伸手扶住师梦芳，把她扶着去了她的病房。由于手术做得成功，师梦芳的心情特别好，因此她把锁子刚才的那句话听得很清楚，记得也极牢靠。回到了病房，把电视台的同事隔离到了远远的外面，剩下她和锁子了，她就想把锁子刚才说给她的话，强调一下。她觉得那句话是有意思的，她爱听他那么说。

师梦芳先坐在了病床上，正要在锁子的帮助下往病床上躺的时候，她就问锁子了。

师梦芳说："刚才说我……我是你的人！"

锁子不让师梦芳往下说："我的病人，你现在躺好在病床上，听候我的治疗。"

师梦芳不管锁子如何辩解，她住在医院里，真切地感受和体会着锁子对她的治疗与关怀，她会自觉不自觉地是把自己要当成，嗨，怎么说呢，当成锁子的人了！

六

　　病愈出院的师梦芳，按时按点地又上了她主持的《都市时尚》栏目。她记着锁子给她说的那些妇科健康的话题，她以电视台的名义，郑重地邀请了锁子，在她主持的栏目里，连做了三期节目。从台里的收视调查来看，三期节目深受观众喜爱，热线来电，有不少观众希望再做下去，或者尽可能地重播几轮。

　　电视台哪敢违拗观众的呼声，不仅让师梦芳安排重播，而且要她联络锁子，继续这个节目的录制。

　　一来二去，原来的妇科专家锁子，很自然地成了师梦芳无话不谈的朋友。他们彼此都很好地延续着在医院里建立起来的友谊。在此前，锁子以他妇科专家的手，触摸了师梦芳的乳房，那一摸让他知道师梦芳不仅未婚，而且还保持着女儿身的秘密。现在，在录制节目的时候，师梦芳又以她电视台主持人的睿智，撬开了锁子的嘴巴，得知他也是个钻石王老五，一直单身着，没有结过婚。

　　"锁子可是上天送我的礼物吗？"

　　在医院里，锁子省略去一个"病"字，说她师梦芳是他的人。那么她可也是上帝送给锁子的礼物？

　　师梦芳与锁子接触的时机越多，相处的日子越多，她越觉得他们该是天生的一对、地配的一双。师梦芳可不想失去这样的好姻缘，她才不管把自己拿捏得正人君子一样的锁子是啥想法，她是要主动出击了。

　　卸除去暗藏在身上的微型麦克风，锁子把化妆师为他梳得水光溜滑的头发，用双手往乱里扒了扒，这就准备走出演播厅，回他的西安妇女专科医院去，但他却被一块儿做节目的师梦芳拦了下来。

　　师梦芳一身轻松，满心欢喜地说："锁大夫，你给我成功地做了手术，又配合我做了几期节目，我不能不报答你。"

　　锁子自然也是松爽愉快的，跟着师梦芳的话说："报答我？怎么报答我？"

师梦芳说:"给你红包吧,怕连累你败坏医风。给你别的吗?我也没有,我能报答你的,是请你喝杯酒,这样可以吗?"

锁子说:"那我就等着吃你的酒了。"

师梦芳高兴锁子的爽快,也不管演播厅还有导播、摄像、灯光等一应辅助人员的存在,这就大方地挽住锁子的胳膊,要和他一起出门去了。

师梦芳说:"趁着今天咱们节目录制得好,录得顺利有水平,咱们现在就去吃酒。"

锁子却像个秤砣一样,坠着身子没动,"我回去还有两台手术要做,我能满口酒气地给患者做吗?"

师梦芳是善解人意的,她没有再缠锁子。她把挽着锁子的胳膊拿下来,说:"我可不敢坏了锁大夫的名誉。这样好吧,你今天回去做手术,明天我请你吃酒如何?"

锁子说:"明天……"

师梦芳没让锁子往下说,她自作主张地就说了:"明天周六,是休息的日子,你等我电话,我们不见不散。我不敢再拖了,再拖就失礼了,我不准你拒绝,我一定要敬谢你。"

师梦芳把话说成了这样,锁子还能怎么办呢?恭敬不如从命,他也只有听从师梦芳的话,前去接受她的敬谢了。

西安城的豪华酒楼多了去了,川菜、粤菜、淮扬菜,自然还有本土的特色菜,也多了去了,随便找一家都好。而且是,在电视台做主持人,师梦芳还有不少此道的关系户。但她却不那么想。约定了锁子,她就在她独居的三室两厅的屋子里准备开了,她要用家宴的方式,敬谢锁子。

用家宴招待锁子,是师梦芳可以想到的最高规格的宴请了。这是因为,电视台分配给她的这套单元房,除了她的一两个闺蜜来过,别的人,特别是异性人士,还没谁进来过。

师梦芳当天夜里,先整理出了一份详细的计划书。到了周六清早,她即出门去了菜市场,按照她拟定好的计划书,买了蒜苗、小葱、黄瓜、青椒、胡萝卜等挂着露珠的新鲜蔬菜,接着又去了超市,买了鲜鱼、鸡块、大肉等荤腥食材,拎回家来。把自己穿戴得像个家庭主妇一样,她于厨房里收拾煎炒起来了。师梦芳出生在一个中学教师的家庭，她的父亲教的是历史，她的母亲教的是语文，夫妻俩在师梦芳成长的过程中，可没有刻意地溺爱她，该一个女孩儿需要学习做的家里活儿，手把手一样不少地教给了师梦芳。譬如锅上、灶上，师梦芳就很有学习成果。她蒸得了米饭，煮得了面条，而最能显示她手艺的，还是她烧的菜、煲的汤。她在父母身边，下厨做一顿饭，母亲不怎么说，她的父亲是一定要夸她的，说她烧的菜、调的味，"可是比你妈还要强哩！"

汤煲在电磁炉上，吱吱地响，菜烧在天然气灶上，呼呼地叫。不多一会儿的工夫，三凉三热六道菜，就都色是色、味是味地排列在餐厅里的方形饭桌上了。她还打开一瓶客户送给她品鉴的法国葡萄酒，倾进一个壶身扁平、壶脖子细长的醒酒器里，让那红得滴血的酒液，充分地醒着……利利索索地做完这一切，师梦芳去了一趟卫生间，把自己身子里的东西尽可能地腾清亮后，就又在淋浴器的喷头下，打上沐浴露，把自己香喷喷地洗出来，光溜溜地去了衣帽间，穿上一件湖绿色的短款旗袍，把长长的头发，在脑后挽成一个髻，这就坐在客厅的沙发上，打开电视，来等锁子上门了。

七

师梦芳之所以要穿上这件短袖款的湖绿色旗袍，是因为她与锁子做节目时穿过，而锁子说了，这件旗袍最配她，让她本来就很雅致的气质表现得就更雅致了，而且还透着一股高贵气。

女为悦己者容，师梦芳家宴敬谢锁子，她能不穿着锁子夸赞了的旗袍来见他吗！

楼下来传来两声清脆的汽车喇叭声，师梦芳知道锁子来了。她把电视遥控器往沙发上一扔，踮着脚走到大门背后，单等锁子来敲门，她要锁子敲三声门，然后她把门"嚯"地打开来，让她在心里已经爱着、爱得不知如何是好的锁子,亮亮堂堂地进入她的爱巢里来。师梦芳甚至想,锁子从门里进来,她第一时间就要扑进他的怀里,让他抱住她。锁子敲门了,师梦芳果然让锁子敲了三声门,才又豁然打开门。她看见了锁子,却没有立即扑进锁子的怀里。因为锁子在看她的那一瞬间,眼里含着惊喜,还含着羞怯。她怕她的大胆,把锁子吓着了。

换上拖鞋,师梦芳伸手牵住锁子的手,把他牵到餐桌前,让锁子在一边的高背椅子上坐好,她又走到他的对面,拉来另一张高背椅,脸上挂着些许得意,同时还又挂着些许满足,看着锁子说话了。

师梦芳说:"快尝尝,我的手艺怎么样?"

锁子没有立即动手尝,而是说:"穿得这么正式,我还以为穿越到三四十年代了呢!"

师梦芳听得开心,觉得她的用心用对了对象,也用对了时候,于是说:"做节目时,你说了,这件旗袍最配我。"

锁子说:"我说了吗?"

师梦芳说:"我不准你食言。"

锁子说:"我不食言,你做节目时,穿的都是这种款式的旗袍,你穿的每一款都很配你哩!"

师梦芳听得就更开心了,她说:"咱们先吃菜,吃罢菜,我都给你穿一遍,你看好不好?"

锁子说:"来场旗袍秀吗?可惜家里不是T台,在T台上秀才更好哩!"

说话师梦芳把醒得很是到位的法国葡萄酒,给锁子斟到高脚酒杯里,她接着要给自己斟时,锁子伸手拿了去,像师梦芳给他斟酒时一样,也浅浅地斟了一些。

锁子说话了:"为大主持人师梦芳的健康……"

师梦芳说话了:"为妇科专家锁子成功录制专题节目……"

俩人各说各的,说到最后,异口同声地都说了声"干杯",就都举起酒杯,在空中"铮"地碰了一下,然后仰着脖子,都干干净净地喝下了肚子。

锁子必须承认,师梦芳的厨艺像她主持的电视节目一样好,不说大鱼大肉,只说她调制的凉菜菠菜粉丝、烧的热菜菠菜豆腐,就很合他的胃口。

还有那一钵鲫鱼豆腐汤,煲得就几乎如浓白的牛乳一般……锁子吃了一个开心,喝了一个愉快,吃着喝着,自然又还说着,不知不觉又说到妇女的乳房上。锁子把他一天要切下一手术桶乳房的话,在这时候又说出来。原来给师梦芳说的时候就把师梦芳吓了,现在再说他这话,还是很吓人。师梦芳听到耳朵里,吓得把捉在手里的一双竹筷,都掉落在了地上。锁子看到了,替师梦芳捡起来,在往师梦芳手里递的时候,他又补了一句话。

锁子说:"我不是吓你,真的就是这样。女性健康问题,的确是个大问题。"

师梦芳知道锁子没有夸大事实,当然也不是耸人听闻。她从锁子手里接过落地的竹筷,为了掩饰自己的失态,起身进了厨房,换了一双筷子出来。她是想岔开这个话题的,但是锁子许是喝了点红酒的原因吧,就执着于他的话题,还要继续往下说。

锁子说他起小生长在黄土高原的陕北。那时的乡村,虽然也已经开始了计划生育,但村里人并没太当回事,大家依旧没有计划地生,女人们挺着大肚子,这年刚生下一个,过去一年多,又会挺着大肚子,再生一个。"我们村的一户人家,太有能力了,一胎生俩,连着生了四胎,就是八个娃娃。有次我从他们家的窑院门口过,一架木梯搭在窑崖上,他家大的娃娃爬在最高处,小的娃娃爬在最低处,看上去真是壮观,要多壮观有多壮观。村里的女人家,在育龄期里的,谁的乳头上都会吊着个吃奶的娃娃,先是大的吃,下来小的吃,似乎就没有闲下来的时候,总被自己的娃娃吃着。吃到后来,女人的乳房都像面口袋一样,甩到肩背上都能背着走了。"

锁子说到了他的专业上,便说得住不了嘴,说他现在的研究方向,就集中在女性健康方面,而最核心的,就还是女性的乳房健康。"上帝造人,给女人造了一对乳房,目的只有一个,就只是为了哺育儿女的,这与奶羊、奶牛的乳房,没有本质的区别,功能是一样的。"

师梦芳想要打断锁子的话头,因为她把锁子请到家里来,自己下厨款待他,没有想听他的女性健康研究,她有她的目的。她端起红酒杯,以与锁子碰杯的方式,终于阻挡住了锁子滔滔不绝的女性健康研究话题。

师梦芳说:"咱们还可以再做节目的,你把你的女性健康研究,还可以拿到节目里来做，咱们吃咱的菜、喝咱的酒，好吗？"

锁子听到师梦芳的话，他不说别的话了，专心致志地吃起菜、喝起酒了。很显然，锁子不是个能喝酒的人。他与师梦芳碰了几次杯，就面红耳赤，向师梦芳缴械投降，说他不敢喝了。

八

酒足饭饱，师梦芳把锁子请到客厅沙发上，沏了茶，俩人就又有滋有味地喝起茶来。喝了两巡，锁子有点犯困，就向师梦芳告别了。师梦芳可不想锁子就这么走掉，那她的一切筹划，不是就都落了空吗！

师梦芳没有用话来留锁子。她脑子转了转，就给锁子说："我动了手术的左乳，近来隐隐作痛，你给我看看，还有问题吗？"

这是个锁子不能回避的理由，他没有坚持告别，望着师梦芳说："前些日子，你给我说，恢复得不错，今日怎么……"

师梦芳说："我……我……"

言语结巴的师梦芳，倒让锁子不好意思地红了红脸，他说："好吧，我给你看看。"

师梦芳便往锁子身边靠，她靠近一点，锁子躲开一点，俩人靠着躲着，师梦芳蓦地恍然大悟。她身穿的旗袍，掐尺等寸，紧贴着她的身体，该凸的地方凸着，该凹的地方凹着，即使锁子伸手检查，也难从她旗袍下伸得进去。

恍然大悟的师梦芳给锁子说："你等会儿，我去换件衣裳。"

走进卧室的师梦芳，换衣裳时，也没有关门，她想让锁子看见她换衣裳的情景。可是锁子坐在沙发上，背过身去，就不往她换衣裳的卧室看。师梦芳看着锁子的那个样子，她换着衣裳，竟不能自禁地窃笑了起来。

师梦芳脱下湖绿色的短袖短款旗袍，换上的是一条丝绸睡裙。黑灰色的质地，下垂感极强，恰到好处地拽在地板上；两条细细的肩带，牵着睡袍，柔柔地挂在肩胛上……师梦芳悄无声息地走出卧室，悄无声息地走到锁子面前，她给锁子说了。

师梦芳说："现在……你给检查吧。"

锁子每天要切掉一手术桶的女性乳房，这些只是他检查过的、部分乳房。他每天伸手到女性的衣襟里边，触摸检查过的女性乳房，是比切掉的要多许多。但像师梦芳现在的样子，来让锁子给她检查乳房，在他的诊疗记忆里，从来没有过。在这时候，突然遇上了，锁子甚至想到了躲，想到了逃，但他知道自己躲不开，也逃不掉。他硬着头皮来给师梦芳检查了，他伸出手来，捏住师梦芳的睡袍，一点一点把拽在地上的那一部分提起来，他好伸进手去，去触摸检查师梦芳的乳房，但他从下面往上提着，师梦芳挂在肩胛上的两条细细的肩带，却突然地从她的肩头滑落下来，一下子滑落到她的脚下，把她光溜溜的身子，一览无余地暴露在了锁子的面前。

很自然的，师梦芳没有戴乳罩。没戴乳罩锁子能理解，可她也没有穿内裤，哪怕是那种薄如蝉翼，或者只是一条带子的丁字裤都没穿。这让锁子的头"嗡"地大了起来。他提溜着师梦芳的睡袍，很想提起来，把光裸着的师梦芳包裹起来。可是光裸着身子的师梦芳，却已软软地倒在了锁子的怀里，嘴巴呢喃喃地说着。

师梦芳说："我把我给你了。"

本能使锁子把师梦芳抱在他的怀里，他给师梦芳说："你要理解我，我这人有问题，我不适合婚姻，我不能有婚姻。"

师梦芳偎在锁子的怀里，正幸福着，她没把锁子说的话当话。她说："你不是男人吗？"

锁子说："不是男人不男人的问题。"

师梦芳说："那是什么问题？"

锁子说："我的名字叫什么？"

师梦芳说："锁永庆。"

锁子说："对，我是叫锁永庆。但是你，还有大家，都乐意叫我锁子。"

师梦芳若有所思地念："锁子。锁子……"

牛秋乡

一

他还真是把打不开的锁子。

把锁子装进骨灰盒里，师梦芳抱着她的那一份，隔着不算薄的骨灰盒板壁，似乎还能感受到一种火烧的烫热。她把这当成了锁子的体热，他们曾经有过的拥抱，哪一次不是这样烫热？师梦芳不敢这么想，但又不能自禁地要这么想，想着就会流出泪来，热烫烫挂在她白皙的脸腮上。

师梦芳有所不知，她的眼泪让飘荡在天际的锁子心疼了。

锁子飘荡在漫漫天际，他把他原来说给师梦芳的话，又给她说了一声。"我不适合婚姻。我不能有婚姻。"师梦芳仿佛听见锁子说给她的话，抬头向天上看去，可她把自己的头都抬酸了，却什么也看不到，看不到她心爱的锁子。她又低下头来，回味着锁子的话，她不懂，更不知道锁子拒绝她婚姻的理由是个啥理由。总不能是他说的大家叫他"锁子"那么简单吧？何况他不是一把锁子，而是一个有血有肉、有情有义的人！师梦芳甚至想，倒退几步来看锁子，哪怕他真就是一把锁子，也该有打开锁子的一把钥匙呀！师梦芳实在不懂、也不知道，锁子在婚姻爱情的问题上，怎么就那么……唉，师梦芳面对锁子，或是未面对锁子，她都只有哀怨的叹息了。不过，师梦芳是善解人意的。她当时没有深入探究，但她看得出来，也感得到，锁子像她喜欢着他，爱着她一样，他也是喜欢着她、爱着她的，这就够了。当然也很好，他们俩可以没有婚姻，但是他们俩有情谊。因此，师梦芳想着锁子时，打个电话，发个短信或微信，只要锁子不是在手术台上，他会立即回过来，饭点儿时一起吃个饭，闲暇时一起喝个茶。见面了，自然地抱一抱，贴一贴脸；分手了，再抱一抱，贴一贴脸。一切都是那么自然，那么敞亮……

师梦芳在她的《都市时尚》节目里，又策划了一档《时尚节拍》栏目，吸引着有好嗓子的人与一批对音乐"发烧"的人，他们哄抬着这档栏目，持续了近三个月，赶在初秋菊花烂漫的时候，要举行最后的决赛了。

节目热热闹闹、轰轰烈烈进行的时候，锁子接受师梦芳的邀请，作为有投票权的听众，参与了几次。选手中有个叫牛秋乡的陕北姑娘，初赛时夺关斩将，有着非常不俗的表现。同样为陕北汉子的锁子，不仅自己于现场给牛秋乡投了票，还鼓动他身前身后的人也给牛秋乡投了票。牛秋乡初赛夺魁，锁子别提有多高兴了。散场时，他还追到牛秋乡的跟前，鼓励她放开唱，不要怯惧、不要拘束、正常发挥，她是会有好结果的。

锁子不想掩饰自己对牛秋香歌声的喜好，他把他的感受还说给作为主持人的师梦芳，要她关心支持牛秋乡的发展。

要决赛了，牛秋乡是参加决赛的一分子，师梦芳给锁子打了电话，给他说："要决赛了，你不来支持关心你老乡一把吗？"

锁子接手机时恰好闲着，说："给我留张位子，我一定要为老乡鼓掌投票。"

二

因为是周末，还因为是傍晚，现场直播的《时尚节拍》一票难求。锁子因为有师梦芳的安排，早早地、稳稳当当地占据了一个相对突出的位子。坐在现场，聆听着、观看着选手们的演唱，他给他们鼓掌，他给他们打分……真的是，到了决赛时，凡能登上舞台的选手，几乎没有表现不精彩的，一组一组，又是演唱又是才艺，一轮一轮地走，让人无不为之而称道。但锁子最为关注的，还是他的小老乡牛秋乡。

> 阳婆子上来丈二高,
> 风尘尘不动天气好,
> 叫一声哥哥去打樱桃。
> 要吃那樱桃把树栽,
> 要交那朋友慢慢来,
> 还得你哥哥多忍耐。

> 山丹丹开花众瓣瓣红,
> 哥哥是人好又年轻,
> 身强力壮好后生。

这是谁唱的信天游呢?自然不是台子上各显其能的选手,而是锁子的小表姐米细心了。小表姐米细心的《打樱桃》唱得最好听了……锁子人在《时尚节拍》的现场,心却飞回陕北老家。想起他的小表姐,他就不由自主地心疼。他在想,如果小表姐也来参加《时尚节拍》的竞逐,说不定也能进决赛,并且拿到她自己可以拿到的一个名次哩!可惜的是,小表姐如今不小了,她是不会出门参加什么《时尚节拍》的竞逐了。想着自己的小表姐,锁子还不禁想起他在小表姐的鼓动下,学唱的几首陕北信天游。

锁子记得小表姐米细心夸他《你是哥哥的毛眼眼》唱得好。

> 长颈那鹿儿花点点,
> 你是那哥哥的毛眼眼。

> 二道那扣子朝心缀,
> 你是那哥哥的打心锤。

> 一根那扁担轻颤颤,
> 你是那哥哥的心蚤蚤。

心思跑回到陕北老家的锁子，一心想着他的小表姐米细心，想着小表姐米细心和他在老家枣树圪梁的山沟沟里野腔大调吼唱的信天游时，主持《时尚节拍》的师梦芳走到台上来了。师梦芳长得比较圆润，天生一个穿旗袍的好身材。她主持《时尚节拍》，前边已经换了一件旗袍，这一次出来，又是一件旗袍。不过，她穿的旗袍，都做了大胆的改良，前后两件，都只在领口保持着传统的风格，领是小高领，扣子是盘花的扣子，很得体，很妥帖，一直滑过她的胸部，到了她的腰际，传统旗袍的开衩与下摆不见了，代之而来的是现代裙装的宽松与开放，很惹眼，很抓人……她就这么衣袂飘飘地走到舞台中央，带动着一束追光款款地跟着她，使她显得光彩照人。

师梦芳不失分寸地把刚刚竞赛过的选手评价了几句，这就提高语气，鼓动着台下的观众，用热烈的掌声，请出了牛秋乡。

决赛已走过三关，牛秋乡稳扎稳打，应该说表现得很不错，但还没有抢到头一名。在她的前边，总是有位男歌手，很是卓异地压了她一头。刚才，锁子的意识开小差的时候，就是那位男歌手在演唱。锁子意识虽然开了小差，但是现场与他一样的观众所表现出来的热情，让他感受得到，那位男歌手的表现如前三轮时一样，应该是很出色的。为此，他替牛秋乡捏了一把汗。

《时尚节拍》的评分制度，锁子是认可与赞同的。现在的电视选秀或是竞赛节目，总会搞来几位专家——一些所谓的专家——往评委席上装腔作势地一坐，可凭他们几人打分排位，让人总是不能放心。结果往好的方向说，也只能说是他们几人的偏见，再要较真来说，难免让人想起"猫腻"二字，总觉不是很公平，不是广大观众所能接受的。师梦芳主持《时尚节拍》，锁子就提出了自己的看法，建议她不要搞专家评委，就让现场观众，一人一票地评，可能更能服人。师梦芳听取了锁子的意见，因此，坐在观众席上的观众，就不只是观众了，而且还都是有权给选手打分的评委，每人手上都握着一个电子计票器，你喜欢谁，就投票给谁。锁子很看重他手里的电子计票器，他告诫自己，必须公允公正。但人是有感情的，一种人自己也说不清道不明的感情，决定着人的认识取向和价值判断，就像锁子现在，他把自己的认识取向和价值判断，不加掩饰地都倾注给了牛秋乡。

锁子对自己是一点办法都没有了。谁让牛秋乡是从他念着想着的陕北来的老乡呢！谁让牛秋乡的歌喉那么嘹亮呢！谁让牛秋乡嘹亮的歌喉，唱出的陕北信天游那么地道悦耳！

牛秋乡在第一关时，唱的是信天游《天上不会掉馍馍》：

> 灶台上锅，灶台下火，
> 面鱼鱼越拔就越是多。
> 走上了坡，走下了坡，
> 扑腾两下子就过了河。
> 要想不渴，要想不饿，
> 有了那力气就不能闲着，
> 天上呀那不会掉馍馍。

这原汁原味的一曲信天游，不像《走西口》《赶牲灵》《兰花花》那么流行，还就是原生态地生发在陕北的沟沟洼洼里，原生态地吼唱在陕北后生女子的嘴头上。锁子忘不了，他可亲可爱的小表姐米细心，也会唱这曲信天游，唱得也是非常入耳。牛秋乡头一回把《天上不会掉馍馍》拿到决赛上来唱，她把全场观众唱得鸦雀无声，到她独自唱完整部曲子，静悄悄的观众席上才"哗"地爆发出一阵震耳欲聋的掌声。大家的掌声在主持人师梦芳的劝慰下，渐渐平息下来，而锁子却还不知轻重地鼓了两巴掌，这让师梦芳揪住他不放，点着他的将，让他站起来发表看法。他也没有客气，站起来就说："陕北的信天游，是高原人民的一种珍贵的文化瑰宝，有广泛的群众性和人民性，牛秋乡的演唱，接地气，有清气，透亮彻底地唱出了信天游所具有的艺术魅力。"

观众也许认同他的讲评，他说完话还没来得及落座，就也开开心心地得到了大家一阵热烈的掌声。

三

牛秋乡就这么凭着原生态的演唱闯进最后一关,要和那位同样被观众喜欢的男歌手争冠军了。男歌手在前,已成功地赢得了观众的认可,她最后出场,能力压男歌手而夺冠吗?

锁子为他的陕北小老乡提起了心。

小老乡牛秋乡大大方方地登场了……出乎锁子的意外,牛秋乡没有凭她拿手的原生态优势,延续到最后一关。她最后登场,演唱的是现今非常流行的一首草原歌曲《卓玛拉》。这首歌曲,著名歌手李楠唱过,亚东唱过,达尔吉唱过,林媚唱过,牛秋乡能怎么唱、会怎么唱呢?还好,她一开口,就把锁子的听觉抓住了,当然,也抓住了现场有投票打分权的观众。

> 你有一个花的名字,
> 美丽姑娘卓玛拉。
> 你有一个花的笑容,
> 美丽姑娘卓玛拉。
> …………
> 你把歌声献给雪山,
> 养育你的雪山。
> 你把美丽献给草原,
> 养育你的草原。

出人意料,却又好像在意料之中,牛秋乡的歌声还在演播厅里回荡着,观众席上的评委观众,就已举起投票器,来为牛秋乡投票了……像根水银柱似的计票器,在演播台的大屏幕上,如受了高温的炙烤,呼呼地往上直蹿,牛秋乡超过了此前的那位男歌手,无可争议地拔得了头筹。

眼泪……眼泪……亮晶晶的眼泪,闪在牛秋乡的眼睛里,锁子抬手在自己的眼睛上抹了一把，他感觉自己的手背湿湿的，他也为牛秋乡流泪了。

牛秋乡为什么而流泪呢？因为成功夺冠吗？好像除了是这一点还有别的因素，而这一因素，就足够让等在台后的牛秋乡，滂沱地泪流一场了。

锁子与师梦芳、牛秋乡不同，他不需要卸妆。等欢欢乐乐、热热闹闹的《时尚节拍》竞赛出了选手的名次，并即时发给了获奖选手奖杯和证书，师梦芳和牛秋乡便退回后台，卸妆去了。锁子直接走出演播大厅，走到电视台的大门外，站在他开来的小车旁，等着卸了妆的师梦芳、牛秋乡出来……他们事先约好，无论牛秋乡晚上的竞赛结果理想还是不理想，都要一起去吃夜宵。结果是理想的，就叫几个菜小酌两口，碰碰杯祝贺祝贺；如果不理想，也叫几个菜，小酌两口，总结经验和教训，再接再厉，直接到中央电视台的《星光大道》上去，那是更大的一个舞台。陕北姑娘王二妮，就是从那里走出来的，不仅走向了全国，还几次走出国门，到新加坡、台湾举办了个人的演唱会。

对！要上就上《星光大道》！刚在《都市节拍》荣获冠军的牛秋乡，更有理由向前走了。

依然沉浸在喜悦和兴奋中的锁子，看见卸了妆、改穿了日常服装的师梦芳手牵着牛秋乡，从电视台的大门里就要走出来了。他举起手，一边向她俩招呼着，一边向她俩迎去，但他还没迎上前去，就被等在大门口的另一帮"西服男"抢在前头，去迎接师梦芳和牛秋乡了。

《时尚节拍》结束，已是晚上十一点钟，电视台的大门口，虽然有悬在门柱和灯杆上的高度数电灯照明，但光线还是要暗一些，并且锁子等着的只是师梦芳和牛秋乡，所以就没太留意那帮西服男。现在他们抢在他的前头，抢上去迎接师梦芳和牛秋乡，他才看清了他们。他们一帮人，一色儿黑西服，黑压压有十几个，有的手里捧着花，有的手里拿着牌子，有的则几人扯着一面丝锦长条……锁子看得清楚，那花是当令的鲜花，有香水百合，有马蹄莲，而更多的是红白相间的玫瑰；牌子与丝锦长条，制作都极讲究，是时尚的，是醒目的，喷在上面的艺术字，有"牛秋乡你最棒""牛秋乡你最牛"以及别的鼓励甚至吹捧牛秋乡的句子。在这一伙人的后边，还有一个穿着传统中式服装的后生，坐在一把轮椅上，一言不发,表情冰冷地看着呼啦啦迎着牛秋乡而去的西服男子们,只在嘴角处,残留着些说不清道不明的微笑。

四

他是谁呢?锁子不知道,但他看见,就在这位轮椅后生的身边,一溜儿排列着五六辆进口自美国的悍马汽车。锁子听人议论过,悍马汽车为美国野战部队的战地汽车,进口过来,不是有钱的煤老板购买,就是有钱的油老板购买。别的人买不起,也没兴趣买。因此,只要有悍马汽车在,不用问,不用猜,可以肯定说,不是煤老板,就是油老板,或者是煤老板的家人、油老板的家人了。

悍马汽车充分地暴露了这伙人的身份,他们一定是煤老板、油老板或是煤老板、油老板的家人呢,而为首的该是坐在轮椅上的那一位了。他们要做什么呢?是钱多了发烧来追星的吗?想到此,锁子忍俊不禁,还咧嘴乐了一乐。他先是为牛秋乡而乐的,参加《都市节拍》比赛,刚拿了大奖,这就有粉丝们追她了。不过,他之所以乐,还隐含着一种嘲讽的意味,是嘲讽暴富起来的煤老板、油老板以及他们的家人,真是太好玩了。就知道摆阔炫富,所作所为一点文化含量都没有,真是让人难得看上眼。而且是,他们越是瞎折腾,越是让人瞧不起。锁子正这么想着,却发现事情与他想象中的完全不一样。捧着花、举着牌子、扯着彩色丝锦长条的西服男们一涌而上去迎牛秋乡时,牛秋乡却并不领情,甚至有点慌乱地躲着他们。锁子看见,牛秋乡前脚跟着师梦芳,刚刚踏出电视台大门一步,因为发现了那一帮西服男,就立即惊恐莫名地退回了电视台院子,并迅速地向电视台大楼里躲……天色是暗的,牛秋乡刚才没有发现电视台大门外的这帮人,师梦芳也没有看清楚。牛秋乡凭着本能知道怎么回事、迅速地往后躲时,师梦芳自然也意识到了。她知道这伙人是谁，她没有躲，而是大声指斥这伙人。

师梦芳说："你们想干什么？"

西服男中有人说："献花呀！祝贺牛秋乡拔得头筹！"

说话的西服男缠住了师梦芳，捧花的西服男，即抢先一步，追着牛秋乡去了。跟在捧花西服男身边的，还有几位西服男，蜂拥而上，目标都是牛秋乡。牛秋乡往电视台院子里退，他们就往电视台院子里攒。电视台有着严格的门禁制度，保安们赶来阻挡往院子里攒的西服男们。但是保安太少了，值班的三两个人，根本不是西服男们的对手。西服男们没费多少周折，就甩开保安，攒到了牛秋乡的跟前。捧着鲜花的西服男，还好意思嬉皮笑脸，把他捧着的鲜花，直往牛秋乡的怀里送，他一边送，还一边说。

捧花的西服男说："是大哥给你买的，本来要到现场献的，弄不到票，到不了现场，就等在门口献了。"

捧花的西服男说得开心，就还说："祝贺你哩！赛歌得了冠军，这可太好了，做了我们新嫂子，就是我们的冠军嫂子了。"

闹闹嚷嚷的，锁子发现情况不好，他没有犹豫，几个快步，攒过来，正好听到捧花西服男说的最后几句话，这使他不禁疑惑起来，不知道这伙西服男在此唱的是哪门子戏。

"冠军嫂子！"

锁子的头嗡地大了起来。他听得出来，包括捧花西服男，他们的口音如锁子一样，都带着浓重的陕北口音。在锁子的记忆里，他们陕北那块地方，素有抢亲的习俗，这个习俗在新中国建立之前非常盛行，新中国建立后，就很少发生过。可他们今天的架势，明摆着就是抢亲啊！

锁子不敢多想，他正要冲进西服男的人伙里，借用他也是陕北人的身份，来阻止西服男们的行动，可他还没能动作起来，却见一位身材高挑的姑娘，挺身而出，把牛秋乡从西服男们的包围中拉扯出来，面无惧色地质问西服男们了。

姑娘言语铿锵地说："想打架吗？"

她话语未落，就是一个左劈腿，把抢在前边献花的西服男劈得趴在了地上，扎绑得有型有款的一捧鲜花跌在地上，散成了一片。高挑姑娘劈下来的左脚就踩在那片花堆上，复又一个右劈腿，把离牛秋乡最近的另一个西服男，劈趴在了地上。她劈得兴起，左一腿，右一腿，把围着牛秋乡的西服男们，轻轻松松地全都劈趴在地上，没怎么留神，顺带也把锁子劈趴在了地上。

西服男们败得一塌糊涂，没谁敢与高挑姑娘较量，爬起来抱头鼠窜，一个没剩地跑到了悍马车的旁边，惊魂未定地看着轮椅上的男子，悻悻然一点儿办法都没有。

高挑姑娘连拥带抱，很好地保护着牛秋乡，退回进了电视台中心大楼。被劈趴在地的锁子，也从地上爬起来，手上脸上都是血，转身想要离开，却迎面撞到摆脱了纠缠的师梦芳。他的这个样子，毫无疑问，把师梦芳吓着了。她扶住他，吃惊地问。

师梦芳说："怎么了你？"

锁子苦笑着说："没怎么。"

这么说着，师梦芳一下子明白过来，她因此忍不住还浅浅地乐了一乐，说："被付心莲踢的吧。"

锁子伤着的地方疼得厉害，他没有回答师梦芳，但他知道了，这位女侠般的高挑姑娘有个不错的名字，"付心莲"。

师梦芳浅乐着继续说："她起小就练跆拳道，被她劈着了，有你受的哩！"

锁子自认倒霉地白了师梦芳一眼，但他却并没因为自己受了误伤而苦恼，忍着痛，依然关心着牛秋乡，他说："刚才的事太突然了，牛秋乡……"

师梦芳听懂了锁子的关心，并为他忍痛关心牛秋乡的心态所感动，就没给他多说。因为要说，也不是三言两语说得清的，她就伸手捉住锁子的胳膊，扯着他往电视台的医务室里走，边走边给锁子说。

师梦芳说："这事话长，容我后边给你细说。"

锁子没有追着师梦芳问，他善解人意地把师梦芳拖着他胳膊的手扯下来，给她说："你们医务室这时还有人吗？好了，我没啥大碍，你去陪牛秋乡吧，她受惊了，我没事，我回去啦，回去我自己处理一下就好。"

五

　　回到妇女专科医院的锁子，在值班室里，让值班医生把他脸和胳膊上的伤口处理了一下，这就回到他医院家属院的家里来了。

　　都是关系好的同事，值班医生给他处理伤处时，打趣他说："为了救美吗？还是见义勇为？我给报纸、电视台报个料，让他们来采访你。"

　　锁子在心里编着瞎话，想要搪塞一下同事，但他找不出好的理由，顺口就说："我是自己摔的。"

　　他们都是医生，伤伤病病的，谁哄得了谁呢？值班的同事就还打趣锁子："你倒是自己会摔。"

　　锁子没再找理由搪塞，他只给值班同事说："做你的活儿，哪来那么多疑问。"

　　先是对伤处做了仔细的清理，然后上药，再包扎，锁子谢过他的医生同事，这就往家里回了。

　　锁子都已经走出了值班室，那位关心他的同事，还跟出来给他叮嘱："小心不要留下伤疤，在脸上呢，不好看。"

　　锁子嫌值班医生话多，回头剜了一眼，再没应话，就径直往他居住的家属院里走了去。

　　回到家里的锁子，知道他因脸上、胳膊上的伤，是不好洗浴了，但因被付心莲劈趴在地上，他穿在身上的讲究的衣服，不光沾满土尘，还有几处地方，被水泥地蹭出了几个小擦痕……锁子把身上受损且脏了的衣裳扒下来，扔到卫生间的洗衣机盖上，找出他在家里穿的便服，这便躺在客厅的沙发上，准备打开电视机，消磨一会儿时光，让无聊的电视节目伴随自己入睡。锁子晚上时睡眠的前奏基本都是这个样子——如果过了午夜，还不能很好地入眠，他就把电视机打开，找一台无聊的节目，哄骗自己入睡，他这么做，常常十分有效——能于无聊的情节和曲调里，睡个踏实觉。锁子还把他的这一睡眠方法作为经验向他的朋友介绍过。今天晚上，有了前边几个小时的折腾，锁子知道时间虽已过了午夜，自己也是不好平静地入睡了，他需要无聊的电视节目的帮助。他手拿遥控器，刚要把电视机打开，就听见他的门铃"吱哇"的一声尖叫起来，这使他惊了一下。

不论是谁，半夜被敲门，都是要吃惊的。不过，锁子还没有太吃惊。因为他的职业使然，病房里的住院病人半夜时分有什么问题，常会叫他去的，所以，锁子首先想到的是住院病人。对此，他不敢，也不能有半点怠慢。心有准备的锁子一边张口应着门外的人，一边起身去开门。他把门打开的时候，却很意外。半夜叫他门的人是师梦芳、牛秋乡，以及把他劈了一身伤的付心莲。

付心莲是尴尬的，一种没心没肺的尴尬。在锁子打开门的那一瞬间，她就深深地弯下腰、低下头，给锁子道歉了。正是因为她的道歉，让锁子一时有点手足无措，不知他该怎么办。师梦芳扑哧笑出声来，她打趣地说起锁子了。

师梦芳说："锁先生，你让三位女士站在门口吗？"

就在师梦芳打趣锁子时，付心莲又给了他一个致歉的深鞠躬，锁子这才如梦方醒般让开道，使三位半夜登门的女士，鱼贯进了他的房间……三位半夜登门的女士中，牛秋乡在《时尚节拍》中刚刚获得大奖，她本该是高兴的，但那帮西服男的骚扰，却使她看来特别不开心，甚至还有一种不可解脱的压抑；付心莲与锁子认识才几个小时，而认识的方式，又那么突兀、血腥、暴力，因此，她便显得很不自在，拘束而羞赧；所以，师梦芳便成了她们几人中唯一可以调节气氛、说明和沟通他们之间关系的那一个了。

作为电视台的主持人，师梦芳最拿手的就在于此。她不能使几个人之间冷场，更不能使几个人之间不和谐，于是她说了。

师梦芳的矛头直对锁子，说："人家付心莲登门致歉，都给你鞠了两个躬了，你还不给人家个态度。"

锁子不在乎付心莲的致歉，他知道一切都是误会，因此在师梦芳的提示下，也给付心莲鞠躬了。偏偏是，受到师梦芳的提示，付心莲又一次给锁子道歉鞠躬，结果俩人鞠躬时，竟然同步地撞在了一起。那不轻不重的一撞，把师梦芳惹得大笑起来，在师梦芳"哈哈哈哈"的笑声里，锁子和付心莲摸着撞疼了的头，也忍俊不禁地笑了起来，便是忧心忡忡的牛秋乡，于她愁苦的脸上，亦露出一缕淡淡的笑意来。

锁子招呼三位女士往客厅他刚躺着的沙发上坐了，可是他的沙发上，既有他刚脱换下来的衣裳，又有他早先脱换的衣裳，以及袜子、口罩、书报杂志什么的，堆得到处都是，让三位女士看着，实在是没法下屁股……好干净的师梦芳和付心莲，把锁子的沙发瞄了一眼，抬起头，把她俩的眼睛同时盯在锁子的脸上，而锁子却还一点知觉都没有地招呼她们坐。

锁子说："坐呀，立客难打发，你们能不坐吗？"

六

同为陕北老乡的牛秋乡，眼里有活，手上自然也就有活。她没拿眼睛看锁子，而是走到沙发跟前，手脚麻利地收揽着扔在沙发的衣物。是衣裳袜子，她就团成一团，堆在卫生间的门边；是书报杂志，她就摞起来，码在客厅一边的电视柜上，把沙发彻底收拾出来，让师梦芳和付心莲坐下来。她自己又到跟客厅挨着的餐厅那儿去，把热水瓶端起来，摇了摇，发现热水瓶空着，也不问锁子怎么烧水，她自己钻进餐厅旁边的厨房里去，找到电热水壶，接上冷水，插上电源，摁亮开关，这就烧起水来了。

牛秋乡的那一种轻车熟路、有条不紊，仿佛她就是这个家里的主妇一样，没有她不能做、做不好的事情。然而，本是主人的锁子，这时却像个客人一样，跟在忙碌着的牛秋乡身边，看她做那一切，手足无措地想要拦拒牛秋乡。他伸出手，却拦不到牛秋乡的面前。

锁子央求牛秋乡："你快去坐着吧。我来……我来收拾烧水。"

手脚麻利的牛秋乡，却不吃锁子的央求，她巧妙地躲着锁子想要拦拦她的手，坚持不懈地做着她认为该做的事。

水烧开了，牛秋乡把锁子用过但还残留着茶叶渣子的茶壶洗出来，换上新茶，把开水注进去，就又收拢来几只彩瓷的茶盅，放在水龙头下洗过，一并端到客厅来，给坐在客厅沙发上的师梦芳、付心莲各倒了一杯，接着又给锁子和她自己也倒了一杯。

师梦芳的赞叹是真诚的："我们秋乡妹子啊，歌儿唱得好，家务活儿干得更是没啥说的。"

付心莲在一旁附和："是啊是啊，我总是被动，眼里没活儿，手里也没活儿。"

师梦芳和付心莲那么说话让牛秋乡脸红，她抢着她俩的话头说："你们可不兴这么说，我一个陕北山沟沟里的野女子，一头撞到西安来，可是受了你俩的大恩了。"

三位女士客客气气说着话时，锁子在一旁想，她们夜半来到他家，怕不是付心莲向他致歉这么简单吧？她们应该还有别的事情呢。就在锁子这么想着时，师梦芳快言快语地又说上了。

师梦芳说："锁医生锁兄，你说咱们牛秋乡怎么样？"

师梦芳于锁子在她家里的那一次"赤身"相见过后，就把他既叫锁医生，又还叫了兄，说他太有兄长范儿了。她问牛秋乡怎么样，是问牛秋乡今晚参加《时尚节拍》时演唱得怎么样，还是另有所指？锁子一时有些糊涂，随口问："你说什么怎么样？"

师梦芳说："人，我说牛秋乡人怎么样？"

锁永听得有点明白，但是又还不甚明白，他想听师梦芳进一步说明，就用眼睛去瞅师梦芳，而师梦芳也不回避，冲着锁子的眼光，给他说了。

师梦芳说："你看你一个大老爷们儿，把个家弄得像个啥哩？说像猪窝严重了点，说像狗窝你不会反对吧！牛秋乡一进你的家门，脚不闲，手不闲，一会儿的工夫，就把你的家收拾出个样子来了。你给我说，她怎么样？"

锁子听师梦芳这么说，赶紧摇着手说："你饶了我吧。我的家里是猪窝也罢，是狗窝也罢，我习惯了，习惯这个样子。"

师梦芳说："习惯像头猪？习惯像条狗？"

锁子说:"猪不猪,狗不狗的,咱不说了,我习惯了这个样子,在这样子的家里,我吃饭香,睡觉香……"

　　师梦芳觉出锁子把她的话想偏了,她不待锁子急赤白脸地说他的理由,就把他的话拦住,说:"你把我当媒婆了吧?"

　　师梦芳把锁子说愣了,也把牛秋乡和付心莲说愣了。就在大家都愣着神时,她又说:"我才不会给你做媒婆哩!"

　　师梦芳这么说着,自己先乐了一下,然后给锁子说了,说她带着付心莲和牛秋乡来一是为了道歉,二是为了逃难。"现在,付心莲给你道了歉了,她劈了你一脚,你不接受她的道歉,你就还她一脚也行,但我怕你的脚还没抬起来,又会再挨付心莲一脚劈。这事到这里咱就不说了,咱说牛秋乡逃难的事,你在现场,你都看到了,西服男们都是坐轮椅的那位煤公子雇来的。煤公子是啥人你还不知道,我就告诉你,他老爸在你们陕北开着几家煤窑,听说从天明到天黑,他们家就有百万元的进账,比过去人说的日进斗金还要多。我们举办《时尚节拍》活动,牛秋乡报名了,他也跑了来,说他要'冠名'这次活动,让我开价,开多少他一把拿。我能拒绝他吗?我不能,电视台搞一台节目,还是这种持续时间较长的节目,没有企业的冠名支持,还真搞不起来。我说,谢谢!我谢了他后,他马上提出一个条件来,要我保证,参赛的牛秋乡,必须最后拿冠军。"

　　不失时机地,锁子插话进来,说:"你让牛秋乡把冠军拿了!"

　　师梦芳听出锁子插话的意思,她挥了挥手,说:"你甭插话,听我说。我们电视台,视公信力为我们的生命,我们怎么能接受他那样的条件呢?我没有同意,拒绝了他的条件,也拒绝了他的冠名支持。"

　　锁子听到这里,长舒了一口气,他说:"这就对了嘛!"

　　师梦芳接着说:"对是对了,但煤公子的纠缠没有完。"

　　锁子说:"他还怎么纠缠?"

　　师梦芳说:"当然,我们电视台他纠缠不了,也没能力纠缠。他后来就只纠缠牛秋乡,给牛秋乡又是置办演唱行头,又是购买营养品什么的,我一时也说不清,就让牛秋乡逃难到你这里,让她慢慢给你说。"

　　锁子说:"我这里……"

师梦芳说:"我那里方便,就不会找你。煤公子和西服男们,把我住的地方摸得清清楚楚,牛秋乡逃难到我那里,等于没逃,你说是不是?所以就寻到你这里来了。"

锁子彻底听懂了三位女士夜半来这里的目的。但牛秋乡一个女娃娃,怎好住宿在他这里呢?他迟疑地说:"秋乡她……"

师梦芳说:"她是一个姑娘家!"

锁子说:"是啊!"

师梦芳说:"你们孤男寡女!"

锁子没再接话。

师梦芳说:"我又不是不知道你。好了,咱们啥话都不说了,你听我安排,三室一厅的大房子,你一间,牛秋乡一间,我就不信是你能生吃了牛秋乡,还是牛秋乡能生吃了你!"

七

师梦芳把锁子说得哑巴了。而劈了一脚,让锁子脸上、身上还挂了彩的付心莲,则在一旁,没心没肺地乐着。付心莲不仅没心没肺地乐着,还跟着师梦芳幸灾乐祸地帮了腔。

付心莲说:"这样最好,我把心放下了。"

师梦芳逮住付心莲的话头,说:"你又操了啥心?"

付心莲说:"牛秋乡嘛。这下就好了,交给锁医生,咱俩就能走人,回去睡觉了。"

付心莲说着,便困到极处、乏到极处地打了几个哈欠。她打着哈欠,就很自然地伸长了胳膊,举在头顶,很有力地摇了摇……这神态影响了师梦芳,师梦芳就也困极乏极地哈欠连天,但她没忘把付心莲举在空中的长胳膊大手拉下来，给她说，"你可不要在锁医生锁兄这里动胳膊动腿，这会吓着锁医生锁兄哩！"

师梦芳的话把她自己先说笑了，付心莲跟着笑得更加厉害，便是赔着小心的牛秋乡，这时也背过身去，笑了起来。

师梦芳笑着站起来，拉着付心莲，说："付心莲说得对，我们是该回去睡觉了。"

师梦芳和付心莲，是不需要锁子同意的，她俩牵着手，这就走到了大门口，换着她俩脚上的鞋。牛秋乡跟了过来，待师梦芳和付心莲，把脚上的拖鞋换下来，她即弯下腰去，捡起拖鞋，顺手放在门后的鞋架上。正是牛秋乡的这一举动，惹得都已开了房门的师梦芳，又回头过来，给锁子说了。

师梦芳说："锁医生锁兄，不是我唠叨，你呀，是该有个人帮你收拾家里呢！"

师梦芳撂下这句话，没再唠叨，就和付心莲走出锁子的家门，并随手很响地关上门，把牛秋乡和锁子关在了门里边。

锁子有什么办法呢？他哪怕心里有一千个一万个不乐意，也得无可奈何地面对实际，来安排牛秋乡的住宿问题了。好在他的住房还算阔绰。他在装修和布置这三室两厅时，坚定地把一间较大的房子，做了学习和研究医学知识的书房，另外两间，一间做了他的卧室，另外一间则做了客房。他在省城的名医院工作，自己通过努力，又还成了远近闻名的专家，别说他的同学朋友常来找他瞧病，便是他远在黄土高原的陕北老家，街坊邻居、亲戚故旧，有了灾病，赶到西安城里来找他，他除了认真仔细地给他们安排瞧病外，还得给远道而来的他们安排歇脚住宿。因此，他家里的客房，就常常有客来住。客人来了住得，牛秋乡逃难来住，自然也就住得了。不过，客人们你来我往的，客房里被褥卫生是一个问题。师梦芳和付心莲离开房间，锁子就去了客卧，他把客卧的灯摁亮，走到床边，伸手去卷客卧床上的被子。跟在锁子身后进来的牛秋乡，从他手里抢过被子，亲自来卷。卷好了被子，牛秋乡抱在怀里，正不知怎么处置，却见锁子又拾起一把扫床的棕笤帚，去扫客卧床上的床单，牛秋乡便顺手把卷起来的被子，放到客厅的沙发上，返身到客卧里来，又一次伸手抢过锁子手上的棕笤帚，认真仔细地扫起皱皱巴巴的床铺来。就在这时，锁子打开客卧里一面四开门的柜子，从中抱出一条新床单和一条新棉被，扔到床上，和牛秋乡一起，在原来的床单上加铺一层，把新棉被抖落开，也平铺在了床上。

在锁子的记忆里，他还生长在陕北那个叫枣树圪梁的山村里时，就常常和他可亲可爱的小表姐俩人一起在炕上铺被单。此后，他求学工作在西安城，就再没有这样的机会了，从来都是他一个人孤孤单单地铺床铺被子。刚才，和牛秋乡一起铺床铺被子，让锁子的心里，顷刻间荡漾起一股浓浓的暖流。

锁子在铺了新床单和新被子的床上拍了两把，声音暖暖地给牛秋乡说："忙累了好些天，你就将就着睡吧。"

锁子的声音是暖的，牛秋乡抬起的眼睛也是暖的，但他们没再说话。锁子退出了客卧，去了他的卧室，斜躺在床头上，看了一阵医学方面的书，很快就睡了过去。他睡得很死，连灯都忘了关。不过他做梦了，在梦里，他梦见了他的小表姐。他的小表姐米细心还像他们两小无猜时一样，美丽鲜亮，大方宜人……小表姐米细心，给他唱了一曲信天游。

小表姐米细心唱的信天游叫《白头到老不变心》：

> 一对对的呀红花半崖上开，
> 手里呀想采心里爱。
> 一对对呀鹁鸪一对对鹅，
> 一对对呀毛眼眼照哥哥。
> 对面呀洼里杨柳青，
> 什么人留下一个人想人？
> 河里头鸳鸯呀一对对，
> 妹子我呀要和哥哥成婚配。
> 河做呀媒来山做证，
> 白头呀到老不变心。

付心莲

一

规模盛大的国庆车展，在西安城南的国际会展中心，于国庆节的当日拉开了序幕。

师梦芳是会做策划的，她找到会展中心，与中心主任以及品牌规模都比较强的几家参展商共同参与，利用她主持的《都市时尚》栏目，借助汽车大展的平台，在现场举办了一次车模大赛。她的这个创意，不仅强力地推动了车展的知名度，吸引了车迷们的眼球，还搂柴打兔子地，为她的好姐妹付心莲谋了点小"私"，让付心莲大出了一回风头。

师梦芳给一位参与她节目的老板说了："姚老板，我有个妹子，给你做品牌推广人如何？"

姚老板是新动力汽车"奥奇"的国内营销经理，他油头粉面，把自己收拾得像位当红的男星。他凭着他的这一份能耐，出头拉了几家汽车厂商，资助了师梦芳组织的汽车模特大赛。因此，喜欢"颐指气使"的师梦芳，言语上收敛了许多，她商量着给姚老板说，想要姚老板给她个面子，让付心莲出出头、露露脸。但姚老板财大气粗，当时并没给她面子，毫没有商量的余地，回绝了她。

姚老板说："我有模特了。"

师梦芳在和姚老板这么说话的时候，他们都在汽车布展现场。不仅姚老板的"奥奇"争分夺秒地要搭一个临时展台，其他报名参展的汽车厂商，也要时不我待地搭建自己的展台，而且是，所有的展台都欲独出心裁，挖空心思地想要成为这次汽车展中最聚人气的那一家。十多幢开间极高、跨度极大的展厅里，到处都是搬运展台搭建材料的人以及精心搭建展台的人。人山人海，熙来攘往，好不烦乱。

师梦芳是寻到姚老板家的展台前来说话的。她没想到姚老板会拒绝她，而且拒绝得又那么干脆，这使她一时语塞，脸上有点挂不住。但她不会善罢甘休。她的性格决定了，她开了口的话，特别是为好姐妹付心莲开口说的话，是必须要做到的，没困难要做到，有困难也要做到。姚老板拒绝了她，她是要争取的，并且一定要争取到。

师梦芳拿出在电视台演练就的姿态，她朝姚老板耸了耸肩，说："我是一腔热心肠，姚老板却不给面子，那么好了，我只能介绍我的妹子给奥……"

师梦芳的"奥……"字还没说完全，姚老师的态度就来了个一百八十度的大转变。这是因为，姚老板知道师梦芳说得那个"奥"字后面，是另一家新动力厂商，他们是竞争对手，他可不想把在汽车展上组织宣传的师梦芳，一把推到人家的阵地上去。

转过弯子的姚老板说："真是你妹子？"

师梦芳白了姚老板一眼没说话。

姚老板却呵呵地笑了起来，说："师主持的妹子，肯定如师主持一样性感大方！好了，看在师主持专门找来的样子，我怎么能不领情呢。"

师梦芳却耍起了电视台主持的脾气，说："我不为难姚老板，我看我还是……"

姚老板被师梦芳这么一激，话说得干脆起来："刚才是我错了怎么样？"

师梦芳见好就收，她朝姚老板妩媚地笑了起来，说："这还差不多。不过，不能叫我妹子汽车模特，不好听，要叫品牌推广人。"

姚老板看到了师梦芳的笑脸，说："好，就叫你妹子是'奥奇'的品牌推广人。"

在师梦芳为付心莲苦心找事做的时候，付心莲本人则陪着牛秋乡，到市歌舞团排练节目。这是师梦芳、付心莲，还有锁子，共同为牛秋乡设计的一个目标——牛秋乡一定要上《星光大道》。她有能力上《星光大道》，她上了《星光大道》，才会有她未来的生活。

飘荡在天际上的锁子，替师梦芳她们揪心，他虽然不能参与她们以后的生活，但他无法忘记她们，时时刻刻还要关注她们，就如他生前一样，巴心巴肺，不计一点个人的得失荣辱。

譬如对付心莲。

二

在市电视台《时尚节拍》夺冠的那个晚上，横斜杀出轮椅男及他所指示的那一帮西服男们，多亏了跆拳道高手付心莲救出牛秋乡。她和师梦芳一起把牛秋乡藏在锁子的单元房里，躲过一时是可以的，但长此以往又怎么好？

操心着牛秋乡的师梦芳和付心莲，在此后的日子里，逮着空儿就要来看牛秋乡，有时候师梦芳来，有时候付心莲来，有的时候碰得巧，她俩前后脚地一块儿来看牛秋乡。到了吃饭的时候，她们就在锁子的厨房里做饭。锁子只要不是被手术缠着，也会赶回家来，和几位姑娘一块儿吃。大家吃了几顿饭，总是开始还吃得比较活泼，吃到后来，就都沉默寡言起来，神色黯然地你一筷子菜，她一筷子菜……四菜一汤，有荤有素，是牛秋乡的手艺了，而且是完全的陕北风味，本来是很好吃的，但是他们吃着吃着就都吃不出滋味了。

沉默地吃着，没人说话，牛秋乡憋不住就先开口。

牛秋乡说："饭不可口？"

师梦芳没接话，付心莲没接话，唯有锁子接话了。他说："在西安，能吃到这么地道的陕北饭，可是不容易。"

锁子说着，还表演似地连刨了两口。

师梦芳不受锁子的影响，付心莲也没受锁子的影响，她俩依然吃得有盐没醋，依然没有话说。到头来，还是牛秋乡说了。

牛秋乡说："我知道梦芳姐、心莲姐愁肠上我了。我给你们说哩，藏在锁医生这里几天了，我一直在想，我一个陕北女子，唱得了一口信天游算什么？最后还是个嫁人，嫁给钱，嫁给势，嫁给……"牛秋乡说着放下手里的碗，一边抬起手抹眼泪，一边抽抽搭搭地又说了。

牛秋乡说得有些绝望："信天游怎么不是个男人呢？如果是个男人就好了，我就把我嫁给信天游，和信天游过一辈子。"

还为牛秋乡的处境难过的师梦芳和付心莲，听牛秋乡这么说，都有点忍不住苦苦地笑了起来。

师梦芳说："信天游不是男人，但是个比男人还刚强的事业哩！世上的女子，还真有那么一些个，把自己的终身托付给她钟情的事业了哩。"

付心莲受了师梦芳一番话的鼓舞，两手有力地拍了一下，说："梦芳的话是个话哩！"

被付心莲踢伤过的锁子，对付心莲的一举一动胆怯着，刚才的一拍掌，就把他吓着了，像又受了付心莲的击打似的，从他坐着的椅子上，直往后倒，幸亏付心莲眼快手也快，替他扶了扶，才没使锁子仰面倒下去。

师梦芳看到了，说起了锁子："你怎么了？"

锁子能说什么呢？他什么都说不出来，倒是牛秋乡看出了问题的根本，说："被心莲姐吓着了！"

付心莲不解，偏过脸看锁子，说："不至于吧？我吓着了他？"

锁子不想使自己陷入尴尬，他开口用话来给自己解围了，说："都别拿我开涮，咱们还是说秋乡吧。我这里方便，秋乡住在我这里，我还香香地吃得上我们陕北风味的饭菜哩。"

师梦芳却没饶锁子，说："看把你美的！"

付心莲也说："贼心总在故乡。"

师梦芳和付心莲没饶锁子，牛秋乡说话了。她一开口，就把话题转移了："我还能一辈子都住在锁医生家里吗？"

师梦芳哑巴了，付心莲哑巴了，锁子哑巴了，便是说出这句话的牛秋乡也哑巴了。

冷场了一阵子，感觉到自己说错话的牛秋乡打破了僵局，说："我咋能在锁医生家里住一辈子呢？胡话，一满都是胡话。"

师梦芳觉得她的心痛了一下，而且隐隐地痛了好一阵。她心痛的时候，付心莲的眼睛盯在了她的脸上，死死地盯着她看……师梦芳的心事，没告诉给付心莲。付心莲虽然有点担心，但她一眼看出来，师梦芳的心上，有着一块被锁子占领的地方。

师梦芳躲着付心莲的眼睛，说出了她深思了许多日子的主意。她主张牛秋乡就住在锁子这里，能住多久是多久，住一辈子更好。别说付心莲是怎么听师梦芳说这样的话的，便是师梦芳自己，也听出自己话里的醋意，但她必须这么说，不说她的心还会一直疼下去。现在好了，她说出了这样的话，她的心不疼了。于是，她口气温和而坚定地继续说："《星光大道》，别人上得去，咱牛秋乡就也上得去！"

师梦芳斩钉截铁的一句话，不容他人分辩地定下了牛秋乡未来的目标。付心莲赞成师梦芳的决定，锁子也赞成师梦芳的决定，只是牛秋乡还有顾虑。

牛秋乡感激地看着师梦芳，说："我怕……"

师梦芳说："你怕什么？怕那个轮椅男和那些西服男吗？怕你上《星光大道》没有经费吗？你说，你还怕什么？"

慷慨激昂的师梦芳感染着付心莲和锁子，他俩附和着师梦芳。

附和着师梦芳的付心莲说："轮椅男和西服男们没啥好怕的，我一抬脚，保证让他们散开。"

附和着师梦芳的锁子，转身去了他的卧室，拉开抽屉，取出一张银行卡，往牛秋乡前面的饭桌上一放，说："我全部的工资、奖金都在里边，你放心地用，不够我再想办法。"

三

事情完全不由牛秋乡分说，便在一顿饭的时间里定了下来。市歌舞团的团长是师梦芳的好姐妹。她联系了师梦芳，乐意为牛秋乡义务编排节目。师梦芳在姚老板面前为付心莲说事的时候，付心莲也没有食言，她陪伴着牛秋乡，往来于锁子的家和市歌舞团，在市歌舞团接受严苛的、完全专业的排练。

付心莲就是这么一个人。

她的父亲是位教授，她的母亲也是教授，成长在这样的家庭里，她得天独厚，应该如她的父母一样，埋头在书本里，成为一颗读书的种子。但她在教室里坐不踏实，从幼儿园读到小学，从小学读到中学，她坐在教室里，也听老师讲课，可她听得不很专注。她所专注的，是要观察班上的同学，特别是男同学，是否欺辱了她们女同学。如果真有哪个男同学对女同学使坏、恶作剧，她会在老师发出下课的指令后，迅速地窜到教室门口，截住对女同学使坏、恶作剧的男同学，不声张，不警告，只是抬起腿来，以迅雷不及掩耳之势，踹向那位男同学的身体……她的"义举"，很自然地传进了教授父母的耳朵里，教授父母听到了，对付心莲动之以情，晓之以理，循循诱导，谆谆教诲，费尽了心血，常常是，作用也起一阵儿，但过不了几天，她就"旧病复发"，又仗义出脚，把人家男同学狠踹几腿。直到初中二年级，付心莲又一次收拾做恶作剧的男同学，结果把人家伤得重了。男同学的家人领着被付心莲踹伤了的儿子找到付心莲家告状，气得她的母亲骂了她。

母亲骂的话是："我把你生错了，你该是个土匪吧！"

父亲也骂她，说："你前世是个练家子吗？那你干脆到省体委的重竞技中心去，练个跆拳道项目，练得好了，到奥运会上去，说不定能拿个金牌回来呢，那你就是给国家争光了，而且也是给咱家里争光了。"

父亲是个体育迷，最早迷足球，看意甲、看德甲、看英超，看得一个着迷——意大利国家队的7号巴乔，善于驾驭局势；德国国家队的7号巴特乌斯，有绣花针一样的脚法；英国国家队的7号贝克汉姆，简直就是个任意球专家……反观咱们的国脚们，都太臭了，惹得足球迷的教授不迷足球，继而迷上了篮球。美国的NBA联赛，科比的比赛，他一场不落；姚明签到了火箭队，他不可救药地又成了姚明与火箭队的拥趸……在北京奥运会上，有位来自天津的陈姓姑娘，人高马大，在其所练的级别上，三脚两腿，就为国家踹来了一枚跆拳道金牌——付心莲的教授父亲看宝贝女儿对男同学那么敢于使脚用腿，就灵机一动，既训斥了女儿，又给女儿指出了一条成长的路。

付心莲没有辜负教授父亲的美意。省体委重竞技体育中心利用暑期办了个短训班，付心莲去了。短短的一月多时间，因为有专业的教练指导，加之天赋与苦练，付心莲在短训班里脱颖而出，打遍同期学员无敌手，顺风顺水地留在省重竞技体育中心，成了一位专业的跆拳道运动员。二十岁不到，她摘取了省运动会跆拳道女子金牌；二十岁刚过，代表省队参加全国运动会，她又得到一枚跆拳道女子全国金牌。她因此受到国家队的关注，被抽调到了北京，参加国家队的集训，集训效果不错，于一个奥运会的周期里，参加了几场国际级跆拳道比赛，亚军拿过，冠军也拿过。熟悉她的教练和领队，非常满意她的成长，认为她将是世界跆拳道场上的一颗新星，是一定能为祖国争光的。因此，教练对她的训练就倍加用功，在日常的训练之外，还帮助她加练。加练时，干脆请来男队的跆拳道选手，让她与男选手对打，这样练的好处，可以增加她的实践经验，同时还可增强她在大赛时的信心……队内选拔，付心莲打得不错，打出了国门，先是打了跆拳道世界杯比赛，过些时日，就要上奥运会赛场了。可就加量进行赛前训练时，付心莲受伤了，伤得非常意外，她自己一点都没有想到，便是她的教练、她的领队也没想到——训练时一个大劈腿，空空地劈过去，没挨着什么，她就把自己的腿劈断了。到医院治疗，得出的结论是，她的骨头因为超负荷训练，表现比较脆弱。这是个什么结论呢？说白了，就是说付心莲已经不适宜跆拳道这种重竞技体育运动了。在医院的病床上，付心莲伤心伤肺地哭了一场。伤好后，不得不痛苦地离开北京的跆拳道集训队，回到省上的重竞技体育中心。即便在这里，她也失去了自己的位置。竞技体育就是这么残酷，没有了竞技能力，还怎么保持自己的地位？过去的荣耀和辉煌，都成了过去，付心莲必须为自己的未来做新的谋划了。

付心莲该怎么办呢？

倒在重竞技体育门槛前的她，原本就生得高挑骨感，再加上多年的身体训练，使她脱下宽松臃肿的体育服装、穿戴上时尚漂亮的女性服饰后，走在大街上，便显得鹤立鸡群、高人一头，身上挂满了羡慕她的眼睛，让她向前每走一步，都听得见眼睛从她身上掉在地下的叮当声……她是柔婉的,也是刚强的;她是妩媚的,也是坚毅的。师梦芳在《都市时尚》节目做《时尚节拍》栏目,付心莲寻着来了。初选阶段,她以她的优势,顺顺当当地进了决赛,可她在决赛中输了,没有拿上名次。但她的豪侠仗义,让她成了师梦芳的好朋友;危机时分,又是她出手相助,保护了冠军歌手牛秋乡,她俩自然也成了好朋友。

四

  防患于未然,好朋友在市歌舞团接受排练,准备参加央视的《星光大道》,付心莲不用别人动员,更不用牛秋乡开口,便自觉自愿地担起了保护牛秋乡的责任。她每天开着自己的小汽车,早早地把牛秋乡从锁子家里接出来,送到市歌舞团去,排练结束,她又载着牛秋乡,从市歌舞团送回到锁子那里……付心莲保护着牛秋乡,寸步不离,哪怕是吃一口饭,到洗手间方便,付心莲都毫不含糊地跟着她,不让她出现意外。
  可是,牛秋乡的父亲寻来了。
  他是自己找到的道儿,还是背后有人唆使?总之,他就守在锁子家的楼下,坐得稳稳当当,不慌不忙,左手端着一瓶纯净水,右手握着一块陕北地方才有的黄馍馍,一口馍一口水地等着女儿牛秋乡出现……这是付心莲驾车护送牛秋乡从市歌舞团到锁子家楼前时,一眼看到的情景。她没有看到的情景是,牛秋乡的父亲还抽烟——抽的自然不是好烟,是他们陕北出产的一种最普通最不值钱的绿延安。他口不渴、胃不饥的时候,就没死没活地抽他的绿延安烟,一根接着一根,抽得他头发梢梢上也冒起了烟,仿佛他本人就是一根硕大的燃烧着的绿延安香烟。他守在楼下,让小区里的保洁员特别不爽。因为他把抽剩的烟屁股,一根一根的,就都丢在自己的脚前面,丢一根,他还要吐一口黏痰,照着那一颗烟屁股吐上去,然后再送去一只脚，把混合着黏痰的烟屁股，踩着碾一下，碾得稀糊烂碎……保洁员之所以心有不爽，是因为牛秋乡父亲制造的不卫生的环境，都要他来收拾，不然，他是要被罚款的。

保洁员是个下岗工人吗？

看他的样子，可以肯定他一定是个下岗工人。他的家庭情况一定不怎么好，这从他铁青的脸和紧锁的眉头上看得出来。牛秋乡的父亲在半上午的时候，就到了锁子家的楼下。小区里人来人往人找人，是再平常不过的事，保洁员开始并没怎么在意，等到牛秋乡的父亲依照他的方式制造出一片不卫生的场面时，保洁员保持着一贯铁青的脸、紧锁着眉头，手拿一把木柄笤帚和一个塑料搓箕，来清扫那一摊不卫生的东西。因为是头一次，保洁员的脸色铁青着，眉头紧锁着，但说给牛秋乡父亲的话，还是温和的。

保洁员说了："老哥是从哪儿来的？"

牛秋乡父亲回答："碾盘湾。"

保洁员显然不知道碾盘湾是什么地方，但他听出了牛秋乡父亲的口音，因此他说："碾盘湾在陕北吧。"

牛秋乡的父亲嗯了一声。

保洁员接下来还说："我不知道你在碾盘湾的日子过得怎么样。你看到了，我在人家小区做保洁，我是不容易的，我希望你能配合我，不要在我保洁的区域给我制造麻烦。"

牛秋乡的父亲最怕城里人瞧不起乡下人，加上牛秋乡还让他生着气，保洁员这么说他，他背了一下身，没理保洁员的茬。保洁员也是，把自己想说的话说给牛秋乡的父亲后，也没打算与他再说什么，就把牛秋乡父亲脚前的脏东西清扫干净，左手提着塑料搓箕，右手拖着木柄笤帚，到自己负责保洁的其他地方巡视去了。

等人从来都是个心慌事。牛秋乡的父亲等着牛秋乡，等过了吃中午饭，一直等到了半下午，等得太阳从西边的一幢楼顶上都没了下去，还没等回牛秋乡。他等着，不由自主地又抽起绿延安来了。这时候再抽，他没敢像他初到这里时那么放肆。他看到离他坐等的地方不远处，有个绿色的扣着盖子的方形塑料桶，保洁员把他制造的不卫生因素清扫起来，最后都倒进了那个塑料桶。因此,他再抽绿延安,就先用手接着烟灰,接到手里满得不能再接,就把烟灰倾倒进塑料桶里,抽到最后,剩下一截烟屁股,他就把烟屁股也扔进塑料桶……牛秋乡的父亲不知道,隐患因此而生。

盛放垃圾的塑料桶,开始只有若隐若现的烟雾徐徐地从盖缝里往出溢。对此,牛秋乡的父亲没当一回事。路过的人,一个一个,也都没当一回事。但是牛秋乡的父亲不能抑制自己,还要抽烟,抽着烟,接了一手掌的烟灰,就得往塑料桶里倾,然后又把抽剩的烟屁股往塑料桶里扔……不测就在他把又一个烟屁股准备往塑料桶里扔的时候,突然发生了!当时他右手捏着烟屁股,左手去揭塑料桶的盖子,他刚把绿色塑料桶的盖子揭开一道缝,就有更浓的而且十分呛人的烟雾从桶里往出涌。他觉得奇怪,装着垃圾的绿色塑料桶,又不是生火做饭的锅灶,自然也不是冬季取暖的炉台,怎么就有那么多的烟?他害气了,害气得把塑料桶的盖子全打开来。涌动着浓烟的塑料桶,就在他打开盖子的一瞬间,像是被他敲着的一个气体打火机,"轰"的一声,浓烟突然变成一股冲天大火,熊熊地燃烧起来。

突然腾起的大火把牛秋乡的父亲吓着了。

牛秋乡的父亲又本能地把塑料桶的盖子"啪"地盖下来。盖子盖住了冲天的火光,却盖不住盖缝里的火头,依然强劲地往出喷着烈焰。牛秋乡的父亲想起了他扔进塑料桶的烟屁股,想到这里,他大喊起来。

牛秋乡的父亲喊:"着火了!着火了!"

保洁员最先听到牛秋乡的父亲的喊声,此外,还有住在楼房里的住户,也都听见了牛秋乡父亲的呐喊。保洁员失急慌忙地往牛秋乡父亲呐喊的地方跑,住户里有人的人家,你推开窗户,他打开房门,或往牛秋乡父亲呐喊的地方瞭望,或匆匆地往牛秋乡父亲呐喊的地方跑……住在一楼的住家,是一对老夫妻,头发都白了。他们夫妻是最先跑到着火的塑料桶边的,他们看见牛秋乡的父亲不顾火烧,还死死地压着塑料桶的盖子,就喊着让他丢开手,小心烧到了他。老夫妻看来是退休的老职工,他们事急处表现得很是镇定,老夫妻喊叫着让牛秋乡父亲丢手着火的塑料桶盖,见他还不丢开,夫妻俩中的女方,扑上去拉牛秋乡的父亲,男方返身进了楼道,拿出一个泡沫灭火器,倒举着,就往着火的塑料桶上喷……情况似乎不是太严重,一罐灭火器里的泡沫，喷在塑料桶上，就把桶里的火灭下去了。

保洁员到这时才赶来，老夫妻不知原因，还对着保洁员夸直牛秋乡的父亲好。

老夫妻中的男方先开的口，他责问保洁员，说："你们物业都干啥去了？多亏了这位老人家，没他抢先扑火，不知要出多大的乱子！"

女方跟着男方说话了："可不是吗？我们住在一楼，要出乱子，最倒霉的就是我们家！"

保洁员自知他们物业有责，而他则专职管理这一片，听着老夫妻的抱怨和指责，他唯唯诺诺，一脸的尴尬之色，不知怎么说好。塑料垃圾桶里，破布烂纸、旧鞋袜子，什么都有，而且多是化学制品，牛秋乡的父亲及时合上盖子，用手压着，没有受到太大的火灼，但他死命压在塑料桶盖子上的手，还是被火烫得不轻，这时也隐隐地疼了起来，特别是他的脸，被塑料桶里的烟火熏着，熏得五麻六道，除了看得见骨碌转动的眼睛仁仁，别的地方，就分不出眉眼来了。保洁员想上午为了牛秋乡父亲制造的不卫生因素，自己还数落了他，这时候，就觉得特别对不起他，因此，就面对着他，鞠了一躬。

住户里的老夫妻，以及保洁员，都没想，制造了这次事故的人，恰是救火最积极的牛秋乡的父亲。

保洁员给牛秋乡父亲鞠了躬，似还觉得心有亏欠，就十分抱歉并怀着十分感激地给牛秋乡的父亲说："谢谢你了！你看烟把你熏成了啥？"

是保洁员的一句话，提醒了老夫妻，他俩赶紧拖着牛秋乡的父亲，进到他们一楼的住房里，让牛秋乡的父亲洗脸洗手。末了，还找出一身男方穿过的旧衣服，让牛秋乡的父亲把他穿在身上也被烟熏脏了的衣服脱下来换上。

老夫妻打心里感激着牛秋乡的父亲。正像他们说的，塑料垃圾桶的火不能及时扑灭，再烧下去，最遭殃的肯定是他们。然而，牛秋乡的父亲心里有鬼，他受得起保洁员的横眉冷对，却经不起老夫妻对他的好心好意，他给老夫妻坦白了。

洗了脸，洗了手，换上老夫妻给他的衣服，牛秋乡的父亲说："你们不知道，我在你家门前等了大半天了。"

五

老夫妻听不懂牛秋乡父亲的话,也不知道他说在他们楼下等谁,互相有点莫名其妙地对视了一下,就异口同声地问了:"你是等谁呢?"

牛秋乡的父亲有点生气,但却是理直气壮地说:"等我女子哩。"

老夫妻问:"你女子是谁?"

牛秋乡的父亲说:"牛秋乡么,前些日子在市电视台得了个唱歌冠军。"

老夫妻原来都是医院的医生护士,对唱歌一类的事情不甚关心,他们不知拿了唱歌冠军的牛秋乡是谁,就老实地给牛秋乡的父亲摇头说:"我们不知道。"

牛秋乡的父亲,刚才洗脸洗手的时候,就知觉他的手不好受,他忍着,忍了一阵忍不住了,觉得他的手一阵一阵比刚才更疼了,而且还红肿了起来。老夫妻不知道他女儿,这让他既抓耳又挠腮。他就说:"你们近些日子肯定见过我女子,她就住在你们楼里,是一位姓锁的医生收留的她。"

老夫妻当然知道锁子,女方就给他说:"锁医生可是个好医生哩!"

老夫妻的男方加了一句,说:"听你口音,锁医生和你怕还是老乡哩!"

女方想起来了,还说:"对了,我们锁医生可是钻石王老五呢!他最近出门,是有个姑娘伴着他哩!"

牛秋乡父亲不知道"钻石王老五"是啥意思,就跟了老夫妻女方一句话:"甚的个钻石王老五?"

老夫妻的男方解释了,说:"依你们陕北的话说,就是光棍一个。"

牛秋乡父亲听得糊涂:"光棍?王老五?"

老夫妻一片好心,才不管牛秋乡父亲听得懂听不懂他们的话,就把锁子一顿猛夸,说他们医院,锁子人最年轻,医术又最好,是西安城著名的妇科专家。而且呢,他人又特别正派,处人不拉帮结派,处事不收患者红包,现在像他一样的好医生,凤毛麟角,越来越少见了。

老夫妻直管夸赞锁子,而牛秋乡的父亲操心的却只是他的女儿牛秋乡。

他怕当自己被绊缠在老夫妻的单元房里而无法在楼口守着的时候，他的女儿牛秋乡可能回来或者离开了，就慌慌忙忙地辞谢老夫妻，很是不好意思地往门外走。他都走出门了，却依然满心惭愧，觉得他应该把塑料垃圾桶着火的真相告诉这对老夫妻。是他的责任，他就应该担上，他可不想逃避责任，那不是他做人的品性，虽然他只是陕北大山沟里的一个农民。

返回身来，牛秋乡的父亲给送他到门口的老夫妻说："我抽绿延安，把烟屁股扔进塑料桶里了。"

老夫妻觉得这个陕北老农很有教养，知道把烟屁股这样的杂物往垃圾桶里扔，就表扬他。

男方说："你扔得对。"

女方说："是垃圾，就该往垃圾桶里扔。现在的人，太不讲公共卫生了，什么都随便扔。"

牛秋乡父亲听出老夫妻理解错了，就还进一步解释："我怀疑塑料桶的垃圾着火，就是我扔进去的烟屁股引起的。"

牛秋乡父亲如此诚实的解释，让老夫妻惊讶了一下。但是很快，他俩就又笑了，更进一步感觉出这个陕北老汉的可爱——垃圾桶着火，没人追究责任，他自己倒是自觉地给自己身上揽，这样的品德，也是太感人了！老夫妻想，塑料垃圾桶着火，也许是陕北老汉的烟屁股引起的，但是因为老汉发现得及时，处置得也得当，最后加上他们老夫妻用泡沫灭火器把火迅速灭下去，没有造成大的危害，就很善解人意地劝说牛秋乡父亲，要他放宽心，塑料垃圾桶是着火了，但没造成什么灾害，就不要再接着说了，没有啥了不起的。

老夫妻中的女方，被牛秋乡的父亲感动了，还把家里的一瓶纯净水拿出来给了他，让他在门外等女儿时喝着解渴。

老实等在楼口的牛秋乡父亲，一口水一口黄馍馍地吃着，由不得自己地在心里骂了牛秋乡一句。

牛秋乡父亲骂的话是："死女子，我不信你能钻进老鼠窝里去！"

六

  牛秋乡自然钻不到老鼠窝里去。

  牛秋乡就在父亲等了她一天，等得太阳落到西边楼背后的时候，从陪护着她回来的付心莲的车上走了出来。父亲因为脱下他的陕北乡村衣服，换穿上老夫妻送他的非常城市化的衣裳，让牛秋乡走下汽车，一眼望去，没有立即认出她的父亲来，而她的父亲，却敏锐地看见了她。看见了她的父亲，嚯地从楼门口站起来，扔掉他正吃喝的纯净水和黄馍馍，就往女儿牛秋乡身边扑了来……黄馍馍弹性极好地在牛秋乡父亲脚前滚着，他还没有扑到女儿牛秋乡的身边，黄馍馍却早他一步弹跳到了女儿牛秋乡的脚边，而这时恰有一只小狗，从付心莲的汽车上横斜着跑下来，一口叼住黄馍馍，迅速地躲到一边的绿化带里，歪着脑袋啃起来……这是付心莲养的小狗哩，她不能从事心爱的跆拳道运动了，心里苦闷。这些日子，陪护着牛秋乡在市歌舞团排练节目，她看着牛秋乡排练得辛苦，便趁着牛秋乡排练的间隙，开着她的小汽车，到市歌舞团外边的大街上，找了一家肉夹馍店，买了几个优质的肉夹馍，拿回排练房给牛秋乡加餐。她回到了市歌舞团，不知是她带着的肉夹馍吸引了小狗，还是小狗与她有缘，她把车门刚刚打开一道缝，小狗就扑着挤进了她的小车里，并拼命地往她怀里钻。

  这是谁的狗呢？

  付心莲不知道，就一手拎着打包在食品袋子里的肉夹馍，一手抱着挤进她怀里的小狗，从她的小汽车里下来，向着市歌舞团院子里的人询问上了。付心莲问大家，这小狗是谁家的？她问了好几声，而听到的人，七嘴八舌，没人能说清楚。付心莲没了办法，便抱着小狗进了排练场。其时正是排练休息的空档，付心莲把买来的肉夹馍甩给牛秋乡，让牛秋乡分给帮助排练的歌舞团团长及将来要上央视《星光大道》助演的几位演员吃。她自己则进一步打听这只小狗的来历。听她打问的人，仍像院子里的人一样，鸭一嘴、鹅一嘴说不清楚，只有心细的团长，走过来把她抱着的小狗看了看，给牛秋乡说了。

团长说："这是一只无主的流浪狗。"

团长对流浪狗的说法，一下唤起付心莲深藏在潜意识里的爱心，就也不嫌小狗身上的脏，更紧地把小狗抱在怀里了。

牛秋乡的助演阵容里有人说了："没人要的流浪狗，太脏了！"

付心莲闻言，把小狗举在眼前，似答非答地回答着他人的话，说："脏吗？我给它洗个澡去，洗了就不脏了。"

付心莲因为自己的举动，竟然感动起自己来，她不管别人怎么说，抱着的确不太干净的小狗，再次走出排练房，上了她的小汽车，就让小狗卧在她的脚间，开着车上街找宠物美容店去了……现在的西安城，为人开设的美容院多，为宠物开的美容院也不少，付心莲很容易地就找到了一家，她不计人家宠物美容院的收费多么离谱，把她刚刚捡来的小狗，交给宠物美容院的阿姨，让给她的小狗洗浴、美容。狗东西在"狗阿姨"给它洗浴美容的时候，不叫不闹，十分享受地接受着"狗阿姨"的服务。"狗阿姨"把狗东西抱进冲兑好温水的彩色洗浴盆里，它就静静地站在洗浴盆里，任凭"狗阿姨"用手撩着水，把它浑身浇湿，然后给它涂抹洗浴液……如此五次三番，就把它干干净净地洗了出来，然而又抱到美容台上，先用小型吹风机，嗡嗡嗡嗡地吹狗东西浑身的毛。"狗阿姨"还和付心莲商商量量，用造型剪刀，给狗东西剪毛造型。"狗阿姨"精心打扮、收拾美化着狗东西，而狗东西不论"狗阿姨"把它摆弄成怎样一个样式，它都固执地拧着它的小脑袋，机警敏感地瞅着收留了它，把它带到宠物美容院来的付心莲，这让爱上狗东西的付心莲，在短短的时间里，更添上许多对狗东西的疼与爱。

疼爱着狗东西的付心莲，在"狗阿姨"服侍着狗东西的时候，如果狗东西的情绪有所波动，就轻声地呼唤小狗东西。

付心莲唤着："狗东西。"

狗东西仿佛付心莲前世的小情人一样，轻轻地回应一声："汪。"

付心莲再唤："狗东西。"

狗东西还会不失时机地回应一声："汪。"

就这样的，一只流浪小狗，有了自己的主人，而且也有了自己的名字——"狗东西"。

狗东西叼住牛秋乡父亲扔在地上的黄馍馍，在一边的绿化带啃着时，扑上来的牛秋乡父亲，像只来自陕北山地的饿狼，一把抓住了牛秋乡的胳膊。

牛秋乡被攥住，她惊慌的嘴巴还没呼叫出来，却蓦地发现，抓住她胳膊的人，是疼她爱她的老父亲。

牛秋乡伤心地叫上了："爸！"

牛秋乡的父亲应了他女儿的话，说："狗东西！"

一边啃着黄馍馍的狗东西听到了牛秋乡父亲的话，它还以为这个凶巴巴的陕北老汉叫的是它，因此丢下啃着的黄馍馍，很响很亮地回应了一声："汪！"

牛秋乡父亲听到了狗东西的叫，也看见狗东西啃他丢在地上的黄馍馍，就扭头说狗东西："吃你的黄馍馍，你狗东西我不是叫你，我骂的是我女子。"

付心莲把牛秋乡陪护回来，如果不是狗东西溜下小汽车，她是会立即离开的。师梦芳给她打了电话，让她把牛秋乡送回到锁子家，就立即到汽车展览会现场找自己，说自己给她谋了个汽车品牌推广人的角色，晚上要与那家品牌的姚老板吃饭。

在市歌舞团为牛秋乡赴京参加《星光大道》排练，陪护着牛秋乡的付心莲，以她刚柔相济的独特气质，被歌舞团的团长所发现，团长让她也做了牛秋乡的助演。因此，牛秋乡在艰苦排练的时候，她也没有太闲着，也按团长的要求，从舞蹈基础练起，渐渐地融入进牛秋乡的助演阵营……长期接受跆拳道训练的付心莲，因其身体的柔韧性，以及一些别人做不到的身体极限动作她都做得来，所以她很享受团长的夸奖。团长是热心人，以专业的眼光有意点拨付心莲了。

团长说："有你的，付心莲，跆拳道打不成了，你可以转回身来，变为一个优秀的表演艺术家哩！"

表演艺术家？影视两栖明星陶虹，原来就是竞技运动的选手，她的专业是花样游泳，后来投身演艺圈，一露脸，她就红透了全中国，那个红，是比她竞技花样游泳时还要红呢！受到团长的鼓励，付心莲陪护牛秋乡就更上心了，而给牛秋乡做助演，演得也十分上心。这下可好，从跆拳道的大失落里一下子走出来的付心莲，恢复了心劲儿，别提有多高兴了。她一心一意地陪护并为牛秋乡助演。突然地，好姐妹师梦芳，又给她找了个汽车品牌推广人的角色，她的心里，像春风吹过，花红柳绿一片，她是太开心，太高兴了。

但是，找上门来的牛秋乡父亲，打乱了付心莲的计划，她必须先来为牛秋乡解围了。不过还好，锁子这个傍晚没有手术，赶时赶点的，在这个时候，也回到了楼门口。

都是陕北人，回到楼门口的锁子，一眼看到牛秋乡和她父亲的架势，就知道紧紧抓住牛秋乡胳膊的老汉是谁了。

锁子同时还看见付心莲蠢蠢欲动的腿脚，怕她像对待轮椅男和西服男们那样，使出她的跆拳道绝技，就紧赶两步，把付心莲拽后一步，他自己挡在牛秋乡和她父亲中间，来解他们父女的困局了。

锁子面带笑容，说："我没胡猜，您是牛老叔了。"

牛秋乡父亲见锁子往他和女儿牛秋乡中间一站，开口说出一句话，就也猜出了锁子的身份，说："你是……是锁医生。"

锁子依然满脸是笑，他说："老叔说对了，我是咱陕北乡党锁子。"

七

牛秋乡父亲抽烟惹出塑料垃圾桶火灾，他因灭火认识了一楼的老父妻，老夫妻给他说了许多锁医生的好话，他没有理由不相信老夫妻的话。因此，他把原来装在肚子里，对锁子狗逮老鼠多管闲事的怨愤，几乎全都消了下去。所以，他没对锁医生恶语相向，而是一改刚才对他女子牛秋乡的凶暴态度，在脸上也像锁医生一样，堆出一些笑容来。

牛秋乡的父亲放开了抓着牛秋乡的手，转脸笑笑地对锁子说："我来找我女子，我找她回咱陕北去，她还有她的事情要完哩。"

付心莲或许不懂"完事"的真谛，锁子是知道的，他们陕北人，把结婚，也叫完婚，但更多地方，更多时候，是叫完事的。

锁子听得懂牛秋乡的父亲的话，当然就不能让牛秋乡的父亲抓住牛秋乡回陕北，所以他热情地邀请牛秋乡父亲了。

锁子说："咱都是乡党哩！乡党走到西安我的门口，咋能不进门到家里坐一坐呢？"

一楼的老夫妻不知是听到楼门口的争论，还是他们傍晚出门散步锻炼，这时候出得门来，看到楼门口的情况，也插进来说话了。

男方说："锁医生才回来，你们陕北老乡把你等了快一天了。"

女方说："你陕北老乡可是个厚道人哩。"

三说两劝的，牛秋乡的父亲不好强拉他女儿牛秋乡走了，他前有女儿牛秋乡扯着，后又有锁子和付心莲推着，虽不情愿，却也无可奈何地一级一级爬着楼梯，上到了锁子的家里。

进了家门，锁子把牛秋乡的父亲安顿在沙发的正位上，就给牛秋乡的父亲泡茶。脱离了父亲束缚的牛秋乡，退到厨房去，一边择菜，一边开火，来操持晚上的饭食了。

锁子把一杯热气腾腾的好茶，捧到牛秋乡的父亲的手边，让他品尝茶的味道。他给牛秋乡的父亲说，这是他一个陕南患者送给他的新茶哩！"咱们陕北不出茶，很难喝到这么地道的新茶。"锁子说得真诚，牛秋乡的父亲小心地啜了一口，也觉一股清香在舌尖上滚动，就没再客气，便大大地吞了一口，说："锁子真的是好人哩！楼下的老夫妻夸你好，我还怀疑你们医生间自吹自擂，自相守护。我把你一见，觉得你绝对是个咱们陕北出来的大好人哩！"

锁子不要牛秋乡父亲夸他好，直说咱们陕北人，心眼儿实在，做人做事都有底线，无论在哪儿、做什么，都不能给咱陕北丢脸是不！

牛秋乡父亲听着锁子的话，心里是舒坦的，说："你说的话，我爱听。"

付心莲看见锁子和牛秋乡父亲说得和睦，就把刚才提着的心放下来，去了厨房，帮助牛秋乡切菜烧汤。

客厅里的锁子，把牛秋乡父亲几口喝得干了的茶杯接过来，又续了一泡水，再捧到牛秋乡父亲手里，便也不再绕弯子，很率性地敞开心怀，来和牛秋乡父亲说话了。

他问牛秋乡父亲："你给你女子秋乡说下人了？"

牛秋乡父亲说："你都知道了？"

锁子说："是个坐轮椅的？"

牛秋乡父亲说："你可别管人家坐轮椅不坐轮椅，人家有自己的煤窑。特别是他家父亲，在咱陕北霸着哩，人家看上了咱家女子，要我说，我心里也不快活。但我又想，这何尝又不是咱女子的福，嫁过去，她男人坐轮椅，她不坐轮椅，她有豪华汽车坐哩！"

锁子说："你老叔对你女子还不了解，她是有希望的，她唱咱陕北信天游，还愁给自己唱不来一辆小汽车？"

牛秋乡父亲说："咱陕北谁不唱信天游？谁给自己唱下小汽车了？只有那些挖煤的煤老板，他们唱不了信天游，他们都有自己的小汽车，还都有自己的小洋楼。"

锁子说："你对你女子要有信心，她的信天游唱得好，她会给她唱下小汽车，还会给她唱下小洋楼的。"

牛秋乡的父亲说："你看你，小汽车，小洋楼，能在嘴上唱出来？我咋就看不见呢？"

锁子说："你甭急么，你要给你女子时间哩！"

牛秋乡父亲说："我给她时间，人家不给么。"

锁子说："人家是谁？"

牛秋乡父亲说："就是你说的……"

锁子见牛秋乡父亲说到这里卡壳，就自己说："坐在轮椅上的那个男人？"

牛秋乡父亲说："就是他。"

锁子就因势利导，劝上牛秋乡父亲了。"他是他，你女儿是你女儿。你是偏心他呢？还是偏心你女儿？你不知道，你女儿在市电视台《时尚节拍》得了冠军后，大家都在帮助她哩。城里女子师梦芳，就是主持《时尚节拍》

的那个城里女子，还有付心莲，就是现在帮你女子做汤的城里女子，她们联系了市歌舞团的团长……你可知道，人家团长是啥？是艺术圈子的领导，是大艺术家，人家不收你女子一分钱，无偿地帮助你女子排练上央视的《星光大道》的节目，你说这么多人帮助你女子，你能拖她后腿，牺牲她的前程吗？"

锁子说得痛心疾首，一通话说罢，似还不解心中闷气，就还把牛秋乡的父亲怨上了。

锁子进一步说："你是牛秋乡的生身父亲吗？啊？你说，有你这么做父亲的吗？"

锁子说得收不住口，就有说："虎毒不害自己娃！狼恶不食自己子！"

听着锁子的话，牛秋乡父亲把他端在手里的茶杯，慢慢地搁在沙发前的茶几上，深深地低下了头。

牛秋乡的父亲声音喑哑地说了一句话："我用了人家的钱，给我家三眼窑洞接了一段砖窑口。"

锁子非常吃惊于牛秋乡父亲说的话，他愕然不解地重复了一遍牛秋乡父亲的那句话："三洞砖窑口？"

牛秋乡父亲却没有听出锁子的惊诧，还说："一眼砖窑洞口六千块，你算算多少？一万八千块钱呢？"

把自己宝贝疙瘩似的女儿，以三洞砖窑口一万八千元的价格，许配给煤老板的轮椅儿子，让锁子听得目瞪口呆，嘴里满是话，却一句都说不出来……给牛秋乡帮厨的付心莲，把锁子和牛秋乡父亲的对话，一句不落地都听进了耳朵，她像锁子一样，非常诧异，并十分惊惧！三眼砖窑口，一万八千元的婚姻交易，把她彻底搞愤怒了。如果客厅里坐着说出这话的老人不是牛秋乡的父亲，而是别的一个人，她会毫不犹豫，跨步从厨房里追出来，给那人劈上两腿三脚，让那人虽不至于爬着走，起码也得又瘸又跛地走。可是，说这话的人，是牛秋乡至亲至爱的老父亲，付心莲就不能劈腿踹脚了。她咬牙咬嘴唇，强压住心头的怒气，放大了声音，既是说给牛秋乡听，也是说给客厅里牛秋乡父亲和锁子听的。

付心莲话到嘴边，差点发作出来时，她把洗在水池里晚饭要用的碗和碟子，一通胡搅蛮转，实在洗不下去，就把手从水池里抽出来，摔了两摔，嘴里变腔变调地说："差点忘了，师梦芳给我谋了个事，叫我吃饭去哩。"

牛秋乡还想留住付心莲，说："咱的饭也停当了。"

付心莲一脸的痛伤，她把牛秋乡看了一眼说："我等不及了，我不吃了。"

说着话，付心莲丢下手里的活儿，解开腰上的围裙，从厨房出来，也不给锁子和牛秋乡父亲告别，直直走到房门口，换上她穿来的棕色皮鞋，拉开房门，头也不回地走了。

牛秋乡是不忍心的——一块儿做好的饭汤，付心莲一口不喝就走——她想跟着追出来，却也只在房门口跟付心莲相互看了一眼，就十分无奈地把付心莲目送走了。回过头来，牛秋乡又钻进厨房，把炒好的一盘醋熘土豆丝、一盘清炒豆腐、一盘猪肉炒粉，相继端出来，放在饭桌上，就请锁子和她父亲上桌子吃菜，她则再一次入了厨房，先先后后的，端出她父亲带来的黄馍馍，以及她熬得黏黏的红豆小米稀饭。

八

黄馍馍是锁子所稀罕的，他生活在陕北的枣树疙梁时，经常有糜子面蒸的黄馍馍，到了西安城，就再找不到黄馍馍吃了。前些日子，央视的《舌尖上的中国》剧组去陕北乡村拍摄，重点介绍了绥德乡间的小吃黄馍馍，那档节目锁子偶然看了，看了后，一个黄馍馍把他惹了一个馋……这回好了，牛秋乡的父亲从陕北背来西安一袋子黄馍馍，他女子牛秋乡在锅里馏了馏，馏得那叫一个绵，锁子看着就喜兴，长长的一只手，像是从喉咙里像突然生出来似的，抓了一个黄馍馍，按在齿舌上，就很解馋地吃了起来。

就在锁子大嚼大咽着黄馍馍时，房门被人敲响了。父亲说牛秋乡的婚姻值他们家三眼窑洞的砖接口一共一万八千元，让牛秋乡满心难受。锁子可以大嚼大咽黄馍馍，她是什么都不想吃了，勉强拉到眼前一碗红豆稀饭，她没喝上一口，倒有大颗大颗的眼泪，扑簌簌往下掉，嘀嗒嘀嗒，砸得碗里的稀饭直泛眼泪泡泡。

锁子去开房门。

锁子打开房门，看见的是返身回来的付心莲。她的手里拿着两沓红灿灿的百元大票子，从锁子的身侧挤进来，径直走到牛秋乡父亲喝汤的饭桌前，把两沓各一万元人民币，拍在他的面前，给牛秋乡的父亲说了。

付心莲说："你女子牛秋乡是卖的吗？你拿着，回陕北把你三眼窑洞接口的一万八千块钱，还给人家好了。"

付心莲风风火火的，拍下两大沓钱，说下一段话，没再怎么样，就像她刚才出门时一样，转过身去，谁也不告辞，自顾自地走出房门外。她在房门外，听到了牛秋乡父亲重重的一声叹息，和一句很无奈的话。

牛秋乡的父亲说："有些事不是钱能解决的，如果是钱能解决的事，就不是难事了。"

牛秋乡父亲的话是啥道理呢？

付心莲不想听，也不愿意听，她噔噔噔噔地踩着空洞的水泥楼梯，走到电梯间，摁了电梯按钮，坐着电梯走了。陪着牛秋乡父亲吃晚饭的锁子，完全听懂了牛秋乡父亲的叹息和话语。在他们陕北，比起来其他地区，物质条件虽然也是个问题，但在另外一些事情上，却比物质问题更难解决，一些事，别说几万元，就是上十万、上百万都不好办。

牛秋乡婚姻的事，大约就是这样一件事。

锁子的心是沉重的，他给牛秋乡父亲说："无论如何，你一定要叫你女子把《星光大道》上了后再说。"

牛秋乡的父亲不情不愿地点了头。

父亲点了头，牛秋乡没有高兴起来，她的眼泪比刚才更多地往红豆小米稀饭的碗里砸。

已经化为一缕青烟的锁子，是忘不了这些事的。

龚小烟

一

　　谁说福无双至？西安市妇女专科医院的锁子医生，一天之内就接连收获了两件好事。

　　西安市持续了好多天的雾霾天，让人的心情极为不爽，锁子见到的人，开口说的话，都是埋怨。埋怨社会，埋怨生活，埋怨到最后总会埋怨到天气上来，仿佛埋怨着的种种社会问题，以及种种的生活问题，都是讨厌的雾霾天气惹出来的……纷纷攘攘的满城人，似乎都在雾霾天里埋怨着，表现在医院里的门诊上，就是挂号求诊的人数不断上升。便是锁子所在的妇女专科医院，咳嗽带喘的病人，也一日超越一日，连创他们医院的门诊记录。不过，这样糟糕的记录和人们糟糕的情绪，你不会在纸质的官方媒体版面上读到；同样，也不会在电台和电视台的官方频道及屏幕上听到、看到。报纸、电台、电视台，一如既往地莺歌燕舞、鲜花灿烂。但是手机——几乎人人一部的手机上，就是另一种情况了，大家都成了媒体人，都在自己的微博和微信上自由地发出自己的观点。锁子就读到了不少这样的微博和微信内容，发出自己的观点的人中就有化名"莲叶田田"的付心莲。

　　当然，师梦芳也有微博和微信，师梦芳的化名是"梦想师"。

　　"梦想师"师梦芳昨天在微信朋友圈发的一条文字，锁子就读了。她说："天日何在？我梦想天日灿烂，云白风轻，鲜花盛开，笑容永驻我们心间！"

　　"荷叶田田"付心莲，在微博上与师梦芳一前一后发出的文字，锁子也读了。她说："我想成为一股风，一股席卷雾霾而去的狂风，还自然本来面目，还人生应有的心情！"

　　锁子非常认同两位女性朋友微博与微信里的观点，知觉她们的心态是健康的,情绪是积极的。不像一些人发出的微博和微信,除了谩骂还是谩骂,除了仇怨还是仇怨。这可不好,对自己不好,对社会生活也不好。但他因为无话可说,看了就是看了,也不会太往心里去。他是想了,这实在是件没有办法的事哩,谁的手大,再大还能把天下人的嘴都捂住?因此,读了也是姑妄读之,阅了亦是姑妄阅之。人嘛,心里不爽,发泄发泄是可以的。锁子没有理会别的微博、微信,但对"梦想师"师梦芳、"莲叶田田"付心莲,他在她俩的微博、微信朋友圈里,都点了一个赞。

沉沉的一夜好睡,天明就是10月1日,也就是伟大祖国的生日——国庆节。人称"黄金周"的几天法定假期就要到来了。因为长假,锁子难得睡了个踏实觉。天明了,他还沉浸在睡梦中不知醒来,然而窗外的鸟儿鸣叫了,鸟儿的鸣叫唤醒了他。他还赖在被窝里睡着,习惯性地伸出手,伸手拿起他放在枕边的手机。这是有趣的,甚至堪称一场革命。过去的日子里,锁子的枕边,不像和他年龄一般的男人那样,既有自己女人的长发,也有自己女人的呼吸。他没有,他只有书,一本一本的书,散发着书的香味,忠实地陪伴在他的枕边,使他不至于太寂寞、太孤独。可是悄悄的,不知从什么时候起——哪一天?哪一日?他枕边陪着他睡去、醒来的书籍不见了,代之而来的是他的手机。须臾不离他身的手机,成了他枕边的新宠。锁子把手机拿在手里,摁亮了开关,这便响起几声嘟嘟嘟嘟的信号声,他唰着手机屏,把微信打开来,首先映入眼帘的是师梦芳的一条,接下来就是付心莲的一条。

师梦芳的微信是:"国庆蓝!啊啊!多么难得的国庆蓝啊!快从被窝里起来吧,把头从窗户伸出去,你会看见天,高高的天,蓝蓝的天,神清气爽的天……"

付心莲的微信是:"天助我兴,国庆车展开幕式,我有信心当好我代表的新动力品牌车的推广人!"

接下来还有几条微信,锁子没时间阅读了,他心情极佳地把手机放在枕头边,这就鲤鱼打挺般地从被窝里弹起来,抓住衫子穿衫子,抓住裤子穿裤子,迅速地穿戴整齐,他要看雾霾散去的蓝天,还要到国庆车展的现场去,看付心莲的车模大赛。

这个国庆节,锁子感觉到他从没有过的高兴。

锁子之所以高兴,既为师梦芳,又为付心莲,还为牛秋乡,同时还有他自己。师梦芳热心助人,刻苦钻研业务,市电视台报送省广电局,经过专家评审,她于国庆前夕,获得了参加全国电视系统"金话筒"评选的入选资格。付心莲职业转型,从一个职业跆拳道运动员,成功跻身汽车品牌推广人行业,进而还可能涉入影视演艺领域。牛秋乡获准父亲的同意,继续排练,准备赴京参加《星光大道》,而《星光大道》也正式通知她,国庆节后,就让她赴京准备,择机上节目;他自己,先是一篇他从临床出发撰写的《乳腺癌预防及治疗》的论文被刊发在国家权威的《中国医学》杂志上,美国的"乳腺癌研究"组织致信给他,让他积极准备,参加12月在美国加州举办的世界乳腺癌防治大会,会上要交流他的研究成果;接着,也就是国庆节的前一天,他申报的国务院特殊津贴专家资格,顺利获得批准,红头文件已平平整整地归纳进了他的人生档案。

好事,好事……朋友的好事,自己的好事,排成队,嬉皮笑脸地涌来,锁子就只有开心和高兴了。

狗东西也是,在客厅里敏感地捕捉到了锁子从梦中醒来的气息,它就欢快地吠叫起来,并蹦蹦跳跳地扑到锁子睡眠的房门前,两只前爪高举着,爬在门板上,兴奋不已地挠刨着。

付心莲收养了狗东西,她却忙得没时间带,就蛮不讲理地扔给锁子,让他帮忙养着,因此,狗东西对锁子也是特别亲。

锁子穿戴整齐,把他的房门打开,狗东西就扑到他的身上,扯着他的裤腿,亦步亦趋,憨态无限地随着锁子。锁子去洗手间刷牙洗脸,然后又到餐厅,来吃牛秋乡已经做好并端到餐桌上的早饭了。

二

家里没有牛秋乡的时候,锁子的早餐很简单,简单得经常只是一袋牛奶,外加一个馒头,或者几片饼干什么的。有了牛秋乡,锁子的早饭品质大为改观。他有稀饭喝了,而且还是他最爱喝的陕北老家钱钱饭。钱钱饭有讲究。长在陕北老家时,阴雨天,出不了坡,干不了活,人在自家窑洞里窝着,早有弄回窑洞里的两块石头,大的一块垫在炕边,小的一块举在手上,把黄豆、黑豆之类在两块石头中间撂着,砸成扁平的钱钱,是黄豆了就叫金钱钱,是黑豆了就叫铁钱钱。之所以都叫钱钱,是因为在石头和石头之间砸出来的样子,扁扁的如若小小的麻钱一般,熬煮小米稀饭的时候,抓上一把搅进去,是金钱钱了熬煮出来的就是金钱钱稀饭,是铁钱钱了熬煮出来就是铁钱钱稀饭。砸成金钱钱、铁钱钱的黄豆、黑豆,熬煮在小米稀饭里,是比圆圆的豆子要好煮得多,熬煮时,也好把黄豆、黑豆里的油分熬出来,渗入进小米稀饭里,使取名钱钱饭的小米稀饭,喝起来,入口更有味、更香醇。国庆节的早餐,牛秋乡起早就给锁子熬煮了钱钱饭。她熬煮的时候,往稀烫烫的小米稀饭里,搅了一把金钱钱,搅了一把铁钱钱,金钱钱和铁钱钱混合在小米稀饭里,使熬煮出来的稀饭醇醇的、香香的,牛秋乡盛在碗里,热气腾腾地端到餐桌上,锁子被狗东西缠着,挪着脚步坐在餐桌上,伸手就能喝,伸手就能吃了……锁子幸福地看着摆在他面前的钱钱饭,刚把筷子捉到手上,在厨房里忙的牛秋乡,又端了在电饼铛里烤好的几片馍页,以及她住到锁子家里后,用锁子屋子里的瓶瓶罐罐腌制的酸白菜、酸萝卜,稍稍切了切,装在盘子里,都端出来,放在锁子的面前。外焦里绵的馍页,酸酸甜甜还带点微辣的腌白菜、腌萝卜,更是锁子长在陕北老家吃惯了的。他不习惯那些名头很响的大菜,他就馋他小时候的乡里吃货,那些对他的胃口,故乡的味道呢!

锁子招呼牛秋乡:"你让我享到口福了。"

牛秋乡把系在腰上的围裙解下来,搭在一边的椅背上,和锁子面对面地坐了。锁子捉起筷子,拿起馍页,一口馍页,一筷头酸菜,然后又一口钱钱饭地吃起来,可是与他对坐的牛秋乡,却没捉筷子,没拿馍页,没喝钱钱饭。她望着吃相馋极的锁子,眼睛里跳荡出了许多火花儿来。

锁子催着牛秋乡:"吃呀,你也动筷子么。"

牛秋乡捉起了筷子,却还没有夹酸菜,拿馍页,喝钱钱饭。她像她刚才一样,满眼的火花儿,直丢丢盯着锁子看……也许是她眼里的火花儿喷射出来,溅到了锁子的脸上,他抬起头,停下了筷子,停下了咀嚼,追着牛秋乡的目光,看了过去。这一看,锁子的心慌了起来……锁子不能让他心慌,他要扭转早餐桌上的局面,他没话找话地给牛秋乡说话了。

锁子说:"节后就要去北京了。"

牛秋乡轻轻地嗯了一声。

锁子说:"你到北京去不要胆怯不要怕,《星光大道》没啥让你怕的,你有实力,你要相信你,你……"

锁子还想说下去,牛秋乡截住了他的话头,说:"你说的我都听下了,我想问你一句话。"

锁子收住了他的话,他应着牛秋乡,说:"你说么。"

牛秋乡说:"我到北京一去,回来还能进你的门吗?"

锁子听出了牛秋乡话里的意思,他能说牛秋乡去了北京,回来就不能进他门的话吗?他不能那么说,他只能说,"我的门钥匙在你手里,你啥时回来,啥时开门自己都能进来,你还问我。"但这样的话,锁子也不能说,他只能埋在心里。他满脸温暖,满脸温和地说了。

锁子说:"吃咱的饭,饭把咱的嘴捂得住。"

真是不错,饭把牛秋乡的嘴捂住了,自然也把锁子的嘴捂住了。他俩接下来,没说他俩刚才说的话题,都把头埋下来,吃馍页,嚼酸菜,吃钱钱饭,吃饱喝足,就双双轮着收拾碗筷,清洗锅灶,然后又轮着拿笤帚,使拖布,把房间的卫生彻彻底底地搞了一遍,而这时,挂在客厅墙壁的挂钟里,有一只小公鸡,探头探脑地张开嘴,音调清越地轻啼了九声。是的,时间到早晨的九点钟了,锁子和牛秋乡,没敢迟疑,他俩把自己各自收拾了收拾,这就走到房门口准备出门了。锁子换上他穿了些日子的棕色皮鞋,牛秋乡换上了她的黑色中跟皮鞋,拉开门,锁子都走出了一只脚,却被跟在他身后的牛秋乡拖了回来。牛秋乡不说话,弯下腰,取来鞋柜架子上的棕色鞋油,给锁子的鞋头上,各挤出一点,然后拿起一把棕刷,就在锁子的鞋上刷起来。牛秋乡不说话,锁子也没说话,但他是有挣扎的,他欲挣扎着自己给自己刷鞋油,可他挣扎了几下,都没挣扎过牛秋乡,这就任凭牛秋乡由慢到快,给他把一双旧皮鞋,刷得锃光明亮。

　　锁子就这样脚蹬锃光明亮的棕色皮鞋,与牛秋乡驾车来到旌旗猎猎、锣鼓震天的西安国际展览中心,来看付心莲在车展现场参加的模特大赛来了。

三

　　付心莲的表现真是不错。她做跆拳道运动员时,国内、国际的比赛都打过了,打了许多场,什么样的场合没经过?都是热烈的、喧嚣的,随便一场脚蹦腿劈的比赛,都比车模竞赛这样的假模假式要真实、残酷、激烈。连那样的比赛,付心莲都没怯场过,对这种矫揉造作的假把式,就更不在话下了。车模竞赛的场所,先是在车展中心的广场上,实行的是开放式的评比,参赛的选手,按照竞赛的规矩,列队组团,在一定的时间内,秀完自己的规定动作,然后回到各自代理的汽车品牌展台上去,自由发挥,各展其能,到当天的闭馆时间,综合现场参观者的短信、微信投票,再加组织者组队而来的专家投票,评定出这次车模表现的名次。

　　这个评选方法,是师梦芳总结许多竞赛活动的得失,同时根据汽车展会的特点,与组委会的人集体决定的。她希望他们组织的活动,公开、公平、公正,能够得到社会的认同。

　　师梦芳既是组织者,又是现场主持人,忙得她化了淡妆的脸上,满是一层细密的汗珠……锁子和牛秋乡都是看客,他俩挤在人潮拥挤的现场,提心吊胆地看着赛场上付心莲的走秀。他俩之所以提心吊胆,是因为他俩看出了问题——舞台上的付心莲,虽然不胆怯,而且大方着,但她接受职业模特培训的时间,毕竟不够,所以走得生疏,走得硬了,如此下来,还怎么与其他模特比高低?

　　锁子心里叫起了苦。

锁子没敢问他身边的牛秋乡，但他只把鼻尖上直流汗水的牛秋乡瞥了一眼，就知道她像他一样，也在心里为付心莲叫苦了。好像是，做着现场主持的师梦芳，在付心莲走秀的时候，也蹙眉皱眼，为她而苦恼着……熬煎人的广场走秀啊！终于在锁子、牛秋乡、师梦芳的叫苦心理下结束了。车模自己，在各自的助手帮助下，到各自代理着的汽车展台前去了。付心莲事前没给自己准备助手，转场时，便慢了别人许多，人家有助手的模特，全都风吹一样，飘飘荡荡地离开广场上的走秀台，往自己代言的品牌展台前去，而付心莲，则独独留在广场上的走秀台上，不慌不忙地收拾着她的行头……这是她的作风了，过去的跆拳道运动员，在那儿比赛时，教练是有的，领队是有的，就是没有助手，她要自己解决自己的问题。所以，付心莲不慌不忙，不急不躁。她自己可以不慌不忙，不急不躁，但在人潮里观看着比赛的锁子、牛秋乡，就不能不慌不忙，就不能不急不躁。锁子急躁得跺起了脚，牛秋乡慌忙得哑起了嘴，急躁的锁子，偏脸来看慌忙的牛秋乡，这才看见牛秋乡不知何时，把她的两只胳膊，如两根绳子似的紧紧地缠在他的胳膊上，越缠越紧，他都感觉到胳膊上的疼痛了……此情此景，锁子顾不上别的，他把牛秋乡缠在他胳膊上的手捋下来，给牛秋乡命令似的指使起她来。

锁子说："还不快去，帮付心莲转场！"

锁子的指使提醒了牛秋乡，她从人潮中，像条泥鳅一般，嗖嗖嗖嗖，只一眨眼的工夫，就钻到付心莲跟前，帮助付心莲收拾好她的行头，匆匆地向付心莲代言的新动力汽车"奥奇"展台去了。

走秀台上没有走出风头的付心莲，在她代言的"奥奇"展台上，完全变了一个人。代表其他品牌汽车的车模，漂亮各有各的漂亮，美丽各有各的美丽，可她们为了极大地彰显自己的漂亮美丽，抢得人们的眼球，在服饰上又大显身手，什么样的衣裳都敢往出穿，传统的、改良的旗袍有，时髦的、时尚的裙装也有，还有见所未见的透视装、闻所未闻的绳艺装，亦都新鲜豪迈地穿出来了！争奇斗艳，不一而足，让人惊叹车模的衣着尺度，开放得真是可以，大胆得真是够劲。总而言之，不为掩盖身上的那几点羞处，简直能够裸着身体来展览了……付心莲和她们不一样。她把自己在国家跆拳道队时的国际比赛服换上了身，飒爽英姿地往新动力汽车"奥奇"展台上一站，要多么爽利有多么爽利,要多么俊逸有多么俊逸,别出心裁,特别适合新动力汽车展览的概念……姚老板其时就在他的汽车展台前,戴着个如今很少见的鸭舌帽,还有一副从古董店淘来的圆边墨镜。来到他们展台前的人,往台上看一眼,回头又往台下看一眼,是都要开心一乐的——他俩相映成趣,相衬成景,用现在流行的"奇葩"一词来概括,倒是满合拍。

他们的确是奇葩的,但不是如今大家嘲笑某个人、某件事时所说的"奇葩",而是很有范儿、很吸引人的那种"奇葩"。

付心莲几个刚柔相济的预备动作,算是答谢了围来看她的人们,接下来就是展示她练得炉火纯青的跆拳道基本动作和套路。没有对手,新动力汽车"奥奇"成了对手。付心莲一个向内的大劈腿,仿佛雷霆天来,好不炫目!接着又是一腿倒地的长踹脚,仿佛电光地生,好不惹眼!周边围观的人群,一声高亢的"好"喊出来,还未落声,就又有一声更高亢的"好"喊了出来,围在其他车展台前的人,以及把长枪短炮挂在胳膊上,举在手头上的摄影、摄像记者,就都放弃了他们围观拍摄的对象,纷纷涌到付心莲和她代言的新动力汽车"奥奇"展台前来,"哗哗哗哗"的鼓掌声,和同样"哗哗哗哗"的拍照声,交织在一起,电闪雷鸣,犹如旱天下起一场铺天盖地的雷阵雨……师梦芳和专家评分队的十多个人,恰其时也转到了付心莲和她代言的"奥奇"新动力汽车展台前,他们像围观而来的其他人一样,也被付心莲独具一格的汽车代言模式所吸引。他们见多识广,他们走遍全国各地,参与过全国各地的汽车展,在他们的记忆里,什么新奇斗艳的样式没见过?什么放浪形骸的人物没见过?就是付心莲的这种形式,是头一次见,见了又都觉得非常新颖、非常出挑,没有别的因素干扰,专家队伍评的冠军车模,应该就是付心莲了。

专家们没有鼓掌,没有叫好,但他们喜形于色的眼睛,暴露了他们心里的秘密,师梦芳敏锐地发现了专家们心里的秘密,她给展台上把跆拳道表演到兴头上的付心莲,高高地竖起了大拇指。

竞赛结果不出所料,剑走偏锋的付心莲,以车迷们的人气分,加上专家们的专业评分,荣誉胜出,夺得了国庆车展模特的桂冠。

一个水晶的奖杯和一个镶钻的白金冠饰,以流动的方式,流转到付心莲代言的"奥奇"新动力车展台上来，戴在了付心莲的头上。白金冠饰和金灿灿的冠军奖杯，都是组委会有头有脸的人颁给付心莲的。到要给付心莲献花了，因为主持人是师梦芳，不知是她提前就做好了预案，还是她自己一时灵机一动，她宣布说了，要找一位鼓掌鼓得最热烈的人，来为车模冠军付心莲献花。师梦芳说话的时候，已有礼仪小姐捧了一束鲜花，上了展台，站在了付心莲的旁边，只等主持人师梦芳点谁的将了。师梦芳笑笑地看着展台下，从左侧展台看到右侧展台，展台下都是热烈鼓掌的人，她却把手指向了锁子，说人群里她发现锁子的掌声最热烈。她这一说，展台下的掌声似乎更热烈了，锁子就在热烈的掌声里被师梦芳请上了新动力"奥奇"汽车的展台。两个非常相熟的人，在此一刻，仿佛彼此不认识似的，闲扯了两句"你好""你好"，就由师梦芳引导着锁子，简短地采访了几句。

师梦芳问锁子："先生贵姓？"

锁子回答："勉贵，姓锁。"

师梦芳问："锁子的锁？"

锁子回答："锁子的锁。"

师梦芳问："锁先生什么职业？"

锁子回答："这个……不说了吧。"

师梦芳说："那么，就让职业神秘的锁先生来给冠军献花吧。"

锁子从礼仪小姐的手里接过鲜花，双手捧着，带着万般欣喜、万般快乐，献到付心莲的怀里。展台下，顿时又是一片掌声的喧嚷。

四

付心莲的眼睛是湿润的，锁子、师梦芳、牛秋乡的眼睛也是湿润的！

来到龚小烟的"绥米风"酒楼，付心莲、锁子、师梦芳、牛秋乡他们的眼睛都是湿润的。好像是，在汽车展现场给勇夺了车模大赛冠军的付心莲加冕、授奖、献花的时候，他们就都忍不住地心潮涌动，眼睛就湿润了。那时候湿润了眼睛的潮气，到现在还没有退下去。他们几个短信加微信，很想相约着放松一下。这不仅是成功主持举办了车模竞赛的师梦芳的想法，也是锁子、付心莲、牛秋乡他们的想法。不过，最先还是师梦芳提出来的。师梦芳通知了他们几个，赶在傍晚时分，约在了"绥米风"酒楼，好朋友们聚在一起，要过个欢乐的国庆节，同时也都为自己庆贺一下。

大家这些天，都有好事，庆贺一下是值得的。

"绥米风"酒楼的老板龚小烟，也是师梦芳的好朋友。她之所以给自己的酒楼起名"绥米风"，是因为祖籍陕北的龚小烟，她的父亲是绥德人，她的母亲是米脂人——"米脂婆姨绥德汉"，她的父母佳配一生，恩爱一生，生养了龚小烟，供她上了西安的美术学院，龚小烟以为她是继承了父母的艺术基因。她的父亲秧歌跳得好，逢年过节闹红火，引导秧歌队伍的伞头，非他就扭不出水平来。她的母亲窗花剪得好，被公认是陕北"剪纸一枝花"，改革开放初，互联网刚刚进入大陆，她的母亲就在网上开了一个名叫"黄土情"的网页，宣传推广她和他们陕北的剪纸艺术。为此，她母亲几次受邀，走出国门，去了欧洲、美洲、大洋洲，带着一把小剪刀和她的精品剪纸，展出交流……父母亲离不开陕北，死死活活守在陕北的黄土窑洞里，既耕种他们的几亩责任田，又进行他们的民间艺术创作，活得充实又满足。然而不幸得很，龚小烟大学毕业，她写信要父母参加她的毕业典礼。这个理由太充分了，父母来了，上千里的路程都走过了，可就在进入西安城的时候，突如其来的一场车祸，夺去了父母双双的性命。龚小烟深爱着她的父亲母亲，美院毕业，她本来可以留校，可她选择了自主创业，走出教室，继续进行美术创作。龚小烟以为只有如此，才不辜负作为乡村艺术家的父亲和母亲，才是对乡村艺术家父母亲的最好纪念。毕业离校头几年，龚小烟一头返回他们陕北，悠游在陕北的峁峁梁梁、沟沟岔岔、坡坡岭岭，遍访陕北像她父母一样的乡村艺术家，从他们身上学习到了许多原生态传统的艺术思路和方法。她需要一个新的平台，把她学习到的东西创作呈现出来，因此她回西安来了，在西安美院的大门外，租了美院的一幢三千平方米的三层小楼，开办了以陕北地域小吃为主的"绥米风"酒楼。

　　西安城里的其他酒楼，名为酒楼，就真的是酒楼。而"绥米风"不是，很有点儿"别有洞天"的意思——既经营酒楼生意，还开展书画艺术活动。走进"绥米风"酒楼，一层、二层，不折不扣的是餐饮层；到了三层，情况则不一样，做了一个规模不算小的书画展览厅。龚小烟之所以这么做，目的如她毕业离校，返回陕北老家采风学习、汲取乡村艺术营养一样，既是对父母的一种纪念，更是对父母艺术世界的继承。餐厅的包间里，悬挂着的，有父亲扭秧歌的照片，有母亲的剪纸作品，当然，还有许多她自己创作的艺术作品。

　　师梦芳发短信说要来吃饭，龚小烟给他们安排在了二楼的"米脂"包间。

　　医院收治的一个病人出了情况，这是锁子的病人。医院打电话给锁子，他刚给付心莲献了花，把电话捂在耳朵上一听，没怎么逗留，就先回了一趟医院，因此，他来"绥米风"晚了一些。晚是晚了，可他驾车赶来"绥米风"，只把"绥米风"的外装修一看，就情不自禁地赞了一声好。临街的窗户，都是陕北窑洞窗子的模样，花格子的窗棂，隔出许多形态不同的小格子来，小格子里都镶了玻璃，玻璃上都贴了窗花——红格艳艳的窗花，别人或许看不出究竟，生在陕北、长在陕北的锁子是懂得的——一个胖娃娃，骑着一条同样肥胖的大鲤鱼，还有一个老汉，身背草筐，手牵三只大肥羊，这样的剪纸，是祈愿吉祥的，意思为"连年有余"和"三阳开泰"；那幅头上翘着两只辫子的"鬏髻娃娃"，一手举着一只鸡，一手举着一只兔，这幅题材的剪纸是要用于新婚洞房的，寓意不言自明，是要新婚夫妻多子多孙的；很好玩的是"瓜子娃娃"以及"守门娃娃"，其根源要追溯到原始巫术时代去，后来人们逢春节就把它们贴在门上，来预防病魔和抵抗邪气保平安；还有鹿，还有马，还有老虎和狮子，以及龙凤和麒麟，自然也是为了祈福于自然，祈盼五谷丰登，让百姓过上好日子……锁子记得，他小时候过年，老人上香贴窗花贴到马棚子的时候，嘴里还要祷告的："马，马，你吃草，一年的运气都扶好……"总之，随随便便的剪纸，在陕北的日常生活中，可是不随便哩！

精巧灵动，雅趣横生的剪纸，让停好车的锁子，站在"绥米风"的大门口，就先欣赏了个够。

这是谁开的"绥米风"呢？太有品位，太有特色了！西安城还有这样一处充满了陕北文化元素的妙地方！锁子埋怨自己孤陋寡闻，埋怨自己眼界不宽……他埋怨着自己，在门迎的热情招呼下，走进了"绥米风"的大门。涌进他眼睛的，是更为强烈的陕北地方特色元素，以及陕北文化气息——大南瓜一个摞着一个，摞得有半人高；洋芋洗净了盛在柳条笼里；辣椒、玉米编成了辫子，挂在墙上；还有石磨、石碾；还有犁头、镢头、锄头；还有纺线车、织布机……石磨上正磨着豆浆，石碾上正碾着小米，"绥米风"的大厅，陕北的事与物，应有尽有，几乎是一个陕北文化无所不包的展览馆。

锁子很想站定脚跟，把大厅里的陈设，一桩桩，一件件，看它一个够，让这里的一事一物，牢牢地嵌入他的大脑，成为他须臾不能忘怀的记忆。

可是，锁子的手机"吱哇"一声叫了起来，他知道师梦芳她们来电催他了。他掏出手机，给师梦芳回了一句"马上到"，就收回他四处巡视的眼光，径直往楼梯口走去。顺着铺着防滑地毯的楼梯往上爬，他爬了十来级，抬眼往上看，就又看见了一幅剪纸作品，装在一个画框里，端端正正地挂在楼梯拐弯处的墙壁上。这幅剪纸作品，不像贴在窗玻璃上的那样。这一幅是大的，大到可称巨幅了！宽有近一米，高有近三米，机器打印的说明，镶在整幅作品的下方，取名为"空空树"。

"空空树"？锁子没有细看剪纸内容，仅只一个剪纸名称，就吸引了他，他不明白，怎么会起这样的一个名字？

锁子攀爬楼梯的腿脚，又稳稳地停在了《空空树》下，仔细认真地阅读起这幅特殊的剪纸了。他发现，剪纸作者的创作意识是强烈的，创作手段又是抽象的。巨大的一棵树，充塞了整幅作品的全部空间，看得出来树既是人，人又是树，人形的文化架构，兼具着阴和阳两极，人和树合二为了一，天和地合二为了一。锁子见过的剪纸多了去了，但他从没有见过如此奇特绝妙的一幅，不仅巨大，而且内含丰富，让他一时还悟不透作者的用意在哪里。一棵剪纸树，树有眼睛，眼睛却生在树根上；树有心脏，心脏却生在树梢上；树还有女性所有的乳房和子宫，树还有男性的睾丸和生殖器……

锁子阅读着这幅剪纸，他的心思有了一时的穿越，穿越到他上大学时进行的一次解剖研究，好像这棵剪纸树，就是他解剖研究的一具人体，有太多让他钻研和揣摩学习的地方……手机，装在裤兜的手机，再一次"吱哇吱哇"地呼叫起来，锁子知觉他在《空空树》前站得时间久了，他必须离开吸引他的《空空树》，去到"米脂"包间与师梦芳、牛秋乡、付心莲她们相聚吃喝了。依依不舍地离开《空空树》，锁子快步走到"米脂"包间门口，伸手握住包间门的锁把，拧着要进去时，心里却还在想着《空空树》，以为他不能完全读懂的《空空树》，不仅蕴含着强烈的现实生活话题，并蕴含着深刻的哲学话题，而同时又还蕴含着广博的宗教话题。

艺术家龚小烟，就是锁子在这里认识的。

艺术家终归是艺术家，云烟一缕的锁子，俯身看见抱着他的骨灰盒的她们鱼贯而行，唯龚小烟不一样，她没有把他的骨灰盒虔心地抱在怀里，而是短暂地抱了不大一会儿，仿佛他的骨灰有多沉重似的，在手上掂了掂，掂着就扛到了肩上，扛着往前走了。

嗨！你个龚小烟啊！

五

初上秀台的付心莲即斩获成功，她是太兴奋了。锁子推门刚一进来，付心莲就把一大黑碗的热糜子酒，端到了锁子的嘴边，命令着他，要他一口喝下去。

热糜子酒不是白酒，酒劲儿要小得多。长在陕北的日子里，锁子常有得喝，他是不惧一碗热糜子酒的，但他还沉浸在他到"绥米风"酒楼来的观感上，所以，他接过付心莲罚他的热糜子酒，却没立即往嘴里灌，因为他的嘴被几句话占着，他不说出来，把嘴腾空，是没法喝下去的。

锁子说了:"你们大家,啊!大家发现了没有?'绥米风'酒楼的装修风格,太我们陕北了。尤其是点缀其中的剪纸作品,那幅巨大的《空空树》,啊呀呀!谁剪的?太有才、太有创意了!"

　　锁子的话,把酒桌上一个人的眼睛说亮了,她就是"绥米风"酒楼的老板龚小烟。龚小烟抬起头来,一双亮闪闪的大眼睛,盯在锁子的脸上,微微地笑着,满满的,尽是一种受用的神情。

　　龚小烟盯着迟到的锁子看,而锁子的一席话,又惹得师梦芳、牛秋乡、付心莲她们,齐刷刷把眼睛盯在了龚小烟的脸上看了。

　　师梦芳看着龚小烟,说:"小烟啊,你说你怎么这么有魅力,锁医生又不认识你,一来就把你夸上了。"

　　龚小烟不领师梦芳的情,说:"他夸的不是我,是我母亲。《空空树》这一巨型剪纸,是我母亲生前的最后一幅作品。"

　　锁子从自己的情绪世界醒转了过来,他随着师梦芳和龚小烟的对话,这才注意到,今天的聚餐,多了三位他不认识的人,一位就是师梦芳刚刚说起的龚小烟,另两位是谁呢?锁子在大家留下来的一把椅子上坐了下来。坐下来的他,左右看了看,才知道大家留给他的是餐桌上的主席位置,于是又站起来,要和师梦芳换位置。师梦芳不换,锁子就还要和付心莲换,他换位置的理由是,付心莲今日新晋车模大赛的冠军,坐在上座,才更能显示荣耀。但是,付心莲仍然没和锁子换位置,不过,她借机给锁子介绍另外两位锁子还不认识的生人。

　　付心莲很是礼貌地指着她身边的那位很有明星气质的男人说:"姚老板,我这次代言的'奥奇'新动力汽车的营销总经理。"

　　听到介绍的姚老板站起来,与一直站着的锁子,伸着胳膊握了握手。姚老板说:"我知道你了,锁医生,鼎鼎大名的妇科专家。"

　　付心莲接着又礼貌地指着紧挨姚老板坐着的另一位男士。这位男士的长相,让人实在没法恭维,太奇葩了,哪怕搜肠刮肚,也找不出可以形容他的字眼来。

　　付心莲说:"解导演。"

　　被介绍为解导演的人也站起来,伸手给锁子,握手了。他握着锁子的手说:"不是解导演,是解副导演。"

解导演这一解释,让不明就里的锁子更是糊涂,他说:"害什么害?害导演,导什么演?"

姚老板觉得他该说话解释了,要不这位锁医生,还不知会误解到哪儿去。他拉着解导演坐下,也示意锁子坐下,说:"解导演姓解,他那个姓读音为'害',其实是解放军的解字,也就是解决问题、解开疙瘩的那个解字。"

锁子哦了一声,说:"这就好。前面心莲一个害字的介绍,把我们吓住了,以为他……哈哈,我的天,别是害人吧!害人的人最后都是要害自己的。"

付心莲不要锁子这么说,她插进话来说:"锁医生不敢胡说。解导演是姚老板的好朋友,我今天的表演,姚老板很满意,他就叫来了解导演。解导演他们筹拍一部叫《拉手手》的电影,他是副导,专门负责找选演员,他来考察我,想要让我出演电影里的女主角哩。"

付心莲这一说,锁子一下子明白过来,在他的脑子里,挨着个儿数,拍电影拍出名堂的人物有陕西的张艺谋、陈凯歌,还有北京的冯小刚、郑晓龙等几位,他们享誉中国、誉满世界,可他们也都是,怎么说呢?锁子找不出词儿说,他承认他们有才华、有成就,但别样的消息、别样的新闻也不少!哈呀,他们影视圈里……锁子不好说啥,就只在心里"呵呵呵呵"地乐着,端起他面前的热糜子酒,来招呼大家喝酒了。

锁子说:"今天把我推到主席的位置上,那我就先提议一杯,付心莲新晋车模大赛冠军,牛秋乡又要赴京参加《星光大道》演出,咱们好事连连,咱们就热烫烫地祝贺咱们一下。"

喝酒吃菜,吃菜喝酒,喝的酒是陕北特有的热糜子酒,吃的菜自然也是陕北特有的八大碗,以及洋芋叉叉、碗坨、滩黄、炸糕等小吃。舌尖上满是陕北味道的锁子,吃喝得十分开心,但他担心别的人吃不习惯,就去问姚老板和解导演,他说他是陕北人,吃喝陕北是过瘾的,不知他俩可也吃喝得惯。姚老板说了,他还可以。解导演则说,他们即将开拍的《拉手手》,选景就在陕北,他今天有幸来吃来喝陕北风味,就当是体验生活哩。锁子见他俩回答得得体有度，心里乐着就又询问师梦芳和付心莲。他在询问她们的时候，他的筷子上夹了一片绥德的油旋，而师梦芳和付心莲则各自伸着筷子，夹了一片碗坨和炸糕，她俩都眼睛馋馋地往嘴里送着，锁子问起她俩了。

　　锁子说："二位城里姑娘，我们陕北风味不错吧？"

　　师梦芳听锁子这一问，把筷子停下来，说："我是城里姑娘？"

　　付心莲如师梦芳一样，把筷子停在嘴边上，说："别说我是城里姑娘。"

　　锁子奇怪了，说："那还怎么来说你俩？"

　　师梦芳说："我的根子在陕北，我是陕北姑娘。"

　　付心莲像与师梦芳唱二重奏，她说："我也是陕北姑娘。"

　　锁子有所不知，他和她们交往了许多日子，他从她们的说话上，还有行为举止上，是一点都感觉不出陕北味儿了。她们都是城市化的，说的是标准的普通话，举手投足，又都是城市的范儿。她们不像他，还有刚认识的龚小烟，以及牛秋乡——说话的口音和举止，都还保留着陕北独有的韵味。锁子不相信师梦芳和付心莲的话，他狐疑地看着他俩，温暖地笑着，没有相信她俩的话。

　　师梦芳和付心莲看懂了锁子的目光，两人几乎是异口同声地强调："你不相信我们俩？"

　　锁子没接她俩的话，他只把他夹在筷头上的油旋塞进嘴里，依然用眼睛狐疑地继续探寻着她俩。

　　筷头上的碗坨，也被师梦芳塞进了嘴里，她放弃了她主持节目时的普通话，说："荞面疙坨羊腥汤，死死活活相跟上。"

　　师梦芳说的是陕北信天游里最经典的一句话，她字正腔圆的陕北话，当下征服了锁子，他跷起大拇指，冲师梦芳点点，表示他相信了师梦芳。

　　付心莲跟着师梦芳的话，也说了一句信天游里的词："笑格嘻嘻的哥哥炕上坐，白格生生的垛荞面端来了。"

　　吃喝得已经很开心了，言语呢，又说得十分愉快，生得奇葩的解副导演，就也来了兴趣，发挥出他所具有的才华来，说："一桌的陕北人，咱们喝一个如何？"

六

"喝！喝一个！"锁子响应着解导演。

不是火化后如烟似云的现在，而是那个时候，锁子就有些飘飘然如烟似云……他烟云莫辨地想，师梦芳、付心莲那么城市化的两位女子，却也祖籍陕北，这是他所开心的，他就没有不响应解副导演的理由，随口响应着就很豪迈地端起热糜子酒碗，同时又还督促着师梦芳、付心莲、牛秋乡、龚小烟，把她们面前的热糜子酒碗都端起来，叮当叮当地一阵乱碰，仿佛他们不是在西安，而是回到了他们的陕北高原，都很有陕北气派地仰起脖子，痛痛快快地各自喝了一碗热糜子酒。

姚老板受了感染，也不论他的出身是否与陕北有关，在大家豪气地喝了酒后，也把自己面前的热糜子酒碗端起来，像他们一伙陕北人一样，亦大口大口地吞咽进了喉咙。

喝了一碗热糜子酒的姚老板，提了一个建议。

姚老板建议说："我虽然不是陕北人，与陕北没有多少关系，但我爱听陕北信天游，你们谁，给咱吼一个如何？"

这个建议不错，得到了聚餐者的共同响应。姚老板不知道，解副导演也不知道，牛秋乡马上就要赴京上《星光大道》。他们不知道，师梦芳、付心莲、锁子是知道的，他们在这一刻，齐刷刷的，都把眼睛盯在了牛秋乡的脸上。身上还很好地保留着陕北乡土味道的牛秋乡，坐在餐桌上，吃和大家一起吃，喝和大家一起喝，但她一直没有插话。姚老板的提议，还有几位朋友眼睛看着她的鼓励，她清晰地接收到了，她没有扭捏，没有推辞，她大大方方地站起来，把垂在她胸前的长长的一根辫子，捏在手里往后一甩，这就石裂山破的一声，唱起了信天游：

这么长的个辫子哎，辫子哎……
咋探呀么探不上个天？

这么好的个妹子哎，妹子哎……
　　咋见呀么见不上个面？
　　这么大的个锅来哟，锅来哟……
　　咋下呀么下不了雨颗颗来！
　　这么旺的个火来哟，火来哟……
　　咋烧呀么烧不下你！

　　解副导演的掌声最先响起来，他说他给《拉手手》选择演员，听几个女孩唱过这首信天游，但是没人能打动他，牛秋乡的嗓子太真了，太亮了，他们的《拉手手》，就要这个味道的信天游！

　　一个"真"字，最为恰切地定位了牛秋乡的演唱风格。

　　对于解副导演的这一评价，锁子是认同的，还有师梦芳、付心莲和龚小烟她们，也都是认同的。在一天的时间里，付心莲的车模竞赛，给她在《拉手手》电影里，谋了个女主角的位置；牛秋乡在餐桌上的一曲信天游，在她即将赴京参加《星光大道》节目演出的时候，差不多又要给她赢得在《拉手手》电影里演唱主题歌的机会，这可是多么大的幸运啊！幸运的大家，聚在了一起，在餐桌上，面前都是倒得满满的热糜子酒，大家谁也没吆喝谁，全都自觉地喝了一口，喝了放不下手，就又是一口……姚老板喝得有点高，解副导演喝得有点高，还有师梦芳、付心莲、牛秋乡她们，都喝得有点高，自然了，锁子也喝得高高的。因此，全都晕晕乎乎地散了席，你前他后地往楼梯口走，龚小烟送着大家，送到了楼梯的拐弯处，锁子本能地又看起了剪纸《空空树》。

　　锁子纯粹多余地问龚小烟："这是你娘的作品。"

　　龚小烟老实地说："是我娘剪的。"

　　锁子说："你娘是个哲学家吗？"

　　龚小烟没有回答。

　　锁子也不要她回答，说："你娘就是个哲学家！你娘还是宗教学智者，人类学高人！"

　　锁子这么说，龚小烟回答不了他，别的人也都回答不了他。

锁子就还自说自话地说:"龚小烟,你娘那么有才,你呢?你是科班出身,你的画作呢?你让我们也开开眼么!"

师梦芳看过龚小烟的画,她知道龚小烟的画,有许多就挂在三楼上的展览厅里,她看见酒精刺激着的锁子,让他一个严谨规矩的妇科专家医生,忽然变得犹如一个激情澎湃的诗人,就呼应着他,给他说了。

师梦芳说:"你想看龚小烟的画作,你就不要下楼,你直往三楼上爬,到了三楼,就都是龚小烟的画作了。"

七

有其母一幅《空空树》的吸引,锁子是要立即看到龚小烟的画作了,他不看到龚小烟的画作,他回家也会睡不着,师梦芳指示他往三楼爬,他应声就沿着楼梯向三楼爬了上去。锁子往上爬了,其他人呢?师梦芳、付心莲、牛秋乡,还有姚老板、解副导演,都尾随着锁子,往三楼上爬了。

果然是,三楼的世界,与一、二楼的酒肉喧嚷完全不同。书与画的清香,还有灯光和一点淡得几乎不知觉的音乐背景,营造出的气氛,是雅逸的,是玄秘的,好像还有那么点虚空和禅意。锁子走在前边,首先映入他眼帘的,是一个大大的"荷"字,跟着荷字的,是一幅一幅装裱在镜框里的荷花。锁子深知自己是个艺术上的门外汉,但是对荷花,中国人是熟知且热爱的,是任谁都有自己的一些认识的。"素房含露玉冠鲜,绀叶摇风钿扇圆……不独池中花故旧,兼乘旧日采花船。""春秋罢注直铜龙,旧宅嘉莲照水红……应为临川多丽句,故持重艳向西风。"前者白居易、后者温庭筠等古典诗词大家咏荷的诗句,在锁子的记忆里,随便就能吟诵几首出来,而且他也是爱荷花的——"出淤泥而不染",多么高洁的花儿啊!锁子一幅挨一幅地看着龚小烟的荷花图,奇怪于他的画家老乡所画出的荷花与他人的不一样,不是有一点儿不一样,而是太不一样。他搜索着自己的记忆，发现别人画荷，无非写意、工笔两类，各人依着自己的秉性，都是希望有所变化，然而变来变去，却也变不到哪儿去，只是在用墨或用彩时，有的枯，有的润罢了。龚小烟画荷花，变化着，是彻头彻尾的大变化，是脱胎换骨、搜魂摄魄的大变化。锁子哪儿见过这么画荷花的呢？没有，从来都没有。

    清魂雨润念奴娇，半生泥淖水中熬。
    出头不为残污累，诗风浩荡第一高。

锁子只是个妇科医生，他不是诗人，但他看着龚小烟的荷花，竟然不由自主地吟出了一首七绝。他再往下阅读龚小烟的荷花，竟然还有诗句在他嘴边滚动：

    湖风拂柳曲水殇，皎月悬空夜饮江。
    淡酒三杯思窗前，清香一缕醉荷香。

诗原来是这么涌现出来的，不需要刻意构思，也不需要特别准备，只要自己有心，触景生情，诗句就会自己跳出来：

    思娇桥边恨未逢，寻函访静觅芳容。
    自恃诗心书锦绣，清香几缕水芙蓉。

锁子情之所至，他是一发而不可收了，湖水般泛滥的诗心，牵连着龚小烟的荷花图，不断地向他的心头涌，好像那美妙的诗句，已经被龚小烟涂写在她的画作上，他一张就能嘴读出来：

    曲池夜纱映日华，暗香浮游到邻家。
    多情总被无情欺，淡漠红尘一盏茶。

不能算大，却也不能算小的展室里，静悄悄的，仿佛别的人都不在了，只有锁子一个人在观画，在吟诗。他观看着，吟诵着，就还以他妇科医生的视角，发表了一番惊世骇俗的评论。

锁子说了，龚小烟的荷花不是用画笔画出来的，那样来画，怎么能画出她这样的意境呢？她是生育出来的，你们看，那荷花的根，那荷花的茎，那荷花的叶，那荷花的花朵，全都如是自然的阴精，交和了自己的阳精，受孕怀胎，幻化而生出来的！

有人哭出来了，先是轻浅的啜泣，到锁子评论到这个时候，啜泣声大了，是压抑着自己情绪的哭声了。忘情于荷花之中的锁子，听到了哭声，他寻着哭声看去，发现哭了的人正是画的作者龚小烟，师梦芳把龚小烟搂在怀里，一边劝着龚小烟，一边指责锁子。

师梦芳说："锁医生，你少说点行吗？"

鲜红玉

一

疼！疼！疼！不是一般的疼，泻痢拉肚子都不是这样，太疼了，疼得撕心裂肺，鲜红玉知道，她的腹腔之所以如此疼痛，那是她就要分娩了，从昨天夜半起，每过一阵儿，就这么歇斯底里地疼……按说，这样的疼痛应该是幸福的，应该是喜悦的。但是肚腹里孩子的父亲不在，鲜红玉就没法幸福，就没法喜悦，所以她就只有咬牙切齿地恨着，同时又还得咬牙切齿地忍着疼。

肚腹里孩子的父亲，是西安东大街明星时装店的老板何为多，鲜红玉是何为多聘请的员工，在明星时装店打工两年多了。

鲜红玉考大学，成绩不够，最后选择了一所民办院校，读了三年专科，毕业时却怎么都找不到她所理想的工作。但她不想再回偏远的陕北去，她回去没脸见她的兄嫂。父母亲离世早，兄嫂抚养着她，还抚养着他们自己的孩子。她上初中，兄嫂的孩子上小学，她上高中，兄嫂的孩子上初中，她上大学，兄嫂的孩子上高中……鲜红玉不傻，她看得懂兄嫂的神情，他们其实不想她坚持读书的，特别是她的嫂子，看她的眼神，从来没有暖和过，仿佛一把刀子似的，很想一刀下来，砍断她求学的路程。嫂子这么看她，不是嫂子有多么不好，嫂子也是没有办法。他们家几亩滩地，几亩坡地，一年的收成，糊得住全家一年的嘴，所剩就没有多少，供她和她的侄儿、侄女上学，东挪西借，这让嫂子还能怎么办呢？嫂子给她的没有笑脸，嫂子给她的都只是冷脸。那么哥哥呢？一母同胞的亲哥哥不会给她冷脸的，什么时候面对了鲜红玉，都要给她笑脸呢，哪怕他心里也像嫂子一样，但他面对了鲜红玉，脸上挤也要挤出疼她爱她的笑模样来。

哥哥的笑脸抵不过嫂子的冷脸。嫂子冷脸面对鲜红玉，鲜红玉不傻，她知道嫂子是想让她休了学，省下一点费用是一个方面；她回到家里了，在家帮嫂子干活做家务，多多少少又会是一些收入，穷家小户的，唯有如此才能活出个样子来。

嫂子是这样想的，鲜红玉却不这样想，她相信知识改变命运，她给她的兄嫂说了，"人不读书一世穷"。这句话是老师在课堂上说的，她贩卖给兄嫂，逼迫着兄嫂，供她来西安读了并不怎么样的三年大学，她找不到工作，她还能回到兄嫂身边去吗？她回不到兄嫂身边去了，她没法回家再见兄嫂，她只有漂在西安了。

机会在鲜红玉闲来无事逛东大街时出现了。那是两年半前的一个秋后的日子，暖暖的阳光，从还未脱落的行道树叶子间筛下来，斑斑点点地照在鲜红玉的身上。她有一种预感，觉得她今日可能会碰到一个工作。她这么想着，忽然就有一辆摩托车，为了躲避路上的一位老人，蓦地冲上道牙，把道牙边上闲走的鲜红玉冲了一个坐墩。摩托车倒在了她的身边，同时倒下来的，还有一位模样酷酷的小伙子。小伙子的胳膊腿都受了伤，但他顾不了自己，迅速爬起来，扑到鲜红玉身边，惊恐不堪地问她了。

酷酷的小伙子问："怎么样？"

酷酷的小伙子真是害急了呢，他话跟话地还问："你，要紧不要紧？"

一个坐墩倒下后，鲜红玉因为紧张，还因为羞怯，这样仰面绊倒在地上，身上这儿那儿的，的确有些不舒服。但她看见摩托车受到道牙的阻挡，冲倒她时，已没有多少力量，她就不觉得身上多么难受了。小伙子关切地问她，这是应该的，可她没有正面回答小伙子的关切，倒是有点没心没肺地关心起小伙子来。

鲜红玉说："我没啥。你呢，你看你的胳膊腿……都是血。"

善解人意吧！小伙子听鲜红玉这么说，他的眼睛睁大了。现在的社会，咱驾驶摩托车不撞人，人家还想撞咱哩，碰瓷讹钱！眼下倒好，咱把人家姑娘撞到了，人家大气地说自己没啥，还真切地关心起撞了她的咱。小伙子笑了，笑得一脸灿烂。

酷酷的小伙子说："我的胳膊腿都能动，也就没啥，流血，只是因为蹭破了一点皮。"

他们这么说着时，跑来了一个男青年、一个女青年，他们急吼吼跑来，没管还坐在地上的鲜红玉，只把小伙子围住，十二分的焦急，十二分的慌忙，他们问着小伙子。

男青年说："老板没事吧？"

女青年跟屁虫似的也说："老板没事吧？"

二

小伙子是个老板！从男青年和女青年的问候声里，鲜红玉初步知道了小伙子的底细，男青年、女青年就从旁边那家店里跑出来，他该是那店里的老板呢。急于找到一份工作的鲜红玉，对她的这一发现，瞬间生发出一点儿私心，她意识到她有工作了。有了这样的一重心理垫底，她完全不觉得身体上有什么痛痒了。她力气满满地、挣扎着从地上往起站了，酷酷的小伙子伸手过去，意欲去扶鲜红玉，却发现她的手上血赤呼啦的，便很有些主人意味的，指示起跑来的两位男女青年，要他们赶紧去把鲜红玉搀起来，搀到他的店里去。

小伙子的指示是不由分说的，女青年搀扶起了鲜红玉，往前只走了不几步，就到了灯箱牌匾标明为"明星时装店"的店里边。后边呢，男青年要扶酷酷的小伙子，小伙子没让他扶，说他自己没啥。小伙子让男青年去扶倒在一旁的摩托车。男青年是听命的，他扶起了摩托车。因为摩托车的前档和后座上，带着一捆一捆的衣裳，男青年扶正摩托车后，还认真地扶正扎绑在前档和后座上的衣裳，这就陪着他们称为老板的酷酷的小伙子，也进了明星时装店。

没错，小伙子就是明星时装店的老板。老板一进店门，就给鲜红玉介绍了自己,说:"我叫何为多,心高命苦,开着这个小店,进货都要我自己骑着摩托去。"

何为多介绍了自己,还问鲜红玉的名字。

鲜红玉挨了何为多的撞,她应该气恼的,但却没有。这是因为,虽然这一场意外的发生,让他们认识了才短短的一会儿时间,她却已发自内心地相信,何为多不错,是个有责任心的人。所以,何为多询问她的名字,她就说给他了。

鲜红玉爽快地说:"鲜红玉,鲜艳的鲜,红太阳的红,白玉无瑕的玉。"

鲜红玉的自我介绍,不仅惹乐了酷酷的小伙子,同时也把店里听到她介绍的人都惹乐了。

乐起来的何为多,很夸张地做了个发晕的动作,说:"宝贝啊!你浑身都是宝。"

酷酷的何为多说过这句话后,不再嘻嘻哈哈,他要来给鲜红玉包扎伤处了。何为多的明星时装店里备有日常用药,推着摩托车回来的男青年,极为乖巧地取出药盒,用棉球蘸了清除伤处需用的酒精,凑到何为多身边,想要先为何为多清除伤处,但被何为多制止住了。他制止了男青年对他的殷勤关照,还把药盒拿过去,先给鲜红玉清除创伤,包扎伤处了。

鲜红玉是女青年扶进店里来的,进到店里来的女青年,仿佛和男青年早有分工,他俩把自己的职责换了个个儿,男青年去找药盒去了,她则又去收拾男青年推回来的摩托车上一捆捆的衣裳了。

惊魂完全安定下来的鲜红玉,扑闪着她骨碌转的眼睛,在明星时装店里,看一眼忙碌的男青年,又看一眼操劳的女青年,把她在进店前生发出的在这里工作的信心,更进一步地夯实了。她想她在民办大学学习的专业,不就是服装设计吗,她毕业了找工作,把自己的眼界抬得太高了,总是想着能到设计服装的地方去,竟忽视了满西安城的服装店。在这样的环境里工作,也是行的呀!坚定了信心的鲜红玉,把她看着男青年和女青年的眼光收回了,来看酷酷的何为多了。而且正好,何为多从男青年的手里拿过药盒,也向鲜红玉看来了。

鲜红玉受伤的地方在她的手掌上,何为多给她用酒精棉球清除血污,她是配合的，很自然地伸手过去，让何为多小心地给她处理着伤处。何为多用缠在小小竹棍上的棉球，蘸了酒精，往她的伤处按去，刚一挨上伤处，还是很疼的，疼得她有一个缩手的动作。何为多为了不让她缩手，就把拿着的药盒放在一边，腾出手来，捉住她要缩回去的手，死死地捉着，不管她疼还是不疼，很认真、很规范地给她清洁了伤处。

何为多给鲜红玉清洁好伤处后，还撮着嘴，把鲜红玉的伤处轻轻地吹了吹，这才把现成的创可贴，贴在了鲜红玉的手掌上。

鲜红玉是受了何为多的影响了吗？就在何为多给她贴上创可贴后，她也不和何为多商量，便学着何为多的样子，来为何为多清洁伤处，贴创可贴了。何为多伤在胳膊腿上，鲜红玉要想给何为多清洁伤处，就必须给何为多挽起裤管和袖管。为一位撞伤了她的陌生小伙子来挽裤管和袖管，对于刚刚走出大学校门的鲜红玉来说，是从来没有过的事情。但是鲜红玉把这一切都忘了，她仿佛过去就给何为多挽过裤管和袖管似的，很顺手、很在行地先把何为多的袖管挽起来，然后蹲下身来，又给何为多挽起了裤管……清洁伤处，贴创可贴，鲜红玉像何为多刚才给她做时一样，做得一丝不苟，做得十分到位，由不得何为多都要夸赞她了。

何为多夸赞她："你是学医出身的吗？"

鲜红玉回答了他："不。我学的是服装设计专业。"

何为多把鲜红玉的话听进脑子里去了。不过，他这时还不想在这方面多做讨论。在鲜红玉给处理好伤处后，他似要检验一下似的，用他的手，把鲜红玉粘贴他在伤处的创可贴，又都往牢靠里摁了摁。他一边摁，一边指示男青年给鲜红玉倒水。

何为多说："小乌，你倒一杯热水给鲜红玉。"

鲜红玉这就知道，这个机敏的男青年姓乌。小乌麻利地端来一杯热水，往鲜红玉手上送，而这时，收拾摩托车新进衣裳的女青年，也把一捆一捆的衣裳，都搬进了店里。于是，何为多就又指示女青年："小苗，你选几件衣裳，给鲜红玉试试，有她合适的，就把她身上的衣服换下来，她的衣裳被我撞脏了。"鲜红玉因此就也知道，这个手脚利落的女青年姓苗。小苗有了老板何为多的指示，也不多话，拉着鲜红玉去了试衣间……

明星时装店的名头起得不小，实际店面却不怎么大，大概不到五十平方米，因此就不能专设像大型商场那样的试衣间。他们的试衣间，只是一个布帘子隔着的小通道。鲜红玉被小苗拉进帘子里，她就看到小过道里，有一摞一摞的纸箱，依着纸箱的，还有一块小案板，案板上堆着菜刀、勺子，还有碗和筷子，就在案板的一边，有个方方正正的小板凳，小板凳上搁着个烧着热水的电磁炉……刚才，小乌给她端的热水，大概就是从电磁炉上的热水壶里取来的吧。观察到这一切，鲜红玉想她应该提醒撞了她的何为多，这可不好，烧水做饭的，怎么能与货物同在试衣间里呢？这是一种隐患。而且，对进试衣间试衣的顾客来说，这就是一种不尊重，其最终结果，影响的只能是店铺的收益与发展。

三

把鲜红玉拉进试衣间的小苗，不知道鲜红玉都想了些啥。她尽职尽责地拿出一把软尺，把鲜红玉的腰围、胸围和臀围各量了量，就返身到店子里，拿进来了几件衣服，帮助鲜红玉试衣服了。

小苗职业性地夸着鲜红玉，说："姐的身材真是好！你穿这一件吧，这件穿在姐身上，肯定提人！"

小苗给鲜红玉试的是一件浅粉色的裙装。鲜红玉必须承认，小苗说得不错，她穿上这件裙装，就像换了个人一样，粉粉的，嫩嫩的，特别精神漂亮。但是，鲜红玉穿着裙装，只在镜子前瞧了瞧，就换下来了。

鲜红玉说："都秋凉了，哪有时间穿？"

小苗听懂了鲜红玉的话，就把她拿进来的一身两件套的衣裳让鲜红玉试，这身两件套，上身是件玫红色的小西服，下身是件黑色的小西裤，鲜红玉换在身上，小苗又职业性地夸上了，说："姐你穿啥啥好看，这不是你挑衣服，是衣服挑你，衣服穿在你的身上，是衣服的体面，衣服都要感谢你哩！"

小苗这么说，鲜红玉能不受用吗？一个如花似玉的女孩子，正是需要穿戴打扮的时候呢，她很开心地接受着小苗的恭维。但她却又不知是何道理，还想挑衅一下小苗。

试着衣裳的鲜红玉，从试衣镜前转脸给小苗说："你这些话，只是说给我的吗？"

小苗毫无准备地应了鲜红玉一句："是我老板教给我们的。"

鲜红玉便笑了，笑着又还说："你们老板还让你们在试衣的地方烧水做饭是吧？"

这样的问题，显然不是小苗能回答的。她说："这你得去问我们老板。"

鲜红玉收回她脸上的笑，穿着她试好的这一身两件套，从试衣间里走出来，直接走到何为多跟前，向他张了张胳膊，然后又还给他转了一个圈子，这便站定在他的面前，端端庄庄地给他说起话来了。

鲜红玉说："谢谢老板！让你破费了。"

何为多说："不破费，不破费，是缘分，缘分让我们认识了，你说呢？"

鲜红玉说："衣裳是你的，怎么能说不是破费呢？"

何为多说："真的不是我破费，是你大气，理解人。"

鲜红玉觉得她今天有点反常，不像她以往的日子，总是特别胆怯腼腆，而今天，却有点大胆，甚至可说嚣张！这是为什么呢？可能是她毕业后找工作找的吧，她是没啥可怕的了，她必须无所顾忌、无所畏惧地给自己找到一份工作，如不然，她都不知道下一顿饭在哪里吃了！

鲜红玉到这时，更坚定地认为，她的工作岗位就在这里，她下一顿饭，就吃明星时装店里的了。她很直率地对何为多的店内布置，以及她刚在试衣间看到的情况，提出了自己的不同意见和批评。她很自信地告诉何为多："你教给小苗恭维顾客的言语是对的，但必须因人而异，看人而说，不可千篇一律，是什么顾客什么衣裳，先要察言观色，发现顾客的外表气质以及内在心理活动，然后推荐与之相契合的衣裳，让顾客选购，切记不可夸大其词,言不由衷……"鲜红玉给何为多滔滔不绝地建议着,还用眼睛看了看站在离她稍远一点的小苗,让小苗走到她身边来,拉着小苗的手,夸奖小苗做得不错,但小苗刚才给自己试衣裳,说的做的,都不很得体。"我这么说,是把自己当作一个顾客来看的,顾客的感受、顾客的体验,能不能说就是上帝的感受?能不能说就是上帝的体验?老板心里应该有数。都说顾客就是上帝,报纸上这么说,电视上这么说,商界的人更是这么说,甚至不惜把这句话当成油瓶子,挂在自己的嘴上,让顾客看得见,然而顾客尝得到吗?吃得到吗?这是问题的关键,表现在具体的事情上,就以咱们明星时装店为例,顾客买回去的衣裳,真的就是她们最想穿的衣裳吗?她们来店里有没有要求换装的?有没有要求退货的?换装的比率是多少?退货的比率是多少?"

鲜红玉长这么大,只知道她性子执拗,认定的事,八头牛拉不回来,但她不知道自己还会说,说起来一套一套的,有分析,有探讨,还有方法。她把她自己都说得心潮澎湃,感动起自己来了。

作为听众的何为多,还有小乌、小苗,在这时候,都心服口服地把他们的目光,锁定在了鲜红玉的脸上,还想听她再说,店门口却前前后后,走进来几位顾客。小乌、小苗职业性很强地粘着顾客去了,可他们一人只能粘去一个顾客,另外的顾客,鲜红玉不请自到、无师自通地迎了上去,热情地招承着顾客,与顾客拉着话,观察着顾客的身体特征,以及心理需求。顾客挑选着他们心仪的衣裳,有些衣裳,鲜红玉顺着顾客的意思,鼓励他们试穿;有些衣裳,鲜红玉则逆着顾客的意思,不鼓励他们试穿。一位顾客看上了鲜红玉穿在身上的衣裳,回头夸鲜红玉穿得很有气质。鲜红玉也觉得那位顾客适合穿她身上的衣服,就推荐给那位顾客,说她穿的就是自家店里的衣裳,说着就从衣架上取来同款不同色的那一套衣裳,领着顾客去了试衣间……在试衣间,那位顾客对其中的环境,很是不爽地皱了皱眉头,但因为鲜红玉恰到好处的服务,让那位顾客还是很高兴地买下了那套衣裳。

鲜红玉把顾客送出店门,返身进店时,撞见何为多的眼睛正盯着她。她没有回避,径直走到何为多的身边,她对何为多真诚地说出了她想说的一句话。

鲜红玉说:"何老板,给我个机会如何?"

何为多喜出望外地答应了鲜红玉。她找到了自己的饭碗,不是吃一顿,不是吃一天,而是决心吃一辈子的饭碗。

四

鲜红玉上的大学是民办的,民办的大学在知识积累、学术研究,以及社会认可度诸方面,都让人张不开口,但鲜红玉的悟性不错,学习又非常踏实,所以,她一走进明星时装店,就把学习来的知识,还有她感悟到的方法,毫无保留地运用在营销当中。她给何为多的头一个建议,就是改造他们店里的试衣间。

鲜红玉给何为多建议时说:"咱们的试衣间太有生活气息了,锅碗瓢盆电磁炉,油盐酱醋热水器,这可不该是试衣间里所有的,那是厨房。厨房里的物什是不好在试衣间里存在的,试衣间就应该有试衣间的样子,你说是不是?别说是在咱们时装店里,就是在自己家里,谁会在自己家的厨房里换衣裳呢?没有吧,那咱就要立即马上把咱们的试衣间改造出来,把试衣间不该有的东西都清理出来,还试衣间清爽明亮干净整洁的样子出来。"

鲜红玉说到后来,还加了一句话:"咱们原来的那个样子,万一引发了火灾怎么办?"

何为多很乐意听从鲜红玉的建议,他雷厉风行地改造好了试衣间,让顾客临时所有的隐私空间,变得温馨舒适,甚而还有点说不清道不明的暧昧味道,而这也是鲜红玉所建议的。

小乌和小苗,都在没人的时候,用一种激赏的语气由衷地赞美过鲜红玉。

小乌赞美鲜红玉时,是在元旦,东大街的国槐,全都落光了树叶,光秃秃的,在初冬的风中瑟瑟地摇,小乌说了:"红玉姐,你到咱们店里来,让咱们店里来的顾客多了。"

有了小乌的赞美，鲜红玉就给老板何为多说："咱们店里的顾客比过去多了吧？"

何为多不能撒谎，说："多了去了。"

鲜红玉就说："那你得奖励你的员工不是？我们不要你多给，我们店里的锅灶没了，那就管我们员工中午和晚上两顿饭如何？不要太好，当然也不能太差，就街上饭店的盒饭，管我们大家吃饱好吗？"

何为多没有不答应的道理，他说："我保证。"

小苗赞美鲜红玉时，时间已到春节期间。干冬湿年，一个冬天没落的雪好像都积蓄在这个时候下来了。远处的楼房，近处的树木，还有电线杆子垃圾桶什么的街边固定物品，都被大雪装饰得银装素裹。大街上行人稀少，而他们的明星时装店里，依然人来人往……小苗赶着这个时候，凑到鲜红玉跟前赞美她。

小苗开头的话说的是缤纷的大雪，她给鲜红玉说："瑞雪兆丰年，咱们明星时装店，来年的生意会更好！"

鲜红玉还不知道小苗要赞美她，跟着她的话说："借你吉言了。"

小苗说："不在我吉言，而在你这个吉人，吉人天相，你到咱们明星时装店来，几个月时间，咱们店的营业收入节节攀升，咱们大家就等着过个好年了！"

小苗这一赞美，鲜红玉又给老板何为多说了："小乌、小苗他俩，可是真心爱着咱们店哩，他俩团结协作，咱们店的收益很不错吧。"

何为多心知肚明，他说："收益好，主要还是因为你，让你们三位辛苦了。"

鲜红玉说："要过年了，就拿几句好听的话打发我们吗？"

何为多说："我有准备。"

何为多给大家准备的是大红包，每人一个，但他不是公开给的，都是背对背来给的。拿了红包的小乌、小苗倒没有意见，高高兴兴地感谢了何老板。可是鲜红玉却不答应，她要公开他们的红包。公开的结果是，小乌、小苗的都一样，而鲜红玉的多了小乌、小苗各一倍。也就是说，何为多偏心，给鲜红玉的红包是小乌、小苗两人的总和。

鲜红玉拿的红包比小乌、小苗的大，小乌、小苗倒没什么，还都表态说："多劳多得，红玉姐应该多拿一些。"

鲜红玉却不同意，她说："凭什么呢？我来店里时间短，和小乌、小苗拿一样大的红包，我倒是多拿了，咋还能比他俩多拿呢？"

鲜红玉把她红包多出小乌、小苗的部分拿出来，要和小乌、小苗平分，他俩却死活不要。最后只好由鲜红玉请客，在东大街最奢华的"雪花鱼庄"，把她多拿的钱，分别吃进他们几位的肚子里。

这件事，让何为多想不通，甚至让何为多心里很是不快，认为鲜红玉拆他的台，伤他的面子，让他丢人。大年三十放假，小乌、小苗回家去了，店里剩下鲜红玉和何为多，他们总结过去一年的得与失，何为多就又说起了这件事，而且把他还说得红脖涨了脸。

何为多说："店里挣下钱了，你嫌不公平，要给小乌、小苗的红包增加重量，你给我说么，我给就是。"

鲜红玉说："怪我傻么。"

何为多说："你那不是傻。"

鲜红玉说："那是什么呢？"

何为多说："你是……你是……"

鲜红玉说："我只是想让咱们明星时装店的生意越做越大，越做越红火。这个目标靠什么实现？人。你何老板不要认为是你在明星时装店创业，大家都一样，小乌、小苗，还有我，咱们大家都是创业者。咱们在过去的一年，一起创业，新的一年里，还在一起创业，咱们创业，不能只看眼前的利益，而不顾长远的发展吧？一个有志向的老板，不能只看重钱，而更应该看重人，有了人，才会赚到钱。"

何为多承认鲜红玉说得对，但他心里依然疙疙瘩瘩。鲜红玉何等机灵的人儿，她看进何为多的心里去了。她不想在大过年的喜庆日子里与何为多闹不痛快，就主动地找着茬儿来缓和气氛了。

鲜红玉对揣着和她谈心的态度的何为多说："你呀，如果还想奖励我，我给你提个建议如何？"

何为多没接她的话，只拿眼睛盯着她。

鲜红玉就嬉皮笑脸地说了："我想要个电脑，你给我买一台如何？"

五

何为多没理鲜红玉的茬，他与她进行了那次年关的谈心之后，就拍屁股回他南方的家里过年去了。小乌、小苗过年都回家了，就只留下一个鲜红玉，这不赖别人什么，是她自己愿意的，她主动留下来没回陕北哥哥的家里去。她求学毕业了，有了自己的工作，她是必须给老家的哥哥通报一下的。因此她给哥哥打了个电话，打电话时，虽然心里还有这样那样的疙瘩，很有那么点儿不舒服、不开心，可是电话一通，她的声音就变了，变得热辣辣的，甚至想要流泪，但她忍住了，以快乐的口气，问候了哥哥几句，还有嫂嫂和她的侄儿们，问候过来，就一五一十地向哥哥报告了她的近况。哥哥在电话那头，像她一样，有些激动，几乎是喊叫着给她说，要她回家里过年。哥哥给她说了，羊儿是他自己喂的，杀下来又肥又嫩，煮在锅里就等她回来吃肉喝汤了。还有油馍馍、甜糜子糕、碗坨、杂和面……"你听听都是你嘴上馋的呢！哥哥我，还有你嫂子和侄儿们，都给你准备下了，就等着你回来吃哩。"听着哥哥电话里的话，鲜红玉真想甩手离开，回到陕北哥哥的身边去，和哥哥一家，快快乐乐地过个新年。然而，这个念头只在她的心头闪了闪，就如流星一般消失了。鲜红玉把过年的几个日头，看成他们明星时装店启新再上路的"准备期"，因而踏实地留守在店里，任凭毕业后留在西安城还有联系的几位同学，怎么邀请吃喝玩儿，她都不为所动。而是结合她在明星时装店工作时的经验和教训，草拟了一份明星时装店新的发展提要。她在提要中，规划了他们店的发展计划，而这个计划，最核心的一条，就是实行合伙人制，何为多是老板，他投资了他们店，他拿的是绝对份额，而小乌、小苗和她自己,没有原始投入,但也享有一定比例的股份。她为此,在规划中多写了一段话,这段话的大意是,明星时装店应成为他们大家共同拥有的利益共同体,所有人,都有责任和义务,为他们店的发展成长,负责任、尽义务。他们店有利润,他们人人有得;他们店有亏损,他们人人也有亏。

家在南方的何为多,回家去了几天,当他再回店里的时候,小乌、小苗都把鲜红玉草拟的规划认真研讨过了。他们自然同意鲜红玉的规划方案,但他们不敢保证,老板何为多可否同意接受这个方案。

何为多回来了,鲜红玉当着小乌、小苗的面,把她春节几天搞的规划,呈送到了他的手上。鲜红玉说了,不要何为多立即表态,他可以拿着看几天,多看几遍,看明白了,看透彻了。

鲜红玉说:"何老板会同意这个规划的。"

没出鲜红玉的预料,几天后,何为多在他们明星时装店郑重宣布,他同意鲜红玉的规划,他们从此是合伙人,店里兴,大家兴,店里废,大家废。

鲜红玉他们在得到何为多口头意见的同时,鲜红玉还意外地得到了何为多给她购买的一台电脑。鲜红玉以为这是何为多支持她改革明星时装店的一个举动,所以她没有再多寻问何为多,便在店里实施起她的规划方案了。实施了半年不到的时间,明星时装店的西隔壁,自觉退出服装经营,把铺面转让给明星时装店来经营了;又是半年不到的时间,明星时装店的东隔壁,也挂出免战牌,把店盘给了明星时装店,这使他们一次再次地扩大营业空间……西安城里的旧格局是,东西南北四条大街,唯东大街不一样,另外三条大街上,都是规模很大甚至超大的商场与商厦,只有东大街因为历史原因,都是一个一个的小铺面,就像鲜红玉初来明星时装店时一样。现在,他们西扩一家,东扩一家,差不多就是东大街最具规模的一家时装店了。

鲜红玉不出所料地成了明星时装店的店长。

在鲜红玉的眼皮子底下,已不只有小乌、小苗两个店员,而是还有新招进店里的小米、小麦等二十多位店员了。老板何为多,因为有鲜红玉操心着店面,他就放开手来,跑东跑西,只管进货一个渠道。不过,他进哪一款货,哪一种花色,有时候可以随机采买,但大多时候、大多品种、大多花色,都是鲜红玉根据季节的变化,以及时尚的需求,在电脑上搜寻,确定下来，才由何为多去采买的。

顺风顺水的，明星时装店在服装经营激烈的东大街，真如一个服装明星一般，吸引着顾客，招揽着顾客，使顾客们在店里消费了以后，忍不住还要在他们摆在店里的意见簿上多涂鸦几句。消费者的涂鸦五花八门，但是最集中的话语是，她们爱"明星"，她们是"明星粉"！

瞧瞧，网络上一个热络的"粉"字都用上了。

这能说明什么呢？集中起来一点，就是说明星时装店的市场效应起来了，它成了一个品牌，而他们正向他们想要的目标，昂首阔步地迈进着。

六

然而问题出来了。

正像许多人、许多事一样，在起步时期，或者是困难时候，大家都能齐心协力，团结一致，共渡难关，可到自己的事业兴旺起来——不是小兴旺，而是大兴旺的时候，就不那么团结，就不那么齐心了。表现在对明星时装店的经营上，鲜红玉依然故我地敬业，依然故我地谋划着大家的利益；而他们的老板何为多，不知为了什么，近些日子，会莫名其妙地与鲜红玉发生冲突。他俩的冲突，别的人可能不知道，小乌、小苗听得出来，俩人的冲突，从最初小声的争论，到后来大声的争执，集中起来，就只有那样两句话。

何为多的话是："谁是'明星'的老板？"

鲜红玉的话是："当然是你。"

何为多这就有些理直气壮，说："是我，我咋不能做自己的主？"

鲜红玉不卑不亢，说："你自己的主你当然可以做。但你知道，明星时装店不是你一个人的，是大家的，大家就都做得了主。"

这么争论，这么争执，是没有结果的。不过，小乌、小苗听得出来，鲜红玉是为大家争权力、争利益的,他们的心便都自然地偏向于鲜红玉,自觉不自觉地站在了鲜红玉的一边。小乌、小苗虽然有他们的立场,却不好表达出来,不过,他们发现,维护他们权力和利益的鲜红玉,有一段时间,身体不怎么好,像是吃了什么不好的食品,总要忍无可忍地呕吐。对此,他们可是不能坐视不管,劝慰鲜红玉身体不好,就到医院去看医生,千万不敢硬扛,把自己的身体扛坏了。鲜红玉对他们的关心,一点儿都不当回事,总是轻描淡写地给他们说:"你们只管把咱'明星'的事操心好,我没啥,我好好的,我看什么医生。"

鲜红玉没看医生,却也渐渐地不呕吐了。不呕吐的她在吃食上却有了讲究,一会儿喜欢酸,一会儿喜欢辣,就这么酸酸辣辣着了些日子,小乌、小苗他们有了新的发现,发现鲜红玉的肚子渐渐地变化着,变得以前细腰的衣裳穿不成了,要换腰围大一点的衣裳穿……对于此,小乌、小苗不傻,他们懂得,鲜红玉是有情况了。对于她的这个情况,他们没有什么不开心,没有什么不高兴,反而是更开心、更高兴了。

为此,小乌、小苗还大着胆子来开鲜红玉的玩笑了。

小乌的玩笑话是:"该给咱喜糖吃了吧!"

小苗的玩笑话是:"就等着你给咱当大嫂哩!"

小乌、小苗怎么玩笑鲜红玉,她都不气不恼,还快乐地回答他们:"有你们吃的喜糖哩,吃了喜糖就不兴叫我大姐了,而应该叫我大嫂的。"

可是小乌、小苗没有吃上鲜红玉的喜糖,自然也就没有改口叫鲜红玉大嫂。其中的原因是,老板何为多,前些天与鲜红玉吵到了明星时装店里。这可不是个吵架的地方啊,他俩是明星时装店主心骨,他俩那么明目张胆、不管不顾地吵闹,影响的就不只是小乌、小苗他们员工的情绪,而且还会影响到店里顾客的情绪。这一点,小乌、小苗知道,老板何为多、鲜红玉自然更是知道,但他俩还是不能控制地吵闹着,所吵的内容,与以前吵闹的内容基本一样,这样反反复复地吵,不是小乌、小苗眼快、手快,把他俩拉开来,他俩都要在店里动了手呢!危急时刻,小苗拉住了肚子明显大起来的鲜红玉,小乌则拉住了急赤白脸的何为多,并把他俩拉出店子,拉到东大街的雪花酒楼,要了菜,要了酒,生生地按住他俩,陪着他俩吃喝了一场。

吃喝过了这场酒后,何为多就再没有回明星时装店里来。而鲜红玉,还如往常一样,挺着个大肚子,早出晚归地来店里,领导小乌、小苗他们,尽职尽责、尽心尽意地经营着他们的明星时装店,直到鲜红玉的肚子阵痛着,就要分娩的那个日子。

七

疼!疼!疼……疼痛难忍的鲜红玉,喊叫了一声小苗,小苗就迅速地跑到她跟前,扶着她往明星时装店外走。

鲜红玉是真的疼啊!小苗扶着她走出店门,招着手想要叫停一辆出租车好去医院,鲜红玉撕心裂肺的叫喊声就更响亮了,而且不是一声一声有间歇地叫、一声一声有间歇地喊,而是一声追着一声,声声相叠地嘶喊了。鲜红玉如此凄厉地嘶喊着,还没等小苗招手叫来出租车,鲜红玉已腿脚不能支撑地跪伏在道沿上,任凭身下的血与水,像从破裂了的一截血色水管里汩汩地往出流了。血血水水的,不仅湿了她的裤裆,还湿了一大片道沿……人生人,吓死人!鲜红玉撕心裂肺的叫喊,不仅叫喊出了明星时装店里的多位员工,也叫喊来大街上许多游走的人们。锁子恰好就在这个时候,被人群裹挟着也挤了进来,挤到了鲜红玉的身边。

西安城著名的妇科专家呢,锁子见过太多生孩子的妇女,但在大街上遇到这样的事情,却也是头一次。他挤到鲜红玉的跟前,很镇定地给鲜红玉说了。

锁子说:"我是市妇女专科医院的锁子大夫。"

锁子介绍了自己,就安慰起鲜红玉了。他的安慰不仅说给了鲜红玉,也说给了围在鲜红玉身边的所有人。

锁子说:"大家不要怕,我能处理好眼前的事情。"

城里的女人,天热的时候,都喜欢打个伞出门,锁子说的话,使围观者安静下来了，打伞的女人们，就自觉地把伞从头顶移下来，在稠人广众的大街上，围起一个临时产房，护卫起了鲜红玉和锁子，看锁子如何手段，帮助鲜红玉临盆……围观的人群里，有一个桂正香，还有一个张子蕊。她们两人中的桂正香不是别人，正是锁子妇产科医院里的一名护士；而张子蕊，则是锁子小学到中学以及大学的同学，现在的身份是西安市公安局的一名技侦干警。要知道，张子蕊的丈夫，可是了不得，是市公安局里最为年轻的一位副局长呢。在大街之上，锁子挺身而出，救治一位临盆的产妇，桂正香见了，怎么能不助一臂之力呢！同样的道理，张子蕊也要伸手相助了！

难产！鲜红玉难产了！她怀着孩子的胎盘已经破了，血血水水的，都是子宫里流出来的羊水。

桂正香提醒着锁子，说："主任，把产妇接回咱们医院去吧。"

张子蕊跟着桂正香的话说："我的车就在旁边。"

医生的天职，还有做人的良知，让锁子没有犹豫，他抱起鲜红玉的上身，桂正香抱起鲜红玉的下身，张子蕊到旁边去发动小车，其他围观的人，用他们手里的伞，红的、绿的、黄的、蓝的，隔开一道彩色的通道，让锁子和桂正香，还有过来搭手的小苗，横抬着鲜红玉，上了张子蕊的小车。一路上风驰电掣般去了城圈外边的妇女专科医院，没有挂号，没有交费，直接抬进一间产房。到了产房，锁子就如一个英雄站在了自己的战场上，他迅即恢复了自信，在桂正香等几个产房护士的帮助下，先给鲜红玉做了仔细的检查。锁子发现，鲜红玉除了胎膜破裂，羊水溢出，脐带还缠在胎儿的脖颈上了，这样的情况，是无法顺产了，若要坚持，时间一长，不是伤及母亲，就是伤及婴儿。锁子给躺在产床上的鲜红玉讲了他的担心，他要鲜红玉立即拿主意。

疼痛使鲜红玉脸上身上都是汗，她有气无力地说："手术呢？"

锁子说："最好的办法就是手术。"

鲜红玉点着头说："那就手术吧。"

可是手术要有亲属在手术单上签字的。谁是鲜红玉的亲属呢？送鲜红玉来的小苗不是，张子蕊、桂正香、锁子更不是。怎么办呢？让鲜红玉自己签字吗？医疗机构的例行制度没有这一条。可是情况紧急，总不能因为没有亲属签字而耽误了鲜红玉的手术呀！锁子对躺在产床上的鲜红玉苦笑了一下，问了鲜红玉一句话。

锁子问:"听你说话,像是咱陕北人。"

锁子一句"咱陕北人",让鲜红玉的眼里涌满了泪水。她给锁子重重地点了点头。

锁子没再说啥,他拿过护士捧在手上的手术单,取出他上衣口袋的签字笔,在鲜红玉的手术单亲属签字的地方,郑重地签上了他的名字。

鲜红玉被紧急转移到妇产科的手术室里,消毒麻醉,刀子响,钳子响,不到半个钟头的时间,锁子从鲜红玉小腹的刀口里,取出了婴儿。他倒提婴儿的双腿,在婴儿的屁股上拍了一巴掌,婴儿"哇"的一声哭了出来……作为护士的桂正香,不离左右地服务在锁子身边。锁子给鲜红玉手术,伸手要手术刀,不说话,桂正香都能不问而准确地给他手上递手术刀;锁子伸手要止血钳,也不说话,桂正香也不问,能准确地给他手上递止血钳;要缝线了,针是针,线是线,锁子伸手不说话,桂正香不问,都能准确无误地给锁子的手里递上他想要的东西。桂正香服务于锁子,可以说服务得天衣无缝。锁子把剖腹而出的婴儿拍打出了一声响亮的啼哭,婴儿还没哭出第二声,桂正香便很有经验地从锁子手里接过婴儿,捧到旁边预备好的一盆温水里,给婴儿洗了出生后的头一次澡,然后又放到一个电子水平秤上,给婴儿称了重、量了体长……等鲜红玉从麻醉中清醒了,就抱到她跟前,让她看她的婴儿了。

八

桂正香作为妇产科的一名护士,她见多了初做母亲的女人,面对自己孕育的小生命,差不多都会痛极而笑的。可是,鲜红玉面对她初生的婴儿,没有笑出来。

鲜红玉不仅没有笑出来，还从她麻醉未醒的牙缝里，骂出了一句话。

鲜红玉骂："天杀的何为多！"

何为多是谁？锁子、桂正香听到了，是不知道这个人的。但他们猜得出来，何为多与这个新生命有着不可解脱的关系——血缘关系。

因为剖腹产，鲜红玉必须在医院住几天时间。在这几天时间里，锁子是鲜红玉的主管医生，他必须天天到鲜红玉的产妇床前去，查看她的伤口，问她哺乳婴儿的情况；桂正香是她的主管护士，桂正香就如锁子一样，甚至比锁子更频繁地到鲜红玉的产床前去，除了查看她剖腹产的伤口，给她换药，询问她哺乳婴儿的情况外，还要拉一些其他方面的家常话。

桂正香告诉鲜红玉："给你手术，不见你的亲属，是我们锁医生冒险给你签的字。"

鲜红玉也不否认，她说："我知道。"

桂正香就还给她说："你住在医院几天了，你的亲属怎么还不来？这可不好，很不好。你自己长着眼睛，你看得见，谁在我们医院生娃娃，不都是一大家子人来，自己的丈夫、公公、公婆、娘家妈、娘家爸……"

桂正香的话被鲜红玉的一声悲叹截住了："何为多，你个天杀的何为多！"

鲜红玉的悲叹，像她在手术室剖腹产后牙缝里挤出的话一个样。桂正香那天听了，就想问鲜红玉，她当时没问，到了今天，她是必须问的了。

桂正香问："何为多是谁？是你丈夫吗？"

此前，一直跟前跟后、左左右右服侍在鲜红玉身边的小苗回他们明星时装店去了。在桂正香问话的时候，小苗和店里的几个姐妹，你手里捧着花，我手里提着婴幼儿吃穿用的几样东西，正进了鲜红玉的病房。她们听到了鲜红玉的话，也听到了桂正香的话。她们不想让产后的鲜红玉难受，就都抢着回答桂正香了。

她们说："何为多是我们老板。"

桂正香不认识别的人，但她认识小苗，她把眼睛盯紧了小苗问："老板？你们老板？"

小苗强调了一句，说："是，是我们老板。"

躺在病床上的鲜红玉，这时把她的孩子抱紧偎着自己的乳房，正给孩子吃奶。到这时候，她不想再有隐瞒，她要把她埋在心里的难受，全都不剩地说出来了。

鲜红玉说："何为多就是我娃的父亲！"

这个时候说出这样的话，鲜红玉没有了愤怒，没有了哀痛，有的只是一点点忧伤，还有一点点思念。她说："他到哪儿去了呢？他该回到我的身边来，看看我给我们生的娃娃呀！"

鲜红玉这么一说，小苗和明星时装店的姐妹们，没有人惊讶，但是桂正香就不能不惊讶了！她听出了鲜红玉话里的话，她不敢再问鲜红玉什么话了，心跳着，肉跳着，从鲜红玉的病房出来，直接找了锁子，向他报告了鲜红玉的情况。

桂正香想她报告给锁子，锁子也是该如她一样惊诧的，但却没有。他仿佛早就知道似的，只是轻描淡写地应了一声："我知道了。"

一个姑娘家，没有万不得已，谁会把孩子拖到大街上临盆？那天，锁子在东大街偶然遇到鲜红玉，就已明白，这个姑娘遇上难事了。锁子把她接到医院来，给她实施了剖腹产手术，他没有问鲜红玉什么话。他是等着，等着鲜红玉自己开口，来给他说的。鲜红玉现在开口了，锁子知道他该出面了，都是陕北乡党，他得认真听她说一说。

在住院部自己的办公室里，双眼盯着一台电脑，查看住院人员情况的锁子，站起身来，去了鲜红玉住的病房。几天来，锁子到了鲜红玉的病房，问的都是她的身体状况和婴儿的喂养情况，他这一次进来，什么都没问，很客气地把小苗等一帮明星时装店里的姐妹，以及跟他进来的桂正香，都请出了病房。她们出去后，他给自己拉了一把医院里常见的四方凳子，坐近在鲜红玉的床前。

锁子说："我给你签字时说了，说咱是陕北人。我想你听得出来，我没有把你当外人，你我一样，是咱亲亲的陕北人。"

挣扎着往起坐，坐起来的鲜红玉流泪了。

锁子说："坐月子的女人，是不兴流泪的，流泪落下眼伤，是一辈子的事。"

锁子说着把一张纸巾送到鲜红玉的手上，鲜红玉接住，却没及时擦泪，任由眼泪滚滚地流出，一颗一颗，像是煮熟的黄豆，砸在她怀里的婴儿的脸上。

　　锁子说："你就把我当成你陕北在西安的一个老哥哥吧，你有什么话就给我说，我给你担上一些。"

　　鲜红玉把她流泪的眼睛看定了锁子，她不能否认锁子要她把他当陕北老哥哥的话，她开口说："我那天手术，你把字都签了。"

　　锁子笑了，正如一位陕北老哥哥温暖的笑呢。锁子说："我不签字，你又没有别人。"

　　鲜红玉就把何为多说出来了。她骂何为多天杀的敢做不敢当，躲着不见人，"我就不信，他能躲进老鼠洞里去？你就是躲进老鼠洞，我也不着急，我有耐心等他，我给你把娃娃生下来了，我和娃娃一起等你回来。"

　　锁子把鲜红玉的话全盘接了下来。他安慰鲜红玉了。

　　锁子说："你不急是对的。"

　　锁子说："世上的老鼠洞多了去了，但那只是老鼠钻的地方，是人就钻不进去。你相信何为多钻不进老鼠洞，我也不相信他钻得了老鼠洞。既是这样，我就能帮助你，给你和你娃娃把何为多找回来。"

九

　　锁子能怎么帮助鲜红玉呢？他一个妇科专家，他本人没有多少手段，他想到了张子蕊。在市公安局技术侦查处工作的张子蕊，跟他说过，现在的技侦方法很多，也很先进，别说是一个人，就是一只蚂蚁，想要找到都不是难题，许多疑难案情，没头没尾的，只要给时间，上手段，就都能找到头绪，破获案情。

锁子在鲜红玉的产妇床边，给张子蕊打了电话。

巧得很，锁子给张子蕊打电话时，张子蕊驾着她的小汽车，正好行驶在来他们妇产科医院的路上。在东大街，偶遇鲜红玉临盆，张子蕊配合锁子和桂正香，开车把鲜红玉送到医院分娩。几天了，她一直想来医院看看鲜红玉，但她手里有案件，一时分不开身。这一天，也就是锁子给她打电话前，她自己毫无预兆地心慌。心里慌着，她想起了锁子，自然地还想起了鲜红玉，因此，她是再忙，也要抽身到妇女专科医院来一趟，看一看锁子，看一看鲜红玉。

锁子给张子蕊打电话，他没有怎么多想，目的就只一个，就是帮助鲜红玉把何为多找回来。张子蕊听了锁子的电话，和他想的却完全不同。她的职业秉性提醒她，这不是能上手段的案件，这只是一个普通的民事纠纷。

张子蕊一口回绝了锁子。

张子蕊有太多这方面的经验，他们遇到案情，通常情况下，如果是夫妻之间，是情侣之间，一方突然失踪了，失踪的是男方，最值得怀疑的首先是女方，而失踪的是女方，最值得怀疑的首先是男方。何为多的失踪，与那些情况是不一样的。他玩儿的只是失踪，玩儿起失踪来还不是一天两天。他为什么玩儿失踪呢？他自己的店开在西安闹市的东大街，他的店经营良好，而且是，店里还有他的几位合伙人，以及怀着他骨肉的鲜红玉，面对一切的一切，他怎么会玩儿失踪呢？这其中，一定有什么别人不知的秘密。

是个什么秘密呢？回绝了锁子的张子蕊，脑子了突然警惕起来了！她改变了刚才回绝锁子的话，她以为有她需要侦察解决的必要了。

锁子收起电话不一会儿，张子蕊就到医院来了。

张子蕊没有先去看望鲜红玉，而是先到锁子的医疗办公室，向他了解情况。张子蕊没有绕弯子，她向锁子直截了当地谈了她的看法。

张子蕊说："何为多失踪，为什么失踪？鲜红玉首先是嫌疑人。"

锁子不同意张子蕊的意见，他说："谁在你眼里都是嫌疑人。你听我说，鲜红玉在我们医院，她就是一个产妇。"

多年的公安生活，养成了张子蕊非黑即白的性格。她不想和锁子争辩，她说："我去见见鲜红玉，我要从她的嘴里把何为多找回来。"

锁子赞同张子蕊这样的说法,但他不放心张子蕊那种公安人员审案的口气,就叮嘱张子蕊说:"你从鲜红玉嘴上找何为多,可不敢拿你公安人的派头。"

张子蕊说:"这我知道。"

锁子高兴了,说:"这就对了,鲜红玉多不容易,未婚怀着何为多的孩子,她不顾自己羞脸,给他把娃娃生下来了,我不忍心看着孩子一出生,就是一个没有父亲的孤儿!"

心里慌着,来医院看望鲜红玉的张子蕊,在路上还没忘买一束鲜花。她捧着那束搭配了许多康乃馨的鲜花,从锁子的办公室出来,这就走到鲜红玉住着的病房前,推开了门。那天,张子蕊驾车送鲜红玉来医院时,她身有公务,穿的是一身公安制服;今天来看鲜红玉,是她自己的私人行动,她穿的就是便装了。穿着便装的张子蕊,一到鲜红玉的床边,抱着婴儿正给喂奶的鲜红玉,先还迟疑了一下,但很快就认出来了。

鲜红玉感谢张子蕊了,说:"那天,真是多亏了你。"

张子蕊把鲜花放在一边的床头柜上,翻开裹着婴儿的小被子,夸了吃奶的婴儿一句:"像个牛犊子一样,吃劲那么大。"

鲜红玉没说婴儿的事,她看出张子蕊身上的衣服,特别眼熟,她就说:"您这身衣服真适合您,是在我们店里买的吧。"

张子蕊老实地说:"是在你们店里买的。"

鲜红玉就乐了起来,说:"你不知道,你身上穿的这款衣服,还参考了我的设计意见哩。"

张子蕊说:"那敢情好。"

话题说到明星时装店,说到衣服,鲜红玉的话就多了起来:"你常到我们店里买衣服吗?我们店里的衣服,有许多都是我与厂家沟通,生产时结合了我们的设计和营销意见。"

张子蕊承认鲜红玉说得对,她的衣服,大多都采买自她们店,但她不想婆婆妈妈,女人家家地说衣服。她来时心慌心跳,这时候不慌了,不跳了,她知道,这是因为她已进入了工作状态,她要了解锁子在电话里告诉她的事情,她要寻找何为多,她要从鲜红玉的嘴里,知道何为多的基本情况和细节,而且是,知道得越多越好。

  张子蕊的侦察手段果然了得,鲜红玉一句"何为多染上了赌博的瘾,他去了澳门,想着在赌桌上一把致富"的话,给了张子蕊查案的突破口和线索。她回去后调查了一番,得知何为多在澳门赌博,一次输了上千万元!——那就发生在与鲜红玉大吵后失踪的时间段里。侦察有了这样的结果,鲜红玉嫌疑人的身份,就在张子蕊的意识里消除掉了。张子蕊因此不仅同情起了鲜红玉,还像锁子一样,自觉认了鲜红玉为妹子,关心她,帮助她。

  鲜红玉剖腹产下的是个男孩,鲜红玉给他起了个名字叫"何不多"。她从张子蕊的嘴里,知道了何不多的父亲何为多失踪的原因,她痛彻心扉,她骂何为多"天杀"的,但她下定决心,还要找到何为多,哪怕他输成了光身子,输得被人剁了一条胳膊,输得被人卸了一条腿,只要他回来就好,他依然是娃娃的父亲。她养活他,她照顾他……然而,张子蕊仅仅只是找到了何为多失踪的一条线索,还没有何为多后来的消息。便是这样,也给了鲜红玉极大的信心,她不相信何为多不回来。她要等他,等着他,十年八年地等,她一定要把何为多等回来……

  何为多回来了吗?锁子生前如鲜红玉一样,是太想要何为多回来的。可是,他生前没有等到何为多回来。现在,他不在了,他被火化成了一缕青烟,他飘荡在没着没落的天际,还像他生前一样,祈祷苍天开眼,让鲜红玉等到她坚持等着的何为多回来。

  鲜红玉等待何为多等待得太苦了。锁子他们看在眼里,他们心里也是苦的,可他们发现鲜红玉倒没他们想象的那么苦。她等着何为多,不急不躁,不紧不慢,她太有耐心了,是那么理性,一边不急不躁等着何为多,一边不紧不慢地经营着明星时装店。鲜红玉与时俱进,她不仅经营着她们的明星时装实体店,还经营起一家明星时装网店。网店的生意,因为鲜红玉会设计、懂营销,一天一天的,已大大超越了实体店,正蒸蒸日上,向着更好的目标进展。

十

  在几位分了锁子骨灰的女子中，鲜红玉与锁子的相识，是比师梦芳、付心莲、牛秋乡她们都要早一些呢。

  因为都和锁子相好、熟悉，来来去去的，她们便都成了好姐妹。牛秋乡获得了赴京参加《星光大道》竞演的机会，市歌舞剧团的舞美结合节目的需要，提出了关于演出服装大致的设计要求。为了节约制衣的费用，锁子打电话给鲜红玉，求她帮忙解决这件事了。

  锁子是在他家里给鲜红玉打电话的。他打电话时，师梦芳、付心莲、牛秋乡都在他身边，她们都知道锁子在鲜红玉跟前的角色，所以，锁子在把电话打给鲜红玉时，也不用遮掩，还没说牛秋乡演出服的事，先问了鲜红玉的儿子。

  锁子说："不多怎么样？调皮吧？"

  电话那头的鲜红玉喊着儿子，说："不多，不多，爸爸来电话了，快过来，问一声爸爸。"

  何不多的父亲何为多一直失踪，鲜红玉把锁子拜成了何不多的干爸，锁子也就真如何不多的爸爸一样，担负着爸爸的角色，经常去看她娘俩。如果时间允许，锁子就独自带上何不多，去西安的动物园看老虎、狮子，看大象、猴子；去西安的海洋公园，看海豹、企鹅，看海豚、鳄鱼……小家伙何不多还就亲着锁子。

  锁子把手机扩音键摁了一下，电话那头当即传来一声儿童清脆的叫声："爸爸，爸爸。"

  师梦芳听见了，在锁子的背上捶了一拳，付心莲则在旁边说，"美得你！"牛秋乡没动手，没动嘴，只在一边开心地笑着。

  锁子答应着何不多，而他感觉到，电话已经转移到了鲜红玉的耳朵旁，于是他说了牛秋乡的事，鲜红玉二话没说，声音响亮地告诉锁子："你让秋乡来。"

  鲜红玉说："我把咱牛秋乡包装好，叫她放放心心赴京，给咱在《星光大道》上争光长脸。"

张子蕊

一

张子蕊说:"咱们离了吧。"

张子蕊平静地说:"咱不拖了好吗?一直拖着,一点意思都没有。"

张子蕊不仅说得平静,而且说得很坦白:"我给你说过了,我心里是有人的。我心里有人就装不下你,你说呢?算我求你了,我对不起你,咱们拖着,拖的时间越长,我就越发对不起你。你不知道,当我知道我心里没你,还和你在一间屋子里出出进进,我就觉得特别难受,就觉得特别对不住你。我有了对不住你的念头,我的心里就像堆了一块大石头,堆得我的心口很堵,堵得我有时连气都喘不过来,我怕我有天会被堵在心口的那块大石头,把我堵死了呢!"

平静坦白的张子蕊,是给她的丈夫陶有光说的。

西安医学院法医系毕业的张子蕊,毕业分配在市公安局的技侦处。那个时候,上大学不像现在这么普遍,大学生还是很吃香,毕业都还由国家统一分配。青涩的张子蕊拿着分配通知单,到市公安局技侦处报到,迎接她的恰是陶有光。陶有光原来读的也是医学院,在医学院读的也是法医专业,不过他比张子蕊早毕业了几年,在市公安局技侦处工作。他大胆心细,思考问题、分析案情,很有自己的一套,深得市局领导和身边同事的认可和赞赏。所以,张子蕊来技侦处报到时,陶有光已经从一名普通技侦警察,升任为技侦处的副处长了。张子蕊记得非常清楚,她来技侦处报到的那天,在门口碰到的第一个人就是陶有光。那时的他,自信热情,年轻阳光。张子蕊碰到他,小跑了两步上前,怯怯地问了。

张子蕊问:"这里是技侦处吗?"

陶有光没说话，他指着门口的大牌子给张子蕊看。

张子蕊感觉到她问话的多余，脸红了起来，说："我是来报到的。"

陶有光听她这一说，知道她是谁了，说："你是张子蕊。"

张子蕊奇怪这人怎么知道她的名字？很惊讶地望着他，一时不知往下怎么说。

陶有光卖着关子，他说："想知道我是怎么知道你的吗？"

张子蕊机械地点了点头。

陶有光说："是在法学院老师的嘴上。老师给我说，你分配到咱们技侦处来了。"

张子蕊被陶有光这一点拨，一下明白过来，她也知道这个人是谁了。因为法学院的老师讲课，总以陶有光为例，讲他侦办的案件。法学院的老师因为培养了陶有光这样的学生而骄傲，张子蕊和她的同学，也因为有陶有光这样的学长而自豪。突然地，这个让老师骄傲、让同学自豪的陶有光撞在了张子蕊的对面，她不激动是由不得她了。

激动起来的张子蕊说："你是学长陶有光。"

陶有光也不客气，说："好了，我有一个跟我在一起的学妹了。"

此后的日子，张子蕊就在学长陶有光的身边工作。有案子了，陶有光就带着张子蕊一起去；没案子时，俩人就在技侦处里，钻研专业书籍或是读报纸，有了心得，也还走近了去，交流交流……陶有光来技侦处时间久，加之又是副处长，人际交往就比较多，而且他好像也特别懂交际，上下级关系处得很好，朋友的圈子也很大。张子蕊初来乍到，人像一张白纸，什么都没有，陶有光怕她寂寞，外头有个饭局什么的，就叫上她，与她一起去。有些事情，学长陶有光做得真是叫张子蕊感动，在心里暗暗喜悦，觉得自己命好，摊上这么一位好领导、好学兄。

头一次跟着陶有光出现场，解剖一个被害人的尸体。

正是三伏的天气，尸体绑了石头，被抛进一口大水塘里，不是因为当地人抗旱抽水，这具尸体大概就在水塘里慢慢化掉了。因为抽水，水塘的水位不断下降，这就暴露出了尸体。接到报案，刑事侦查处的干警先到现场，把尸体从水塘里捞上来，就不敢再动，怕已经高度腐烂的尸体散了架子，不好收拾，这就通知技侦处现场解剖。张子蕊跟着陶有光，提着装有解剖刀具和酒精等专用器材箱子，坐车赶到那个大水塘边。他们从鸣着警笛的车上下来，距离尸体还有几十步的距离，就有一股一股的尸腐味道随风飘来，直往他们的鼻孔里钻。陶有光或许经历得多，习惯了，闻着尸腐味倒没什么。张子蕊就不行了，她刚一闻到尸腐味，就被熏得拧过身去，背对着尸体"哇哇哇哇"地呕吐起来……陶有光把他们带来的防毒又隔臭的工作服、口罩和手套打开，给张子蕊穿戴上，安慰她说，啥都有头一回，以后习惯了就好了。陶有光帮助张子蕊武装好后，自己也穿戴了起来，然后提上他们带来的解剖用工具箱，一步一步，沉稳地走向腐烂了的死尸。走了几步，张子蕊走不动了。她只觉得腿发软发飘，她站住不走了……应该说，这时的张子蕊是陶有光的助手，他们一起来现场，她要帮助陶有光穿工作服，帮助陶有光提解剖工具箱，接下来还要在陶有光解剖死尸时递刀子、递剪子，以及记录解剖数据、收集尸块标本……张子蕊有一大堆活儿要干的，她却远远地站着，腿脚发软发飘得一个劲儿还想要呕吐。陶有光没有难为张子蕊，他返身从张子蕊的手里接过工具箱，独自一人走到那具被水泡得像头牛一样的死尸旁，自己取刀子解剖死尸的腹腔，自己取剪子剪取死尸的尸块标本，自己翻转死尸，做方方面面的拍照和记录工作……时间过得真慢，呆站在远处的张子蕊，觉得她的腿站疼了，腰站困了，这才悄悄地拧过半个身子，拿眼去看忙得手脚不闲的陶有光。看了一阵子，看得她实在不忍，这才一小步一小步地挪，挪到陶有光的身边，从他手里接过现场记录本，听着陶有光给她报告需要记录的数据和特征，她再一笔一画仔细地记录下来。

事后，陶有光什么都没说，张子蕊找了他，向他检讨。

的确，张子蕊是该检讨的，她从进了市公安局技侦处，穿上神圣的警服，就有了神圣的使命，别说面对的是一具无名的死尸，就是面对一个凶残的罪犯，拿着刀、拿着枪，实施犯罪，她都要毫不畏惧地冲上去，与犯罪分子斗争，哪怕牺牲生命，也要在所不辞的。她没有理由躲着死尸。她向陶有光检讨，希望他能批评她，但是没有，陶有光没有批评她，不仅没有批评，还表扬鼓励她，说她一个姑娘家，真是不错呢！"开始不适应，背对着死尸呕吐，这是一般人头一次面对时都会有的反应。你转变得不错，度过开始不适的一段窘境,走到了死尸的跟前,帮助我顺利完成尸检和尸体内脏的标本提取,你做得不错,很有职业素养。"

在工作上,陶有光支持她,帮助她。在工作之余,又还关心她,体贴她。对此,张子蕊别说有多感激了。

二

陶有光的交际广,应酬多,遇上恰当的机会,恰当的场合,他就邀约张子蕊一起出席。这样的次数多了,难免有一些让人尴尬甚至不爽的情况出现,而出现次数最多的,就是在酒桌上喝酒了。陶有光是好酒量,他敬人酒,人敬他酒,来者不拒,都是仰脖儿一口喝下。张子蕊则不能。浅浅地尝一口是可以的,但要一杯一杯大口地灌,根本招架不了。所以,上了酒桌子,她从来都是弱者,从来都是被攻击的靶子。到了这个时候,陶有光会挺身而出,为张子蕊挡驾代酒,因此喝高的情况不在少数。

在张子蕊的记忆里,最难堪、最沉痛的一次酒宴,是突然来了一位区级分局的局长,他不是受酒宴邀请的人,他是自己闯进来的。那家伙身材高大威猛,语气豪爽高傲。是夜,陶有光带着张子蕊,以及一班常在一起聚餐的老友,找了家陕北特色的饭庄,趁着无事,一起吃饭喝酒,一边聊天解闷,却不知哪儿走漏了风声,这位分局局长找来了。他们分局所管的地盘,就有这家陕北特色的饭庄,他听说陶有光他们来这里吃饭喝酒,就够自觉地赶来了。他能自觉赶来,也是他有情义,要尽一尽他的地主之谊。他来了,先是高喉咙大嗓门地责怪陶有光他们,说他们不够朋友,到了他的辖区,怎么可以不给他说?是嫌他穷,掏不起一桌饭的酒钱?还是嫌他小气,不给朋友们面子?分局局长责怪着,还夸赞陶有光和他们技侦处,说他们分局遇到复杂点的案子,还真得找技侦处帮忙。"我们立功受奖的几件大案,都有你陶有光陶处长的功劳哩！"

分局局长初来的几句话，说得入情入理，倒也让大家其乐融融，快活了一阵子。但他把酒杯子端起来了，说他来迟先自罚三杯。自罚了后，也不往嘴里塞菜，提着酒瓶子，就挨着桌子转，一人一杯地敬。敬到张子蕊跟前了，张子蕊推拒着不敢喝，而分局局长坚持要她喝。双方对峙着，分局局长的酒敬不下去，就赖在张子蕊身边，使张子蕊一点办法都没有。陶有光看在眼里，就像往常一样，来给张子蕊代酒解围了。陶有光把分局局长端在手里的酒杯接过来，也不说话，响响地咂了个酒杯子底儿朝天。陶有光想，这可以了吧，谁知却不能。分局局长又倒了一杯酒敬张子蕊，他的理由是：谁请陶有光代酒了？啊，没有吧。谁让陶有光代酒了？啊，没有吧。他自问自答地说了两句，就还不屈不挠地敬张子蕊的酒，说他知道市局技侦处分配来了一位美女，今天见了，他敬美女，美女不能不给他面子。

事情一下子僵在了那里。

怎么办呢？陶有光还想再代酒，分局局长没再让他代，自己端着，像陶有光刚才代酒时一样，也响响地咂了个酒杯底儿朝天。

陶有光没辙了，他问张子蕊："你会唱陕北民歌，就给大家唱首民歌怎么样？"

有几次吃饭、喝酒遇上这样的情况，陶有光都用这个办法给张子蕊解围，这一次，他又拿出这个办法了。张子蕊会唱陕北民歌，陕北的后生女子，会走路就会打腰鼓，会说话就会唱民歌。张子蕊不怯唱歌，她清了清嗓子，这就有滋有味地唱起来了。

张子蕊唱的是《坠金扇》：

说起个他是来还有他，
他是我娘家二表兄，
过路看老妈。
他拿着一个坠金扇，
要换我的个牡丹花，
因此上笑哈哈。

张子蕊唱的陕北民歌，过去没人听过，所以很新鲜，也很幽默，歌声一毕，分局局长不闹酒了，呆呆地看了两眼张子蕊，又去呆呆地看陶有光，他看着他俩，自己把酒杯里的酒喝了下去……喝了酒的分局局长，仿佛自言自语，又仿佛说给桌面上的众人听。

分局局长说："我问你陶有光，张子蕊是你什么人？"

分局局长问了陶有光后，转回头来又问张子蕊了。他冲着张子蕊说："我问你张子蕊，陶有光是你什么人？"

一场不算令人愉快的酒宴上，这个不算受人欢迎的分局局长，最后问出的这两句话，倒是让陶有光此后的日子，心有所想。他想着分局局长的话，也不由自主地问了自己："张子蕊是我什么人呢？"陶有光不是一次这么想、这么问。张子蕊如他一样，在日后的日子里，也无数次地问了自己，"陶有光是我什么人呢？"他们工作在一起，抬头不见低头见，他们虽然都是问在心里，但谁见了谁，都看得清清楚楚，他们各自都有一个他们自己的心事，心事逼着心事，心事撑着心事，一天天逼着，一天天撑着，造成的结果是，他们越走越近，张子蕊走进了陶有光的怀抱，陶有光走近了张子蕊的情网。他们一个是孤男，一个是寡女，他们在亲朋好友的赞美和鼓励声里，到民政部领取了结婚证，大张旗鼓，热热闹闹地结成了一对夫妻。

三

亲朋好友都说他俩般配，他俩自己也觉得和谐。

般配和谐的他俩，在业务工作中多有进步，屡立奇功。陶有光因此从副处升到正处，再由正处升为市局副局长。看他发展的势头，顺风顺水的，还会一直往上走。然而，他俩的生活，却不知为何，渐渐地不怎么般配了，而且也不怎么和谐了。好像是，陶有光的官职越是高升，他俩的生活就越是不般配，他俩的生活就越是不和谐，进而发展到张子蕊自觉提出要与陶有光离婚的境地。

张子蕊要求离婚，陶有光问她为什么。

这太难回答了。张子蕊被陶有光问过后，认真地想了他的问题，她想不出来为什么。不仅想不出来为什么，还想得自己头疼，觉得自己提出离婚很有点无厘头，甚至蛮不讲理。她一个陕北山沟里的女娃娃，有幸读了大学，毕业后分配分到陶有光所在的市公安局技侦处。陶有光是她的同门学长，是为学长的陶有光热情积极，前途光明，学长陶有光关心她、爱护她，他们结为人人羡慕的好夫妻。他们的住房，由开始租住的一间，到后来分配的两居，不断地变换着。现在他们都住上自己购买的四室两厅两卫了。过着这样的日子，她张子蕊有什么资格、有什么条件、有什么理由提出离婚呢？张子蕊想不出道理来，但她铁下了心，要和陶有光离婚。

张子蕊向陶有光提了多少次了？她自己都不记得了。这一次再向陶有光提出离婚要求时，陶有光还是用他那不变的语调问她。

陶有光问得很平静："为什么呢？你给我说出个理由来。"

张子蕊说："我没有理由，也什么都没有。可我没有理由，什么都没有，恰恰正是我的理由、我的为什么。"

张子蕊这么说着，突然地灵光一现，她就还加了一句："我是个过不得好日子的人。"

胡搅蛮缠——身为市公安局副局长的陶有光，只能这么猜想张子蕊了。你说什么不好，说你过不得好日子？这样的话说给鬼，鬼都不信。俗话是怎么说的呢，"贫贱夫妻百事哀"，千古流传的经验，只有穷日子、苦日子不好过，哪有好日子过不得？还什么她心里有人了！与张子蕊结为夫妻，都七年已过八个年头了，陶有光自信他把张子蕊认识得明明白白，也看得清清楚楚，观察得透透彻彻。她说她心里有人了！她能有谁呢？她谁都没有，有的只是他陶有光。

过往的日子，无论生活还是工作，张子蕊都在陶有光的手下和眼前，她是一个规矩的人。

陶有光没有理睬张子蕊的"胡搅蛮缠",他觉得张子蕊之所以要一而再、再而三地提出和他离婚,并不是她过不得好日子,也不是她心里有了人。问题的根本,都在他陶有光身上。他是个有能力的人,工作能力强,生活能力更强,随着他职务的不断升迁,他的工作领域也不断扩大,他的生活面积亦在不断扩大,他有太多的工作任务要完成,而且还要完成得漂亮,所以他也便有了更多的应酬和交际。公安队伍多大呀!涉及的社会面广泛,别说频发的刑事案件和治安案件,便是他的下级,你找来了,他找来了,还有上级以及上级的上级,还有地方的同事和领导以及同事的同事、领导的领导,都要陶有光来应付,吃饭喝酒打麻将,唱歌跳舞泡浴池,游山玩水看风景,陶有光哪一天都忙得底朝天,不到半夜回不了家。张子蕊是被冷落了。陶有光不想冷落她,他有应酬,他是乐意带着张子蕊一起去的,张子蕊和他一起出席他要参加的应酬活动,不仅不会削弱他在应酬场中的锋芒,相反还会给他加分,里子面子都有。

张子蕊的陕北民歌唱得好,虽然不能与专业的歌手比拼,却也很有她自己的风格,原汁原味原生态,听起来既悦耳又撩心,是陶有光应酬场上最出风头的节目。陶有光承认,他之所以被提拔得快,升职到市公安局副局长的高位上,就有张子蕊在应酬场上演唱陕北民歌的功劳。

陶有光清楚地记得,在他提拔为技侦处处长的时候,他请市局政治部主任吃酒,主任电话里干脆地答应了。答应了他后,又加了一个条件,说是弟妹的民歌唱得好,必须带上一起来。

陶有光把张子蕊带来了,张子蕊在大家的欢宴之中,为了陶有光,给政治部主任唱了陕北民歌。

张子蕊唱的是《看妹妹》:

头一回看妹妹呀你呀你不在,
你的妈打了我一长烟袋么亲亲爱。
二一回看妹妹呀你呀你不在,
你的哥把我打了一锅盖么亲亲爱。
三一回看妹妹呀呀你你不在,

你的大拿起扁担把我撑出来么亲亲爱。
四一回看妹妹你呀你正在，
你打开家门把我迎进来么亲亲爱。

到了陶有光升职市公安局副局长时，陶有光宴请市委主管组织工作的副书记。这一次陶有光打听到副书记在办公室里，他就登门而去，给副书记说了许多恭维的话。副书记听出了他的心里话，就给他说："你莫非想请我吃顿饭吗？这饭嘛，谁能不吃呢？少一顿都不行，都要饿肚子，我答应你，吃你饭，但我听说了，你家小娘子能唱陕北民歌，这很好，我还就爱听个陕北民歌哩！"

为了陶有光升职进步，身为妻子的张子蕊，自然夫唱妇随地出席了饭局，也自然地唱了陕北民歌。她那一次唱的是《芦花公鸡》：

芦花公鸡把鸣叫，
人家年轻朋友交，
交下朋友人年轻，
抱在怀里活要命。

妹子心好脾气赖，
骂一声哥哥良心坏，
我给你做下两只鞋，
良心坏了不给你。

叫一声妹子你不要灰。
死不了哥哥忘不了你，
咱们两个搞关系，
跳进大河干净哩！

随着陶有光不断应酬吃酒，张子蕊不断地唱陕北民歌，唱到陶有光稳稳当当地坐上了市局副局长的位子,张子蕊没了再随陶有光应酬唱歌的心思。她觉出了无聊,更觉出了无趣,因为无聊和无趣,她还觉出了一种她说不出口的耻辱感来。苦恼的时候,想她张子蕊,几乎就是个为了陶有光进步升职而带在身边卖艺不卖身的歌妓!

四

久而久之,因为张子蕊有了这样的心理障碍,再随着陶有光出席那样的应酬交际,别人或是陶有光鼓噪她唱陕北民歌,她就磨不开脸面,唱不出来了。如果勉强来唱,也唱得没滋没味,唱得一塌糊涂。

有了那么几次,张子蕊不再参加陶有光的应酬和交际,便是陶有光死皮赖脸地拉扯她,她也沉下脸子沉下心,坚持不去。不过还没严重到要离婚的地步。但是长此以往,陶有光一直应酬交际,热闹不断,繁华不息,而张子蕊孤守家室,逐渐地,张子蕊认真地想了,她不离婚还能有什么好?

热闹着、繁华着的陶有光,也许并不是要躲张子蕊,他有他的工作。工作很特殊,的确需要他留宿在外——办公室或是宾馆——他没办法。不过这样也好,留宿在外,他就听不见张子蕊提出和他离婚的话。所以有条件没条件,有机会没机会,他都愿意留宿在外不回家。但他是家庭的一员,他还能一直不回来?偶然回家来,和张子蕊碰上了,张子蕊没有别的话说,不紧不慢,不急不躁,说的还是与陶有光离婚的事。

陶有光不想离婚。

一次,陶有光还自作聪明地想出了一个主意。他在张子蕊提出离婚时,很温婉地给张子蕊说了。他说:"咱们结婚头几年,都是因为工作忙,没敢生孩子。现在好了,咱们什么都有了,咱们可以考虑生养个自己的孩子了。"

陶有光这么建议，是他确实想要有个自己的后代，同时也还觉得能够温暖和安慰张子蕊，让她不要再说离婚那个伤人伤心的话。

张子蕊没有答应陶有光的建议。她说要有自己的孩子早都有了，现在有比没有好不到哪儿去。没有孩子，离婚的事伤人伤心还小一些，如果有了，反而伤人伤心更厉害一些。

离婚不离婚的话题，在陶有光和张子蕊之间就这么没盐没醋、不愠不火地僵了下来，直到张子蕊于东大街上，偶然重逢伸出友爱之手给鲜红玉当街助产的锁子，让张子蕊勾起了心中许多往事。她不想久拖，还是无论如何都要与陶有光离婚了。

当然，强烈刺激着张子蕊下定决心要与陶有光离婚的原因，还有风一般、雨一般，刮进张子蕊耳朵里的闲话。

闲话不闲，有人悄悄地给张子蕊说，你把你家陶有光跟紧点，他那么优秀的男人，你不紧紧跟着，给他留出空间，难料没有别的女人盯上，跟着去了呢！这么给张子蕊说闲话的人，张子蕊听得出来，这个人是怀着一片善心的，不想使她和陶有光生出嫌隙来，影响他们的夫妻生活。对这样的人，这样的闲话，张子蕊一贯笑笑，给他们还报以感激的表情。但有些人，有些闲话，就不那么委婉善意，而是直接的，甚至是激愤的。他们给张子蕊说闲话，说"你家陶有光太过分了，他把你就不当个你，你不知道，你听我说……"闲话到这个程度，张子蕊不是转身离开，就是严词拒绝那样的人说闲话。她不听他们说，也知道他们会说出什么来，因此，她觉得自己不知道才更好，起码给陶有光留下些面子，同时也不至使自己难堪。

夫妻一场，不做夫妻了，也不可不顾彼此的脸面啊。

想不到锁子也来给张子蕊说"闲话"了。

最早在绥德中学读书的时候，张子蕊就认识了锁子。张子蕊所以能够认识锁子。关键在于锁子的表姐米细心。张子蕊和米细心同一个班，锁子和她们同级不同班。锁子的学习成绩好，在他们年级，始终保持着前三名的位置。考好了，绝对是头一名；考不好，也落不到三名以后。作为好姐妹的张子蕊和米细心，不能说不刻苦，不能说不用功，可是到了考场上，答出来的题，评出来的分，总是落后到让老师痛心、她们自己痛苦的那一档。主意是老师给她们出的——要她们与好同学结对子互相帮助，共同提高。老师这里说的好同学，没有别的意思，不是贬低学习成绩差的同学不好，而是专指学习成绩优异的同学。锁子的学习成绩突出，米细心是他表姐，米细心得天独厚，她有和锁子结对子的先决条件，因此，她拉着张子蕊，一起和锁子结成了对子。

  结对子这个词，放在别的地方，好像没有别的什么意义。但是搁在陕北，就不一样了，就有别样的一种意味。譬如陕北民歌，就有许多这样的用词，什么"一对对鸳鸯水上漂"，什么"天上的沙鸽一对对"……一对对，一对对，唱的都是情郎情妹你情我愿、男欢女爱的事情。张子蕊、米细心和锁子都只是单纯可爱的中学生，他们不会那么去想，但在陕北那种大的文化背景下，自觉不自觉的，也还是有那么一点儿意识的。不过，为了提高学习成绩，他们没什么顾忌，没什么顾虑。他们结成了对子，锁子的考试成绩依然高，张子蕊和米细心的成绩也摆脱了让老师痛心、使她们痛苦的境地。

  锁子和张子蕊、米细心的对子结得有成绩，老师在学校的教学动员大会上，表彰了他们，他们只觉得开心高兴，没觉得别的什么。可是在绥德中学的校园里，同学们对他们结成的"对子"，可以说既没恶意，也没善意地传说着，见到他们在一起，对他们笑还是不笑，眼光里总有一缕暧昧的意思在闪烁。更有甚者，有些同学远远地看着他们，没来由地会唱几句表达那种意味的信天游。

    一对对那个鸳鸯水上漂，
    人家那个都说是咱们俩个好。
    你要是有那心思咱就慢慢交，
    没有那心思就呀么就拉倒。

  同学们用暧昧的眼光来看锁子、张子蕊和米细心所结成的"对子"，还用信天游的歌声刺激锁子、张子蕊和米细心，可以肯定地说，对他们还是产生了一些影响的。他们三人，锁子倒没什么，依然不管不顾地帮助张子蕊和米细心复习功课、提高成绩，但张子蕊和米细心能吗？她俩是女孩子，女孩子成熟早，而且羞脸大，特别是张子蕊，她不像米细心还有个表姐的身份掩护着，张子蕊什么都没有。因此，她退缩了，并渐渐地离开了他们所结的"对子"。张子蕊不在对子里了，米细心还真是细心，她发现张子蕊没有因此而解脱，好像身与心、情与义，还在他们的对子里，且离得越开，陷得似乎更深……特别重要的是，因为张子蕊背负着这样的心理负担，她在课堂上听老师讲课，精神很不集中，下课了复习，又还神思恍惚，如此结果，使她的学习成绩直线下降，很快便又落到老师痛心、她自己痛苦的地步了。

五

高考像是被陕北高原的狼撵着，日近一日地堵到了眼前。米细心不放心好姐妹张子蕊，她动员张子蕊和她还有锁子再结"对子"。锁子听表姐米细心的话，是积极主动的。但张子蕊的顾虑依然压在心头，既积极又被动。但不管怎样，他们在高考的冲刺阶段，还是很有成效地结成了对子。

这一次，为了共同的目标，他们的对子结得坚实，结得牢靠，也不管同学们暧昧的眼光以及暧昧的信天游，他们互相帮助，互相激励。眼看着天气越来越热，越热也就预示着高考的日期越来越近，越来越近，他们对子间复习的强度就越大，考试也越来越多。考试是为了摸底，一摸、二摸、三摸，考试到四摸的前夕，张子蕊在走下绥德中学那排窑洞式教学楼的楼梯时，突然头晕目眩，眼前发黑，扑倒在楼梯上，翻了几个滚，滚到了楼梯下，把她的一条腿，滚摔得断了条骨缝，她不能走路了。怎么办呢？去医院打石膏，没人能背张子蕊，是好姐妹米细心喊来锁子，由锁子背着她，米细心扶在一边，小跑着去了县医院。在县医院拍片子打石膏，仍是寸步不离的锁子，把张子蕊背到这里，背到那里。要回学校了，还又是锁子背着她、米细心扶着她，一起回学校。

锁子、张子蕊、米细心的家，都远离绥德县城，在不同的两处小山村里。他们考进绥德中学读书，就都住在学校的集体宿舍里，他们得不到父母和亲人的帮助，所以就只能自己帮助照顾自己了。所以，在毕业前的一段相当长的中学岁月里，张子蕊要去教室复习，还是锁子背着她，米细心扶着她去，背着她、扶着她回；还有四摸、五摸、六摸、七摸、八摸，一直到参加高考，张子蕊都是在锁子的脊背上，来来去去的……锁子的脊背，不能说多么宽厚，也不能说多么有力——一个中学生的脊背呀，还略显单薄，略显乏力，但是再怎么吃力，再怎么疲累，他都咬牙不语，稳稳当当地背着张子蕊……张子蕊感觉得到，锁子背着她，为了不使她受骨伤的疼痛，他走路总是特别平稳，一步一步，一步一步，不急不慢，不颠不颤……他背着她，因为天热，锁子的脸上要浸出汗来，一层一层地往出浸；锁子的手扣在他身后紧紧地搂着她，他腾不出手，给他自己擦汗。她看见了，心里想着，她是该给他擦汗的，她的手就在锁子的肩膀，挨着锁子流汗的脸很近，她只需稍稍地抬一抬手，就能把锁子脸上的汗帮他擦掉……好像是，旁边扶着她的米细心，也看见了锁子脸上的汗，并看见她搭在锁子肩上的手，希望她能大胆地替锁子擦汗，可她鼓不起那个勇气，抬手来给锁子擦汗。

少女所有的那份矜持，碍着张子蕊，让她伸不出手来。米细心没有办法，她不能看着表弟脸上的汗横流，压在眼眉上，都要淹了表弟的眼睛。米细心来替表弟擦汗了。她的衣服口袋里，有她们女孩子要用的卫生纸，她一次揪扯上一段，小心地、心疼地，给她表弟擦着因为背负张子蕊而不断浸出的汗水。

张子蕊之所以矜持着不给锁子擦汗，锁子的表姐应该也是一个原因。

张子蕊与米细心的交情好，她们女孩子咬着耳朵说的话，张子蕊不会给他人说，但她自己心里清楚，米细心是很喜欢她的表弟锁子的，而她的表弟锁子也特别依赖她，他们从小生活在一起，青梅竹马，亲上加亲，亲得锁子可以是米细心的胳膊、腿，而米细心可以是锁子的眼睛、嘴巴。

因此，张子蕊可以接受锁子对她无微不至的帮助，她却也要忍着，死死地忍着不表现出自己的亲昵。

张子蕊趴在锁子的背上，好像他的背就是一张释疑解惑的教科书，到高考复习的冲刺阶段，张子蕊突然茅塞顿开，摸底考试，一次比一次考得好。到第八次摸底考试，张子蕊破天荒地挤进了他们年级的第三名，当然，占据着头一名地位的还是锁子。而米细心不知什么原因，摸底考试成绩总是不甚理想，第八次摸底考试，她居然不可救药地跌入年级的末尾……这样的结果，到他们参加完高考，自己估计自己的分数，与阅卷后公布的分数，都非常一致，锁子的高考分数是他们绥德中学拔尖的，张子蕊的名次紧随其后，也相当可观，而米细心则极不理想。到了录取阶段，锁子依据自己的志愿，顺顺利利地被招录进了西安的一所军医大学，张子蕊也依据自己的自愿，被招录进了西安的一所医学院，唯独留下一个米细心，回到生了她、养了她的枣树圪梁村。

六

忘不了参加高考的那两天，天气比任何时候好像都热，高考变成了烤人。但不论怎么热，到要进考场的时候，还是锁子背着张子蕊，先进考场，考完试再出考场……自然的是，背着张子蕊的锁子，还要出汗。神差鬼使一般，在那两天，张子蕊早早地在她手里，准备了些卫生纸。锁子脸上的汗浸出来了，她不等扶着她的米细心来擦，自己就先自觉地来为锁子擦了。张子蕊不但自觉为锁子擦汗，她还一改往日趴在锁子背上的姿态……她往日的姿态，即便是趴在锁子的背上，身子也要尽量地往后仰，使她日趋成熟的胸脯，尽可能地离开锁子的后背。这两天她不了，她大胆地把自己的前胸贴在锁子的后背上。张子蕊不知锁子有何感觉，总之，她是感觉到了，暑天薄薄的衣裳，似乎就不算为遮隔，张子蕊把她渐显突出的前胸，悄悄地压在锁子的背上，她初压上去的一瞬间，她觉得自己的身体，像接通了一级强电，让她不由自己地麻了一下。那样的麻，让她幸福，让她眩晕，她不去多想了，在最初那种麻酥酥的感觉渐渐消退下去后,她很有点儿不管不顾不要脸地把她的前胸,完全地压在了锁子的后背上。

张子蕊在这么作为的时候,她没忘好姐妹米细心在她身边。

张子蕊小心地观察了米细心。她发现在她给锁子擦汗的时候,米细心就把脸转到了一边。张子蕊把她的前胸一点一点,全都压在锁子后背上时,米细心就更持久地转过脸,而且还不情不愿地要闭上眼睛。

离开家乡,就要到西安的大学报到深造了。过完一个暑假,张子蕊骨裂的腿好痊愈了,她去枣树圪梁看望好姐妹米细心,米细心热情地接待了她。张子蕊拿到了大学录取通知书,成了家庭的骄傲,这家亲戚邀请她,那家亲戚邀请她,她成了亲朋好友中间的香饽饽,所有的人都宠着她、惯着她……她本来还想在家里,在亲人身边,能够身体力行地为他们做些什么,下地里给庄稼施肥割草,回家来喂猪喂羊……但到她要去伸手做的时候,都被家里人和亲戚客客气气地阻挡了。那些乡村里的粗笨活儿,她是再也插不上手了。所以,这一个暑假,张子蕊把自己养得细皮嫩肉,白白净净。可是米细心,高考失败,回到枣树圪梁的家里,自觉成了一个农民。张子蕊伸手想干却提不到手上的粗笨农活与家务,米细心则没有商量地都拿在了手上,因此来看她的张子蕊,敏锐地发现好姐妹米细心黑了瘦了,举手投足,差不多已是一个地道的村姑了。

这使张子蕊有说不出的难受。

张子蕊在米细心家待了半天时间,她就有一种待不下去的痛苦。不过米细心倒还自然,她热情开心地带着张子蕊,参观她喂的猪,参观她喂的羊,猪和羊喂得都很肥很壮,米细心陪着张子蕊走到猪、羊的跟前,都会立即引起猪、羊的骚动。猪和羊十分熟悉米细心,见着她,猪开心地哼哼不已,羊愉快地咩咩不止,米细心把她的手伸给猪,猪要抬起头吻米细心的手,米细心把手伸给羊,羊会伸出舌头舔米细心的手……米细心好像很是享受她现在的生活,陪着张子蕊参观了猪和羊,还参观了她种植在沟坡上的土豆和别的农作物。米细心让张子蕊仔细看,她种植的土豆,与陕北传统种植土豆的方法不一样,她是按照农业科技书籍上的新方法种植的,她满怀希望地告诉张子蕊,她要在他们陕北,闯出一条土豆生产新路程。

张子蕊之所以来看落榜的好姐妹米细心，她是还有另一个心思的，那就是去西安报到的日子近了，她想约着锁子一起去。她来了，锁子却不在，她不好给米细心说，而米细心却早有预感似的，到张子蕊在她家简单地吃了最后一顿饭，执意要离开时，米细心自己站出来说了。

米细心送着张子蕊，送了一道坡又一道梁，把一封信交给了张子蕊，让她不要马上读，放几天，约上锁子，到了西安后再拆开来看。

是个什么信呢？张子蕊信守着米细心给她的交代，她揣在自己身上，与锁子双双离开故土，到了西安城，各自去了自己的大学，在自己的宿舍安顿下来，张子蕊才把她身上捂着、捂得十分温热的信拿出来阅读了。

米细心的信写得很短，就只两句话。

信的头一句话，礼节性地祝福张子蕊学业有成，前途光明。下来的一句话，就很有内容——她不无伤感地嘱托张子蕊，说她把表弟锁子就交给张子蕊了，要张子蕊在西安多多关心锁子，多多爱护锁子，她祝愿他们幸福快乐。

读着米细心的信，张子蕊忍不住还乐了乐。但她乐了一下后，由不得自己想流眼泪。什么关心，什么爱护，什么祝福？张子蕊略一思考，就知道米细心的"关心""爱护""祝福"的深意了，她是希望自己和锁子好的，不是一般意义上的好，而是恋人和夫妻一样的好哩！张子蕊承认她的心里有锁子，她见锁子时的心跳，还有她的热辣辣的眼光，可不都是爱着锁子的具体表现吗！但她是太熟悉和了解米细心了。当锁子的父母因为一场车祸双双去世后，米细心的父母把锁子接到他们家，表姐表弟在一起长大。作为表姐的米细心，有好吃的，就一定留给表弟锁子吃，有好喝的，就一定留给表弟锁子喝……米细心读书比锁子早两年，自己有意识地落后两步，主动留级，好和锁子在同一年级里。张子蕊知道，米细心是比她更爱锁子呢！信里的几句话，可以有别样的理解，米细心看似撮合张子蕊与锁子好，其内在的意思，更表露了表姐米细心对表弟锁子的好了！

米细心给张子蕊的信，让张子蕊矛盾着、痛苦着，在西安读大学的几年，她和锁子偶然地、理性地见了几面，此后毕业工作，就几乎断了关系。好在都是吃的西安市的饭，偶然在东大街，因为鲜红玉在大街上临产，让张子蕊和锁子再次重逢，张子蕊这才知道，她是结婚了，而锁子还一直单身着。这个时候，张子蕊又想起米细心给她写过的那封信，她自觉是该关心和爱护一下锁子了，因此，她一有时间，就到锁子的医院去，帮助他收拾家务，拆洗被褥，整理衣物，打扫卫生。这样，她就又看到热情友爱、光明磊落的锁子是怎样忘我地帮助他人的一切举动，她的心热起来了，也活起来了。

张子蕊因此还问了锁子。

七

张子蕊问锁子，是把他约到一家茶社里，在一种轻松愉快的环境下来问的。张子蕊点的是红茶，还有葵花籽、花生米等小嚼头。张子蕊有意无意地嗑一枚葵花籽，有意无意地嚼一粒花生米，再有意无意地啜一小口红茶，嗑着、嚼着、啜着，她问锁子了。

张子蕊是从米细心写给自己的信问起的。

张子蕊问："那年咱俩双双来西安上大学，你表姐给了我一封信，你知道吗？"

锁子听张子蕊这一问，他迟疑了一下，先点了点头，后又摇了摇头，没有说话。

张子蕊从锁子点头摇头的神态上明白，他是知道那封信的。张子蕊便不再隐瞒，她说："你表姐那个时候就要我关心你，爱护你，现在我是要落实你表姐对我的嘱托了。"

锁子憨憨地笑了一下，他端起茶杯，把他的头埋在了茶杯上。

张子蕊拿出一副严肃的态度说："你不要躲避，我今天一定要你说，你为什么还独身？"

锁子不回答张子蕊的问题，他喝茶、嗑葵花籽、嚼花生米，以此掩饰他的心理活动，并对抗着张子蕊接下来对他连珠炮一样的关心和爱护。

张子蕊问了几遍不问了。她一厢情愿地认为，锁子开口回答她的问题是一种回答，可能还回答得言不由衷，不是真心话；而他沉默着不回答，也是一种回答，而这样的回答，恰恰是真实的、可信的。张子蕊不再追问锁子了，她开始了自己的行动。

张子蕊的行动，就是回到家里，摊开来要与陶有光离婚。

对陶有光，张子蕊一次说不通说两次，两次说不通说三次……张子蕊吃了秤砣铁了心，她一定要和陶有光离婚。她还不能说，离婚就是为了锁子。总之，她是想要还自己一个自由身。她与陶有光这么说着，说到今天，摊牌似地给陶有光说"她心里另有人了"时，锁子的电话打来了。

锁子不知道张子蕊正在家里向她的丈夫陶有光摊牌，他有更急迫的事情要给张子蕊说。他给张子蕊打电话了。如今飘荡在天上，锁子想他那时候大错特错，他怎么可以在那个时候给张子蕊打电话？可是他还是打了，他不打给张子蕊还能打给谁？

锁子在电话里失急慌乱地告诉张子蕊："牛秋乡失踪了！"

桂正香

一

牛秋乡是在明星时装店失踪的。

锁子因为有手术,他在电话上给鲜红玉说了牛秋乡赶制演出服的事后,就由认识鲜红玉的桂正香和付心莲陪着牛秋乡去明星时装店了。当然,自觉担任起牛秋乡赴京上《星光大道》艺术顾问的师梦芳也是要去的。她们乘坐付心莲开着的小车,心情都有点说不出的小激动,叽叽喳喳、鸭嘴鹅舌地议论着,给牛秋乡设计着她的演出服。师梦芳有师梦芳的设计,鲜红玉有鲜红玉的设计,付心莲有付心莲的设计,她仨各有各的想法,也不忙做决断,都开心地去征求牛秋乡的意见,牛秋乡对她仨的设计,不管自己高兴不高兴,都高兴地回答:"好好。""好好。""好好。"她们一路设计着,一路高兴地"好好"着,由付心莲驾驶着小汽车,已经驶进西安城的东大门,行驶在东大街上,抬头都能看见明星时装店装修阔气的门脸了,有个电话打进了师梦芳的手机,说她金话筒的评选,报到省广电局,没能通过,而被省电台的另一位女主播抢去了!

电视主持人的最高荣誉,就是金话筒奖了。

才华横溢、爱岗敬业的师梦芳,几乎伸手就能获得的东西,被人横刀夺去。她没在电话里向告诉她消息的人发火,因为她知道告诉她消息的人,也是关心她,为她打抱不平,她又岂能发火?她平静地告诉传消息的人,"我有心理准备",就把通着的手机挂了。在主持人这个圈子里混着,师梦芳见多了尔虞我诈,见多了明枪暗箭。有人为了上镜头,不惜出卖色相。更有甚者,甘做权势人物的小三,进而拆散人家的家庭,自己跻身进去,填房成为权势人物的夫人。

太卑鄙，太可耻，太不要脸了！

收了手机的师梦芳，抑制不住地连骂了三声。

显然是，师梦芳恶狠狠的骂声，把同车的付心莲、牛秋乡和桂正香吓着了，三个人除了把握着方向盘的付心莲外，牛秋乡和桂正香都吃惊地转脸看定了师梦芳。

牛秋乡不解地问："梦芳姐，你骂人了！"

桂正香也问："你骂谁呢？"

师梦芳没有给她俩说她骂谁，她拍了拍付心莲的肩膀，让付心莲把车停在路边，给几位说，她有个急事要处理，不能陪牛秋乡选择演出服了，同时嘱托付心莲和桂正香，要她俩陪好牛秋乡，到鲜红玉的店里去，多听鲜红玉的意见——"把咱秋乡穿漂亮了，到央视上给咱们姐妹争风头。"

后边的话，师梦芳差不多是说给自己听的。她说完了，伸手拦了一辆出租车，坐上去风一般超越她们，径直向前而去。

鲜红玉早就等在店里了。她答应了锁子，让牛秋乡来她店里挑选演出服。根据市歌舞剧团舞美提出的服饰要求，鲜红玉知道她的店里是没有符合要求的服装的，因此，她早做功课，把自己的一双眼睛挂在她建立的明星时装网络平台上，搜索、筛选了两个晚上，最后确定了三套基本方案，就等着牛秋乡来她店里，依据牛秋乡的身材特点来订制了。

牛秋乡在付心莲和桂正香的陪伴下，刚一走进明星时装店，就被鲜红玉接住了，走进鲜红玉为顾客提供特殊订制服务的网络设计室里，一起围着一台电脑，观摩鲜红玉初步选择好的三款服饰。

鲜红玉为她选择的三款服饰，排列了一个顺序，又各自取了一款名称。

A款：民俗风。

B款：流行风。

C款：自然风。

所谓民俗风，对应了牛秋乡演唱信天游的特性，结合了陕北剪纸和秧歌剧的特点而专门设计，目的就是为了突出牛秋乡出自乡村、来自百姓的特点；流行风则不同，充分考虑舞台表演的需求，在色彩的运用和造型的表现上，突出一个"新"字，目的就是为了表现出牛秋乡也有不同于乡村经验的另一面；自然风就更好理解了，因为牛秋乡的歌声来自生活，那就从服饰上尽可能地突出她质朴、本真的特性，让观众看见她，就像看见自己的邻家小妹妹一般。

鲜红玉在电脑屏幕上，翻动着她选择的三款服装图片，一边从不同角度，详细地给牛秋乡、付心莲、桂正香介绍自己的想法，一边征求她们几位的意见。

鲜红玉诚恳地问："怎么样？"

鲜红玉问一句，付心莲、桂正香都要应声赞一句："好！好好！太好了！"

牛秋乡没有应声赞美。一台电脑的屏幕能有多大？鲜红玉手握着鼠标，坐在电脑前，要给几位翻看她的设计选择，自然得占去一块地方；付心莲和桂正香因为好奇，还因为心切，围在鲜红玉的身边，把头伸到电脑屏幕前，就又占去了两大块空间；而作为主角，将来要穿着这些服饰上星光大道的牛秋乡，就凑不到电脑屏幕前去。她被挡在她们身后，虽然没有鲜红玉、付心莲、桂正香看得清晰，却也看得十分真切。

二

牛秋乡满心喜欢鲜红玉给她选择的演出服。在此之前，她虽然也有在《时尚节拍》中演唱的经历，而且在那次演唱中，她也有自己的演出服饰，但与如今鲜红玉在网络上给她搜寻选择的这三款演出服比较起来看，效果虽然也不错，风格还是不够强烈，不够吸引人的眼球。牛秋乡感谢鲜红玉对她的帮助，她就在心里想，她一个陕北山沟沟里的女娃娃，哪儿修来的洪福，先有师梦芳设身处地地帮助她，又有付心莲、桂正香、鲜红玉帮助她，她不由得心里一阵阵发热。有一腔子的话，涌到了她的嗓子眼上，想要说出来，却怎么都说不出来，到最后，她站在鲜红玉的身后，带着掩饰不住的泣声，应了一声话。

牛秋乡说:"红玉姐,秋乡谢谢您了!"

龚小烟不知什么时候到鲜红玉的明星时装店来了,她没有惊扰几位,只是悄悄地站在她们后面,也把鲜红玉为牛秋乡挑选的服装方案看了个仔细。牛秋乡感谢了鲜红玉的声音才落下,她也不能自禁地感谢起鲜红玉来了。

龚小烟学着牛秋乡的腔调,说:"红玉姐,秋乡谢谢你了!"

龚小烟的这一谢,让大家发现了她,回头看着她,不约而同地都是一阵大笑。这就是女孩子了,遇着开心的事,是一定要大笑的了。她们还没笑毕,就你跨两步,我跨两步,追到龚小烟的身边,拿着拳头在龚小烟的身上擂。龚小烟知道那样的擂打不会伤着她,不会打痛她,可她也要装出受伤疼痛的样子,拼命地躲,拼命地求饶了。在她的求饶声里,几位好姐妹绕过了她,拉着她要她给鲜红玉为牛秋乡选择的演出服提意见了。

付心莲的嘴快。她先说了,说的还不是设计选择演出服的事,只说:"这么巧,你怎么也来了?"

龚小烟说:"我来得不是时候?"

鲜红玉、桂正香、牛秋乡仨人忙说:"是时候,是时候。"

龚小烟就不卖关子了。说:"你们来红玉这里,给秋乡设计选择演出服,锁子也告诉我了。我是谁,你们不知道?我是西安美院毕业的高才生,我有丰富的陕北艺术采风经验。给咱牛秋乡赴京登台演出设计演出服,我不能缺席。我要参与进来,发挥我的作用。"

鲜红玉立即接了龚小烟的话,说:"是啊是啊,龚小烟参与进来,是最好不过的了。"

桂正香也说:"哎呀,这么好的专家妹子,咱们可是求之不得呢!"

牛秋乡更有话说:"我的福气怎么这么好?"

龚小烟大不咧咧地就把鲜红玉从电脑前让出来的凳子,拉了拉,自己一屁股坐上去,又把鲜红玉为牛秋乡选择的演出服图片翻着看了。她一边翻看,一边赞叹,又一边发表自己的意见,鲜红玉认真地听着,她承认龚小烟的一些意见不错,很有借鉴意义。因此,鲜红玉真诚地感谢起龚小烟来了。

到龚小烟把她的意见和看法都说完,鲜红玉扳转龚小烟的身子,向她恭恭敬敬地鞠了一躬。就在鲜红玉向龚小烟鞠躬的时候,牛秋乡抢先拉住鲜红玉，有点脸红脖子粗地说："你们……你们……你们都是我的恩人、我的好姐妹，要说谢，必须是我谢，我要谢你们大家了。"

牛秋乡这一举动，把聚在电脑前的龚小烟、鲜红玉，以及付心莲和桂正香的脑袋都谢得转了过来。因此，牛秋乡给几位好姐妹每人鞠了一个躬，鞠着躬，就还依次说，谢谢小烟姐！谢谢红玉姐！谢谢心莲姐！谢谢正香姐！她这一谢，把几位好姐妹都谢乐了，想她们几人几颗脑袋，把一个电脑屏幕遮得严严的，给牛秋乡就没留出多少空间，这就是她们的不对了，尽管她们都非常关心牛秋乡，但她毕竟才是来明星时装店选择服装的主角，她们这时就自觉地把位置让出来，推着牛秋乡坐在电脑前让她自己欣赏选择了。

为了让牛秋乡有个充裕的空间去选择演出服，鲜红玉不仅把她先为牛秋乡选好的几款服饰图片拿给牛秋乡看，并且把几个专业的演出服饰网店页面也打开给牛秋乡看，她给牛秋乡说："锁大哥把你上星光大道演唱的服饰任务交给我，我可不敢辜负了他。"

鲜红玉这么说着，就让牛秋乡自己上网再翻翻，再选选。

鲜红玉这么安顿好牛秋乡，就还给龚小烟、付心莲和桂正香说，她店里新进了一些服装，便带着她们几位去了热热闹闹的前店里去，把牛秋乡独自一人留在电脑前。

牛秋乡的眼睛是盯在电脑上的，也用鼠标点着页面，翻看网上形形色色的服饰，其实只是看在眼里，而没看到心里去……她的心在这时刻，想着的都只是锁子大哥。

三

鲜红玉把锁子亲切地称为大哥，还说给牛秋乡选择、设计演出服是听了锁大哥的话。鲜红玉说的是事实，牛秋乡是必须认账承恩的。鲜红玉在她面前称呼锁子为锁大哥，那么她呢？她也是要称锁子大哥的，还有师梦芳、付心莲、龚小烟她们都是把锁子称大哥的，至于张子蕊、桂正香叫没叫锁子大哥，她还没有听到过，但她可以断定，锁子在她们心里，也是有他一个大哥的身份的。

"大哥、大哥……"牛秋乡在心里一声一声地呼唤着锁子大哥，想她有机会的时候，一定要问一问锁大哥——"你怎么就不结婚呢？"师梦芳、付心莲、鲜红玉，龚小烟，此外还有张子蕊、桂正香，谁的心里都有他，而他的心里也都盛着她们，他要开口娶谁做媳妇，被他开口的人自然会高兴，会满口答应，别的没有被他开口的人，也许伤心失落，也许妒忌眼红，但谁都会真诚祝福他们，给他们办一个超出他人婚礼内涵的好婚礼，并会真诚地帮助他们过好婚后的日子。可是锁子大哥不开这个口，他是不好开口，还是在等她们之外的另一个人？他等的人会是我牛秋乡吗？

心跳蓦然疯似的加快许多，牛秋乡感觉得到，蓄积在心头的鲜血直往她的脸上涌，她伸出手，捂住了她的脸，她想她有这个命吗？这么想着，她摇起了头，先还一下一下地摇，接着就摇得像拨浪鼓一样……摇着头的牛秋乡，突然还十分悲哀地想起她将要登陆的《星光大道》，设计选择好演出服，不日赴京去，接受央视的安排，她就能光光彩彩地在《星光大道》上尽情表演了！可是，就在此刻，她不知何故又突然地不自信起来。她悲哀地想，她可有那个上去的命吗？

一个不祥的念头，仿佛一只巨大的黑色蛾子，把她呼呼跳荡的心遮盖了起来，她听到了一种让人心空的禅乐，由弱到强，弥漫在她的耳边，把她似乎都要淹没了。她知道，那禅乐来自八仙庵。她借宿在锁子的家里，每次去市歌舞团排练节目，或是做别的什么事情，她都要从八仙庵的门前过，那里的善男信女真是多啊！出出进进，不绝如缕，焚烧的香烛，袅袅娜娜，直往天上飞。她每次经过那里，都能闻到那股浓浓的香烛味道，除此而外，就是无处不在的禅乐了……牛秋乡觉得那虚空到极致的乐声，太感染人了，让她听得心醉，想她可也唱得出那样的乐曲。

就在今天，师梦芳、付心莲、桂正香陪她往明星时装店来时，车子就路过了八仙庵。当时，牛秋乡还提议她们把车子停下，进到庵里去，也烧一炷香，让无所不能的神主，给她一些安慰和帮助。可是她的提议，没被师梦芳、付心莲、桂正香所接受，她们说自己是无神论者，她们还说求佛不如求自己。牛秋乡理解她们劝她说的话，但她不知为何，在心里感激着亲爱的锁大哥与几位好姐妹时，不由自主地就特别想到八仙庵去，她要给庵里的神主烧炷高香，她烧高香既然是为了自己，也是为了他们大家。

牛秋乡此时比什么时候都强烈地想要到八仙庵里去，她从电脑前站起身来了，而且移动了脚步，向明星时装店外的大街上走了去……

付心莲、桂正香和龚小烟，在鲜红玉的陪同下，在前店的服装架子间，穿梭来，穿梭去，试一试这件衣裳，试一试那件衣裳，她们不知试了多少件衣裳，却都没有确定给自己添置哪一件。倒是在男装柜台前，先是桂正香看见了一件藏青色的夹克衫，伸手从架子上拿过来，要鲜红玉、付心莲和龚小烟看。

桂正香说："你仨儿看看，这件夹克衫给咱们锁大哥穿怎么样？"

付心莲眺了一眼，并且伸手摸了摸，说："正香的眼力不错，我看锁大哥穿上一定精神。"

龚小烟跟着说："我都能想象锁大哥穿上的模样了。"

鲜红玉自然也要表态，她说："看我有多粗心，衣服在我店里挂着，我都没有发现，我太没心了。"

桂正香不同意鲜红玉的说法，她说："你还叫没心，锁大夫身上穿的衣裳，哪一件不是你给选好买的，你可不能说你没心。"

付心莲和龚小烟给桂正香帮了腔，说："正香说得对。"

鲜红玉从那种款式里找出一件锁子能穿的尺码，打好包，交到桂正香的手上，说："这一次算你的，你捎回去给锁大哥，就说是你看上的。"

付心莲和龚小烟跟着还给桂正香帮腔："本来就是嘛。"

四

几个心向锁子的女子，这时候的心里，满满地装着的，都是一个锁子。特别是付心莲，就在昨天，她先去一家洗浴中心，彻彻底底地洗了个澡，并让按摩师给她敲了敲背，松了松筋骨，然后又去了一家发型屋，给自己的头发做了个造型，这就到了西安城最豪华的威斯汀酒店，开了一间双人床的大间，把自己带来的一套华美衣裳换上身，给锁子打了个电话，让他到威斯汀来，说她有一件好东西要给锁大哥看。

锁子糊里糊涂地说："只要你说好，那就是一定好。"

付心莲听得出锁子的糊里糊涂，她就顺势揣着明白装糊涂地继续说："锁大哥要是高兴，看得上，就送给锁大哥了。"

电话里，锁子依然糊涂着，就还说："你的东西都是好东西，我一定高兴看得上。"

付心莲就回他说："那你就来吧，来快一点儿。"

是个什么好东西呢？怀揣着一千种好奇，一万种迷惑，锁子去了威斯汀，按响了付心莲说给他的房门门铃。那扇十分高档的橡子木房门，在锁子的手刚按上门铃键，那扇厚重的房门便应声而开——这让锁子猜想，付心莲是给他打了电话后，人就一直等在门背后。

站在洞开的房门口，付心莲一身锁子少见的盛装。这让锁子产生了一时的迷幻，因为他穿越了一个特殊的时间隧道，来到一个陌生的世界。他愣住了，呆呆地看着眼前的付心莲，不敢相认……付心莲则笑嘻嘻伸出手来，牵住了锁子的手，把他一步一步牵进了门里，没有回身，没有回头，刚才洞开的房门，就在他们的身后，被付心莲轻轻带起的一脚，稳稳地碰上锁扣，自动关闭起来。

付心莲牵着锁子的手没有松下来，她牵着他，穿过宽敞的套间外室，一直进了有张大床的里间，付心莲这才把她牵着锁子的手放开来。

这间有床的套房，显然有付心莲刻意装饰的地方。沙发上有付心莲铺上去的红坐垫；墙角里的落地灯、书桌上的台灯、床头柜上的阅读灯上，也有付心莲有意盖上的红纱巾；再就是大得夸张的床上，枕套、床单和被子，也都是付心莲着意新换的大红色……整个房间，透着一股彻头彻尾的红，一股完全彻底的红……锁子不知道付心莲何以要把房间弄成这个样子。锁子常常出差，他居住过的宾馆、酒店多了去了，所有城市，所有地方，凡是称得上宾馆、酒店的地方，不论外墙的装饰和设计如何，五花八门，千姿百态，都不要紧，进到宾馆、酒店里边，入住宾馆、酒店的房间里，就基本是同一种色彩了。具有公共性质的场所，都有其行业的基本色，锁子自己在医院工作，他们医院和天下所有的医院一样，床上的褥子、被子、枕头等用品，清一色都是白色的。宾馆、酒店也跟医院一样，也都是白色的。可是付心莲住进来的威斯汀套房，怎么会是这么一种样子呢？

威斯汀难道别出心裁，专门布置了这些红色的装饰？

疑惑着的锁子，听见付心莲问他了："怎么样？还喜庆吧！"

隐隐的，锁子从他刚才的糊涂与茫然中有所知觉了。他虽然有了知觉，但他还不能说破，他如果一旦说破，事情可能会不可收拾。于是他故作懵懂地说："你说有好东西给我看，快拿出来让我看呀。"

付心莲却不急，欢快得像只喜鹊一般，一只手搭在锁子的肩膀上，像她给汽车做推广人一样，绕着他转了一个圈子，转着转到他的面前，站定望着他，而且让他也望着她，不要躲，不要闪，就看她的眼睛，她有话给他说。可是，锁子虽然听了付心莲的话，眼睛看着付心莲，却没敢与她的眼睛对视，始终偏开点，躲着她。付心莲不能允许锁子这么偏着视线看她，她用她的两只手，拥住锁子的脑袋，很坚决地要锁子直视她的眼睛。这很有效，锁子的眼睛对视上了付心莲的眼睛了，可他对视了一个瞬间，就心跳得脸都红了，手也红了，红得热烫烫的，都烫着付心莲了。

锁子没敢这么对视付心莲多久，他很快又偏开脸，躲开了付心莲热辣辣的眼睛。

好了，有此对视的一眼，付心莲也觉得够了。

付心莲就把锁子拉着坐在落地窗前被她铺了红色垫子的沙发上，然后把她装饰房间时带进来的盖着一方红纱巾的红酒拿过来，打开瓶塞，往两只并排放着的高脚红酒杯里斟上酒,端过来,给了锁子一杯,她自己留着一杯,坐到锁子对面的另一个沙发上,举杯。

付心莲说:"我叫你大哥哩,是吧!"

锁子点着头说:"是啊,你叫了我好长时间大哥了。"

付心莲说:"看你刚才脸烧手烫的样子,把我的脸和手都烫着了。"

锁子说:"是吗?那哥对不起妹子了。"

付心莲说:"不要说对起对不起,小妹现在请大哥喝两杯,大哥你说好吗?"

锁子端着他手里的红酒杯,隔着一个圆形的小茶几,与付心莲的酒杯清清脆脆地碰了一下,他自己浅浅地啜了一口,而付心莲则一饮而尽。

付心莲饮干了自己杯子里的酒,也不管锁子喝了多少,又给自己斟上,来和锁子碰了,"铮"的一声响,她又把杯子里的红酒喝了个底朝天。这样付心莲似觉还不痛快,她给自己再一次斟上酒,又要与锁子碰,又要底朝天地喝,锁子把她拦下来了。锁子捉住了她的手腕,不让她再喝。可是付心莲喝了酒的眼睛有点红,她没看锁子的脸,而是盯在锁子捉着她手腕的手,给他幽幽地说开了。

付心莲说起了那位经销新能源汽车的姚老板,还说起了那位选她出演电影《拉手手》女主角的解导演。付心莲说,解导演的电影,姚老板给了一部新车的赞助。姚老板说了,他之所以赞助解导演的电影,没有别的意思,也没有别的业务,完全是因为解导演选了付心莲做主演,他资助解导演的电影,说到底,是资助她付心莲的……付心莲这么说着,停了有一会儿,不禁轻轻叹了一口气,接着又给锁子说上了。付心莲说她年龄不小了,她练习跆拳道,就要出成绩时,她受了伤,现在有一个新的机会放到了她的面前,而且是她想要的机会,她想抓住,她要抓住,可是,可是……付心莲连续说了两声可是后,突然哑巴下来,说不下去了,她红红的眼睛里,有两滴大大的泪珠凝聚着,似要流出来的样子。

五

锁子不知道付心莲能说什么来。

锁子就只有喝酒了,他把付心莲的手腕松开,端起茶几上他的酒杯,喝了一杯,又是一杯,他自斟自饮,连喝了三大杯,他喝得急,把自己都喝得呛了起来,呛得面红耳赤,惊得付心莲站起来,走到他的面前,夺了他手里的酒杯,用另一手,在他的背上轻轻地敲了起来。

锁子不呛了,他说:"心莲,你没说出来的'可是',我也听说过。影视圈那种风气,我相信有,但不相信不可救药,关键在人,我小妹付心莲跨进他们圈子,虽不能改变别人,但会有自己的一股清气在的。"

付心莲笑了,她的笑有点苦涩。她笑着给锁子说:"看我这记性,我说了给大哥一个好东西看的,大哥你到外间去一会儿,我把那个好东西整理出来给大哥看。"

锁子犹疑着,没有动,付心莲就拽着他,把他从沙发上拽起来,推着他的后背,把锁子一直推到外间,给他说:"我叫你大哥,你就推门进来看好吗?"

锁子到套间的外间去了,付心莲返身往里间回,她回到里间时,没忘带上门。

到了外间的锁子,根本没有停留,只是迟疑了一刹那,就又走到套间的大门前,拉开门把手,走到酒店的长廊里,迅速离开了酒店。

看到套间里那种暧昧的红色装饰,锁子心领神会,知道付心莲给他看的好东西,一定是她的身体了。

飘飘荡荡的锁子,便是飞升到了没着没落的天上,想起付心莲的那次举动,也还要叹息一声呢:"我的傻妹妹啊!"

付心莲的心,像是一块吸力巨大的吸盘,完全吸附在锁子的身上了。对于此,别人看出来了没有,桂正香不知道,但桂正香早就一眼看出来了,她还看得出来,师梦芳、牛秋乡、龚小烟、张子蕊她们几位姐妹,对锁子都有心。当然，她也承认自己的心，也是牵在锁子的身上了。

桂正香身为一个护士，跟着锁子，是离锁子最亲也最近的一个女子。她之所以把心牵在锁子的身上，还不嫉妒师梦芳、付心莲她们把心也牵在锁子身上，那是有原因的。这就是，锁子是不会和她们中的哪一个姐妹结婚的，她也一样，锁子也是不会娶了她的，绝对不会。

在西安护校读书的时候，桂正香曾被她们学校的一位男老师所吸引，一厢情愿地以为，那位风度翩翩、留着一撮小胡子的男老师，简直就是上帝派遣给她的白马王子。男老师到课堂上来讲课，四十五分钟的时间，桂正香的心一直跳得很快，而她的脸上也一直烫得像有火烧。她听他讲课，本来都是非常枯燥的术语，可从他的嘴里说出来，就都如天王级的歌手，给那枯燥的术语，谱上了美妙的曲子，都是抑扬顿挫唱出来的，十分动听，十分迷人。她因此学得也特别用心，成绩自然就特别好……桂正香知道，她生长在陕北的山沟沟里，中学时期的基础课，学习得并不扎实，所以她没有能力考上西安的大学，而是自费到西安的护士学校学习。她初到护校，哪一门课都落在同学们的后边，这位留着小胡子的男老师来上药理课，他吸引了她，她认真听他讲课，课堂上有没听懂或是听得懵懵懂懂的内容，她就跟着小胡子男老师，到他所在的教研室去，缠着他，向他进一步请教，而小胡子男老师对她一点都不烦，总是很有耐心地给她讲，一遍又一遍，她不点头说她听懂了，他会一直讲给她听……护士学校的校园，在很长的一段时间里，桂正香就如小胡子男老师的一根花尾巴，经常尾随着他，向他请教问题。

桂正香自觉地把她一颗少女的心，捧给了她的小胡子男老师。

桂正香的学习成绩直线上升，在不到一年的时间里，学校考试，桂正香都骄傲地跻身到前十名的行列了。她成了老师们表扬的榜样，老师们总结她进步的经验，说她学习刻苦，说她学而不厌。老师们这么总结是对的，但她知道，她所有的进步，都是因为小胡子男老师。学校里组织体育活动，她积极报名参加，学校组织文娱活动，她积极报名参加，而这与她的性格太不吻合了。从小，她就是个内向的孩子，在陕北的老家，读小学读中学，她从来不往人前走，别说参加体育活动、文娱活动，就是下了课出教室门，她从来都是最后一个，进教室门，也是最后一个。她到护校学习，开始也是这样，因为小胡子男老师,她的学习成绩上来了,她也敢往人前站了。学校组织体育活动,羽毛球、乒乓球之类技术性强的项目,她上不了,她就报名竞走和跑步,结果她有在陕北山沟沟走路、跑步打下的基础,在校园里走起来,跑起来,竟也走得出名次,跑得出名次。她的自信不断提高,便是文娱活动,她也不怯场地敢上了,相声、快板、魔术那样的节目,她拿不出来,信天游是她拿得出来,唱得出来的。

六

学校四十周年校庆,桂正香的信天游被选进了节目单。桂正香还想,她演出时穿什么?演出时会不会怯场?小胡子男老师给她推荐了一位小姐姐,小姐姐帮助她添置了极具陕北民间风格的演出服,还陪着她在后台做她的思想工作,让她放心大胆地唱,唱出原汁原味的信天游,就一定能赢得大家的欢迎。

桂正香的心扑通扑通的总是不能平静,她问了那位小姐姐:"老师会听我唱吗?"小姐姐肯定地告诉她:"老师就在台下,我帮助你,不就是他安排的吗!"

桂正香的心不跳了,轮到她登台演唱,她从台下学校的同学和老师热烈的掌声听得出来,她的演唱是成功的。

校庆演出,桂正香唱的是《死死活活相跟上》:

擦着洋火点着个灯,
放下枕头短了一个人。
荞面疙瘩羊腥汤,
头一碗送给我朋友尝。

　　　　细擀杂面油调汤，
　　　　死死活活相跟上。

　　台下的同学老师，还有返校而来的老校友，乌压压满是人，桂正香刚一起头，就是一片山呼海啸般的掌声，到她演唱一毕，台下的掌声，把天都能抬高一丈二。桂正香看着台下，所有的同学和老师，以及返校来的嘉宾们没有了，只有她亲爱的小胡子男老师一个人，在台下为她鼓掌喝彩，喝彩鼓掌……演唱结束，桂正香不知她是怎么从台上下来的，她只知道下台来的她，妆都没卸，就走到小胡子男老师身边，而小胡子男老师和帮助了她的小姐姐，也都为她的成功演唱而高兴，约定校庆活动结束后，到小胡子男老师的单元楼里聚餐庆贺。

　　小胡子男老师主动邀请桂正香，让桂正香兴奋不已。

　　为了参加小胡子男老师的宴请，桂正香做了各方面的准备，她把家里给她，而她自己省吃俭用下来的一点钱，全都带着，上街给自己添置了一套她以为很新潮的裙子，赶着点儿去了小胡子男老师住的单元楼，都走到单元楼的门口了，桂正香却没有急着敲门，站在楼门口，努力地想要使自己的心跳平静下来，但她的心却一直跳得很激烈……桂正香没有想到，她装在心里暖着爱着的小胡子男老师就在她的身后，突然，小胡子男老师声音厚厚地问她了。

　　小胡子男老师说："正香，怎么不敲门呢？"

　　桂正香转过头来，她看见了提着菜篮子的小胡子男老师，心跳更激烈了。她没说话，只是羞赧地冲小胡子男老师笑了一下。

　　小胡子男老师打开单元门，桂正香跟着进去，很有眼色地接过小胡子男老师手里的菜篮子，提着去了厨房。厨房里，早有先来的小姐姐，系着围裙，在锅上案上忙碌着。桂正香问候了一声小姐姐，就很主动地择着菜篮里的几样菜，择净了又到水池里洗。桂正香在做这些辅助活儿时，小姐姐还夸她做得仔细，做得好。这使桂正香特别受用，以为小姐姐是个善解人意的人，所以她答应着小姐姐，说她长在老家的时候，经常帮母亲在锅上案上的忙。两个人，就这么相互配合，把她们聚餐的几个菜，红是红，绿是绿地整了出来。当然小胡子男老师也没闲着,他在厨房外,收拾餐桌摆凳子,再摆上盛红酒的高脚杯,打开一瓶红酒,倒在一个形状奇怪的醒酒器里醒着。

小姐姐弄好一个菜,桂正香就往餐桌上端一个菜。三凉三热六道菜,一凉一热间隔着,全都端上了餐桌,小姐姐在水池洗了手,卸除掉她系在胸前的围裙,这就一边招呼桂正香,一边又招呼小胡子男老师,都坐在餐桌前,端起酒杯,由小姐姐提议,响亮地碰了一下杯子,祝贺桂正香校庆演唱成功。

他们碰了三杯酒,桂正香的心才平静下来。不过,她谦虚了一下,就又惹得小姐姐鼓动她唱起信天游了。

桂正香说:"在台子上还是紧张,那么多人,吓得我可是不轻。"

小姐姐就说了:"这会儿怎么样?不紧张了吧。那好,你给咱们的小聚会唱首信天游如何?"

小胡子男老师开心地喝着酒,吃着菜,没怎么说话,小姐姐就还鼓动他,说:"正香给咱唱首信天游助助兴,你欢迎吗?"

小胡子男老师就不能不开口了:"欢迎,欢迎。"

桂正香正想着怎么给小胡子男老师表现哩,小姐姐这么一撺掇,她就从餐桌边站起来,亮着嗓子唱上了。

桂正香唱的是《送情郎》:

送情郎送在大门外,
一把手手拉住哥哥的布腰带,
要问哥哥多会儿回?
我今天不回明天回,
过不了一礼拜。

送情郎送在清水河,
清水水河上一对鹅,
公鹅它展翅飞过了河,
剩下一个母鹅叫哥哥。

小聚餐的演唱，没有麦克风，没有大喇叭，却倒比校庆时人山人海时唱得好，原汁原味，极富生活气息。小姐姐鼓掌了，小胡子男老师鼓掌了，他俩鼓着掌，又把桂正香好一通夸奖，特别是小姐姐，夸桂正香聪明伶俐，又会唱陕北信天游，不知哪个有福气的小伙儿，给桂正香盘起头，牵了桂正香的手了呢！

哪个小伙儿？桂正香不要别的小伙儿，她现在的心里，只有一个小胡子男老师。小姐姐这么来说桂正香，桂正香也不知回避，拿她一对亮晶晶纯真无邪的眼睛，怔怔地盯住了小胡子男老师。

小胡子男老师感觉到了。

不仅是小胡子男老师，坐在桂正香一边的小姐姐，应该是也感觉到了。他们之间，突然有点儿冷场。是小胡子男老师开口来收拾冷场的，他给桂正香介绍她身边的小姐姐了。

小胡子男老师说："正香不知道，我和你身边的小姐姐，是大学的同学，过不了多少日子，你可就不能叫她小姐姐了，你要改口叫她小师母的。"

七

菜没味了，饭没味了，酒也没味了……桂正香不知她后来是怎么从小胡子男老师的单元楼里离开的，只知道，她后来喝了不少酒，回到学生宿舍，爬上床，衣服没脱，袜子没脱，直接钻进被窝，睡了一个天昏地暗。

桂正香人生的头一次"恋爱"就此画上了句号。

毕业后自谋出路，桂正香习惯了西安的繁华和热闹，她不想再回相对偏僻落后的陕北，像她护校的许多同学一样，漂在西安，大的医院进不去，就在西安的私人小诊所里打工，这一家俩月，那一家半年，混了两年多，总是居无定所，没个稳定的工作。在这期间，桂正香还谈了几次恋爱，她的目标很明确，就是男朋友必须要有西安户口，且在西安有一处自己的住房。桂正香想过，她从陕北来到西安，总不能露宿街头吧，住房这一要求，是最起码和最基本的。可是，就因为这一起码和基本的要求，让桂正香谈了不下两位数的男朋友，却到最后，都不得不遗憾地分手。后来，桂正香应聘到西安城东的一家基层医院里，而锁子联合部分青年专家开展的"送医到基层"的活动，恰好就以这家基层医院作为定点。锁子如有空闲，或是那家基层医院有需求，请求支援，他就都会不讲任何条件地前去，因此，桂正香也就认识了锁子。

陕北人就有这样一好，他们离乡背井，不论走到哪儿，开口一说话，仅凭那种带着鼻音的特殊口音，一下子就会很亲很近。

桂正香和锁子见头一面时，就是这个样子。他们基层医院接收了一位宫外孕的孕妇，大出血，生命垂危，请求锁子支援。锁子火速赶来，在基层医院门口，迎接锁子的有基层医院的负责人，还有孕妇的家属。锁子轻车熟路地往基层医院的简易手术室走，一边走，医院的负责人一边向锁子介绍孕妇的情况。锁子听着，听不清楚的地方，就还问他们几句。就这么风风火火地走进手术室，锁子按照手术要求，给自己做消毒处理，协助他的就是桂正香。这时的桂正香，没给锁子说她是陕北人，但桂正香已从锁子的话语里，清楚地知道他是陕北人。

因为都是陕北人，因为都在医疗行业工作，而锁子又是西安城有名的青年妇科专家，桂正香对锁子，就不仅有了十分的亲近感，而且还产生了非常大的敬重。

作为护士，锁子为那位宫外孕的产妇手术，桂正香一步不落地随在锁子身边，锁子伸手要刀子时，桂正香给他手里递刀，锁子伸手要钳子时，桂正香给他手里递钳子……锁子的额头上浸出汗珠子了，桂正香用消过毒的纱布，给锁子小心地拭去汗珠……总之，桂正香的手术助理做得十分专业，十分称职。

经过锁子紧急处置，宫外孕孕妇被从生命的危险境地抢救了过来。

穿着消毒服、戴着消毒口罩和手套的锁子松了一口气。这时候，他朝桂正香竖起一根拇指,表扬了她一下。

锁子为基层医院还有如此素质的护理人员而庆幸。

桂正香看懂了锁子对她的赏识,她没有谦虚,毫不隐瞒地说了她的基本情况。

桂正香说:"我读了西安的全日制护校。"

桂正香说了这句话后,似觉还不满意,就又加了一句:"锁老师是陕北人吧,我也是。"

桂正香加上的这句话多余了。锁子从她的语音里一下子就听出来了,但他不觉她话的多余,而是很开心地给桂正香点了点头。

从此,桂正香把锁子这个乡党认下了。而锁子也很给桂正香面子。抢救完宫外孕孕妇的当天晚上,基层医院宴谢锁子,锁子特别强调,让桂正香一块儿去。

这样的宴谢,桂正香想都不敢想,哪里会有她的份儿。她知道自己之所以能参加,都是因为锁子的面子,所以在宴谢桌子上,给锁子敬了好几次酒,并且自告奋勇,还给锁子献唱了一曲信天游。

桂正香献唱的是《跑水船》:

> 雪里梅花雪里开,
> 东风绕上云头来,
> 有朝一日雪消开,
> 呼啦啦闪过一条小船来。
>
> 双扇扇门来单扇扇开,
> 把我的小船引出来,
> 三天没见小船面,
> 好比打天上掉下来。

远离山亲水亲的陕北,在西安城生活的锁子,只要听到他们陕北的信天游,他就觉得特别温暖,并特别开怀。他在桂正香的歌声刚落下来的一瞬间,就把摆在桌子中间的一束摆花端起来,捧到桂正香面前,献给了她。

锁子不仅给桂正香献了花,还给基层医院陪他到谢宴上的人说:"你们听我说,我把桂正香认成妹子了。"

锁子说:"我妹子在你们院里,谁要敢欺辱她,就是把我也欺辱了。"

锁子的话一说完,谢宴上的人就鼓噪开了。大家你一言,他一语,都说桂正香有福,认了锁子这样一个哥哥,还不给哥哥端酒,要么就把哥哥抱一抱。

前边已经给锁子端过三杯酒了,桂正香可不想让认了她当妹妹的锁子喝多,就在众人的鼓噪声里,羞着脸,钻进锁子的怀里,两个人礼节地拥抱了起来。就在这个时候,桂正香轻声细语地把锁子叫了声哥哥。

桂正香叫得声细,众人不答应,说他们没听见,要桂正香再叫一声,桂正香就从锁子的怀里退出来,离开锁子一步,先给锁子鞠了一个躬,这就大声地叫出来了。

桂正香的叫声有点颤,但她减去了一个字,只叫了一声:"哥!"

锁子也就配合地答应了一个字:"妹!"

虽然都是同乡,但谢宴上的兄妹相认,如果是别的什么人,是不会当真的。桂正香不一样,桂正香认真了。她有什么事,好事或不好的事,从此都给锁子说,有时当着面不方便说,就打电话给他说。

桂正香认真地把锁子当成了她的"哥哥",也认真地把自己当成了锁子的"妹妹"。

八

桂正香瞎里吧唧地又谈恋爱了。

因为桂正香谈恋爱的频率太高,成功率又太小,基层医院里的人,背地里议论她，说她干脆就是像某部电视剧里的恋爱狂。别人怎么议论她狂，她不知道，便是她自己，也觉出自己谈恋爱谈得过头，是有那么点儿狂。尤其是最近的这一次，她谈恋爱的对象，竟然是来医院就诊的一位患者。

　　患者名叫柴宏伟，急性阑尾炎住进基层医院。他疼痛难忍的样子，着实叫人同情。他是一个人来医院的，检查化验，化验检查，他一个危重病人，自己是没有办法了，正值班的桂正香，就拿着化验单，替他出出进进地跑，直到把他送进手术室，给他备皮麻醉，进行手术，桂正香一直在他身边。主治医生要给柴宏伟动刀子做手术了，桂正香是最得力的助手，切除阑尾，术前术后，都有许多程序要走，桂正香依照医疗程序，一丝不苟地做着，该给柴宏伟把脉测试心律，桂正香就认真地给柴宏伟把脉测试心律，麻醉的过程中，病人感觉怎么样，桂正香是也要问的。她问得小心翼翼，如果柴宏伟的心律正常，麻醉感觉还好，桂正香就对躺在手术床上的柴宏伟笑笑……桂正香在手术中再一次地给柴宏伟把脉测试心律，她感觉一切正常，对柴宏伟笑笑准备把她把脉的手移开，却突然被柴宏伟还紧紧绑在手术床边的那只手翻过腕儿来，紧紧地抓住，让她一时竟然脱离不开。桂正香事后回忆，柴宏伟抓她的手腕，就像一个掉入深井就要溺亡的人，突然抓住一根救命的绳索一样。桂正香忍着，没有从柴宏伟的手里抽出她的手腕，她让他抓着，死命地抓着，直到手术结束，桂正香才把她的手腕从柴宏伟的手里抽脱出来。

　　因为被柴宏伟抓得太死，桂正香的手腕处在脱开后，先是发白，继而又还发红，到了第二日，桂正香被柴宏伟抓过的手腕，就又是五指清晰的一片乌青。

　　作为柴宏伟的主管护士，桂正香要不断到他的病床前去，给他换吊瓶，给他送药。他没有亲人陪侍，桂正香就还担负起亲人的角色，给他订餐和送餐，到他要解手了，还要尽可能地帮他一下……柴宏伟发现了桂正香乌青的手腕，桂正香那么关心他、帮助他，他也要关心一下桂正香了。

　　柴宏伟问："你的手腕？"

　　桂正香淡淡地笑了一下，一副不置可否的神态。

　　柴宏伟就有所感，说："是我抓的吧？"

　　桂正香依然不置可否，她问了："你的亲人呢？"

柴宏伟的眼角被桂正香问湿了。

桂正香注意到了，但她还是要说："住在医院里，没有亲人陪侍可不成。"

柴宏伟没有奈何，他就老实地给桂正香说了，说他在西安城里没有亲人。他来这个城市打工，七八年了，就只有他一个人。他在建筑工地给人搬过砖，还到火车站当过搬运工，他吃得了苦，脏不怕、累不怕，他终于攒下一笔钱，就先给自己买了套两居室的房子，并在他们小区租了两间门面房，加盟在一家洗衣公司里，雇了两个小姑娘，给小区居民干洗衣服。他还在积累资金，他有自己远大的理想，再过些日子，他就到工商部门登记一个自己的洗衣公司，他有强烈的竞争意识，不怕与任何公司任何人竞争，唯有竞争，才有未来，他要把他的洗衣公司，加盟到这个城市的每一个社区里去……说起自己的事业，柴宏伟滔滔不绝，雄心勃勃，志得意满。但他回到桂正香问他亲人的正题上，话说得就慢了，而且吞吞吐吐。

柴宏伟说："我一个外来务工人员，谁能……谁能做我的亲人？"

桂正香想到了自己，她不也是个外来的务工人员吗？务工人员在这个城市的不容易，别人可以不理解，桂正香是完全可以理解的。她被柴宏伟感动了，觉得他是个可以信赖，甚至是可以依赖的人。

桂正香被柴宏伟的话感动着时，柴宏伟还不好意思地向她道歉了。

柴宏伟说："那天手术……真是对不起！"

桂正香抬起了自己的手腕，她看着那一圈青紫，此刻不仅不觉得疼，竟还感觉到了一种幸福。她竟有点顽皮地说："又青又紫……你看，像不像一个漂亮的手镯儿！"

桂正香说："我没戴过镯子，人都说，翡翠手镯天生是美化女孩儿手腕的，可我什么时候才能被翡翠手镯美化了我的手腕呀？"

柴宏伟听懂了桂正香的话，但他没有多说什么，只是依旧不能原谅自己地说："我那天，忍不住下手重了。"

桂正香对柴宏伟的道歉一点都不在意，她还是玩笑地把手腕上渐渐消肿褪色为一道淡青色线条的痕迹亮给柴宏伟看，强调说："你看你看，青绿色一圈，像不像一个漂亮的翡翠手镯？"

九

住院七天时间，桂正香与柴宏伟迅速确定了恋爱关系。

柴宏伟伤口上的缝线拆了，桂正香叫来一辆出租车，把柴宏伟送回了他居住的小区，去了柴宏伟花钱购置的两居室……桂正香必须承认，两居室是简陋的，除了一张简单的双人床，一个布面的折叠式衣柜，就几乎没有别的什么了。但是桂正香看在眼里，却觉出了两居室的温暖，那是一切的富有和贵气所不能比的，她喜欢这简陋的两居室，把柴宏伟还像她主管的病人一样，安置在双人床上，她就离开了两居室，买了菜，买了肉，拎回来，像个主妇一样，给柴宏伟煮饭了。

因为是在柴宏伟的两居室里煮饭，桂正香就用了些心，她把肉剁碎，和她买回来的韭黄拌成馅儿，包了饺子让柴宏伟吃。

桂正香说："你大病初愈，营养一定要赶得上。"

柴宏伟吃着饺子，也让桂正香吃，但桂正香没动筷子，她只是看着柴宏伟吃，仿佛她是柴宏伟的亲姐姐一样，一脸开心，一脸满足。

此后的日子，桂正香在基层医院一有空闲，就往柴宏伟的两居室里跑，她想着法子给柴宏伟补，饺子吃过了，她给他包包子，包子吃过了，她给蒸米饭……桂正香在陕北的老家，跟着家里人，很是道地地学会了一些陕北特色饭菜，她问柴宏伟可吃得惯陕北的饭菜。柴宏伟很配合地给桂正香说，他打工的日子，什么地方的饭菜不吃？陕北的饭菜，结实抗饥，是他最爱吃的呢。这下好了，桂正香就把她拿手的陕北饭菜，挨着个儿来给柴宏伟做着吃了，今天是猪肉翘板粉和青菜粘洋芋，明天就是干炒羊头肉和青西红柿拌青辣椒……一天一个样儿，把病后的柴宏伟侍弄得白白胖胖。终于，在一个下着大雨的晚上，在柴宏伟的两居室里，桂正香服侍柴宏伟吃饱喝足后，正要离开两居室，柴宏伟送她到门口，他从身后抱住了她，并把他热乎乎的嘴巴，贴在她的耳朵边，给她说了。

柴宏伟说："人不留人雨留人。"

桂正香没有坚持,她留在了柴宏伟的两居室里,把自己的身体,坦坦然然地交给了柴宏伟。

床单上的血,像一朵盛开的玫瑰,鲜艳而迷人,桂正香看见了,柴宏伟也看见了。看见了那朵花儿一般的血迹,柴宏伟又一把将桂正香揽进怀里,光溜溜一丝不挂的两个人,自自然然地又一次滚在床上,而柴宏伟则又一次地进入了桂正香的身体……窗外的大雨,夹杂着几束电光,像是为两个情到高潮的人欢呼一般,哗啦哗啦、哗哗啦啦下得更大,劈劈啪啪、劈劈啪啪闪得更亮。

…………

一阵一阵的呕吐感,直往桂正香的嗓子眼里冲。

桂正香知道她不是病了,而是女人家最正常的妊娠反应。住在一起的桂正香和柴宏伟,干柴烈火一般纠缠了一段时间,桂正香怀孕了。热恋着滚在一张床上的人,发生这样的结果,是太可能不过的事了。桂正香把她怀孕的讯息,告诉了柴宏伟。柴宏伟没有太紧张,但也没有太兴奋,他仿佛有过此种经历似的,十分冷静,十分理性。他和桂正香商量,准备他们的结婚典礼。锁子是桂正香在西安城最为信任的同乡大哥,她没有隐瞒锁子,把她和柴宏伟的婚姻大事,带着些许骄傲,还有些许自豪,告诉了锁子,而锁子也高兴地祝贺了她。

桂正香张口向锁子借钱了,说他们结婚的钱不够。锁子给了桂正香一个卡,说上面有三万块钱,你们结婚有用,就拿着用去。

一切都向桂正香想要的方向发展着……可是突然的,桂正香找不到她倾心相恋,并准备嫁给他,进入婚姻殿堂做他新娘的柴宏伟了。

桂正香在两居室的房子里做好饭菜,等着柴宏伟回来。桂正香左等右等,那一天从早等到晚,都没等着柴宏伟回来。他怎么了?出了什么事吗?桂正香心慌心焦,她打他的电话了,从早到晚,她不知给柴宏伟打了多少电话,可是柴宏伟的电话都在关机状态……桂正香心急火燎,她没了办法,就去了小区门口的洗衣店里去找,柴宏伟说了,门口的洗衣店是他开的,他在西安城开了许多家洗衣店。别的洗衣店在哪里,桂正香没有去,不知道。小区门口的她去过了,是和柴宏伟一起去的。在洗衣店里,柴宏伟与洗衣店的值班姑娘谈得很熟，谈得不错，谈的都是洗衣店里的专业话题，他们谈完了，柴宏伟像个经理人一样，还鼓励了值班姑娘一句话，他说姑娘的工作态度好，业务好，前途无量。然后拥着桂正香出来，很有点儿志得意满地走了，走出洗衣店，还下了一回馆子，又是菜，又是酒的，大吃大喝了一场。桂正香等不回柴宏伟，她到小区门口的洗衣店里来了。一开始，她还不好意思问有关柴宏伟的事，东拉西扯，与店子里的姑娘说了说一些不咸不淡的话后，这才转入正题，向店子里的姑娘问了柴宏伟。

桂正香问："柴宏伟是你们老板吧。"

桂正香问："你今天见他了没有？"

店子里的姑娘有点懵。她不知道桂正香说什么，就答："柴宏伟是谁？"

桂正香说："你们老板呀！"

店子里的姑娘说："我们老板不叫柴宏伟。我也不知道柴宏伟。"

吃惊！桂正香只有吃惊了！洗衣店里的姑娘，不知道柴宏伟，自然也别说柴宏伟是洗衣店里的老板了！

桂正香还不想就此罢休，她进一步地求证洗衣店的姑娘，说："柴宏伟那次和我到店里来过，我看他与你们说得很投机，很亲切，很……"

店子里的姑娘被桂正香说乐了。她截断桂正香的话，说："我们给人洗衣服，谁来我们都该投机、亲切的。"

十

柴宏伟是个骗子？

这个念头在洗衣店蓦地出现在桂正香的大脑里时，桂正香先还使劲摇了摇头，否定了这个涌入她大脑的可怕的想法。和她相亲相爱的柴宏伟，怎么会是骗子呢？而且她的肚子里，都已怀上了他的孩子！他们准备着自己的婚礼，一起照了婚纱照，一起把两居室摆设了一遍，他们甜甜蜜蜜的婚纱照，一幅一幅，放大了，就挂在两居室的客厅和卧室里，他怎么会是骗子呢？

他是遇到什么困难了吗？或者……

桂正香不敢多想，更不敢乱想，她跑到锁子那儿去，慌张不安地把柴宏伟失踪的消息告诉了他。锁子安慰了桂正香几句，没敢迟疑，立即按照桂正香提供的情况，打电话告诉了张子蕊，请求张子蕊，通过公安渠道，帮助桂正香找一找柴宏伟。

张子蕊答应着锁子，努力地寻找着柴宏伟，而桂正香自己，因为房东的到来，已经彻底明白，她所热恋并为其怀了孩子的柴宏伟，千真万确是一个骗子。

四个月没交房租，房东上门来讨，桂正香不认识房东，房东也不认识桂正香。房东向桂正香要柴宏伟，桂正香说柴宏伟丢了。房东是个明眼人，他看出了桂正香的失魂落魄，但房东管不了别的，房东只关心他的房租，就给桂正香说，"拿柴宏伟不在搪塞我吗？你是他什么人？他不在，你在呀！你给我交房租！"这时候的桂正香，已经身无分文，她所有的积蓄，还有准备结婚向锁子借的钱，都在柴宏伟的手上。他不见了，她就什么都没有了。房东不管那些，房东从桂正香的手里讨不来他的房租，就恶狠狠地丢下一句话走了。

房东丢下的话是："我三天后来，不交我房租，你们就走人。"

三天的时间，一晃过去了。

房东没有食言，他再来两居室讨要他的房租，他进入他家的两居室，眼前的情景，把他吓得大喊起来。房东的大喊，引来了锁子和张子蕊。这些天，张子蕊通过公安手段，已经清楚地摸排到了柴宏伟的底细，他的确是个骗子，流窜全国多个城市，骗财骗色，是个挂在网上通缉的罪犯。有了这个结果，张子蕊找了锁子，他俩来找桂正香，要给她说明真相，同时担心她心理准备不足，受不了，还准备给她做劝导工作的。他俩刚刚走到楼下，就听到房东的那一声大喊。

房东的喊声是破败的："死人啦！"

锁子听到房东的喊声，把张子蕊看了一眼，而张子蕊同时也把锁子看了一眼，他们都没说话，只是一前一后，冲进电梯间，直上到桂正香所住的楼层，冲进房东还在狂呼乱喊的房间，这就看到软塌塌躺在床上的桂正香，眼睛紧闭着，嘴角上有一堆白色的泡沫，还呼噜呼噜地涌动着。

桂正香服毒了。

幸亏来人是锁子。他从卫生间取来肥皂，又从厨房端来一盆清水，把肥皂迅速化入水中，捏着桂正香的鼻子，把肥皂水咕咚咕咚往桂正香的胃里灌，灌了一阵，把桂正香翻爬下来，让她的头朝着床外，还用手反复地按压她的腹背，迫使她啊哇啊哇地吐。吐上一阵，再把她翻转过来，继续往她的胃里灌肥皂水，灌一阵，又压迫她呕吐……反反复复，又灌又吐……锁子做着这些急救措施的时候，还让在一边帮助他的张子蕊，给医院急救室打了电话，派来一辆急救车，把已做过紧急抢救的桂正香，抬到救护车里，拉去医院，对其做进一步的救治。

两天后，桂正香从昏迷中睁开了眼睛。

睁开眼睛的桂正香，首先看见的是锁子。她没感谢他，只说："你让我死了多好。"

锁子责备了她，说："那我还是你的同乡大哥吗？"

桂正香这时候，能依赖的人，也许只有锁子了。锁子责备了她，她不以为责备，凄然地对锁子笑了一下，说："大哥，我……"

锁子没让桂正香多说话，他抢着话头说："认我是大哥就好。你就要听大哥的话，近些天，什么都不要想，什么都不要说，大哥我心里都知道。你就听大哥的话，好好地住在医院里，给大哥把身子首先养好了再说。"

桂正香听了锁子的话，她踏实地住在医院，听凭锁子既给她治疗身体，又治疗心病，直到她的精神世界从万念俱灰到令人较为满意地恢复过来。

打胎是必需的，桂正香绝不会给一个骗子生下孩子了。

把自己的身体腾空腾轻松后，锁子找了他们医院的领导，把桂正香招聘进他们医院，跟着他做护士。随在锁子的身边，桂正香再不谈恋爱了，锁子给她介绍，她也不见。

一场悲苦的恋爱，让桂正香仿佛重新投了一次胎，她脱胎换骨地突然明白了许多事。譬如她一下子知道，一个女孩儿，不管是在婚姻里，还是不在婚姻里,把自己的身体给一个男人太方便、太容易了。然而要把自己的心,给一个男人,是很难很难的呢!有太多太多的女孩儿,结婚与不结婚,洞房花烛夜与没洞房花烛夜,把衣裳脱下来,钻进被窝里,眼睛一闭,与一个男人颠鸾倒凤一时,就把自己的身体交出去了。可是心,装在自己肚子里,泼泼泼泼跳动的心,是太难给出去的。哪怕一时给出去了,过后也还会收回来,装在自己的肚子里,一生、一世,可能都给不出去了。

桂正香如今想得最多的,就是她心里明白的这一个道理。

桂正香不再谈什么鬼恋爱了。不再谈恋爱的她,自觉她的心有了归处,那就是锁子。她把她的身体给不了锁子,她把她的心毫无保留、完全彻底地给予锁子了。

十一

和付心莲、龚小烟,还有鲜红玉,在鲜红玉的明星时装店,她们给锁子选好了一套衣裳,折叠好,装在一个标志明确的纸袋里,就又去里间的电脑室里去看牛秋乡。

三个女人一台戏,她们走着,付心莲说:"锁大哥把咱们给他选的衣裳穿着去美国,一个字,靓!"

龚小烟也说:"可以保证,靓!可以保证,靓!"

鲜红玉听得心里那叫一个美。她相跟着说:"我的店里,就没有不入眼的货。"

桂正香也要说的,但她还没说出来,就已前脚踏进了电脑室。她一眼看去,不见了牛秋乡,她没说别的,只是有点吃惊地说:"秋乡人呢?"

她们把牛秋乡丢了!

她们在店里等,不见牛秋乡回。

她们打她的手机，也不见她接。

她们把牛秋乡丢到哪儿去了？

让人揪心的牛秋乡啊！锁子活在世上，为她们操了太多的心。他走了，飞魂在天，他依然放心不下她们啊！

上官兰

一

赴美参加学术交流,是锁子医疗事业上一件令人鼓舞的事情。

锁子出发前,龚小烟邀请锁子、师梦芳、付心莲、张子蕊、鲜红玉、桂正香她们,聚在她的"绥米风",来为锁子饯行。

师梦芳参评金话筒的资格,在省广电局被人横空夺走,她据理力争了一场,却也一点结果都没有。她找局长,局长说他不太清楚,让她去找副局长,副局长比局长更是不知情由,又让她去找经办此事的处室,处室的人倒是干脆,把她一股脑儿推给了评委们,让她一个一个去找参加评选会的评委去……师梦芳感觉她被夹在那么多管事的领导,以及那么多评委之间,像是一只没有充好气的憋屈的皮球,被他们有权有势的人踢来踢去,她失望了,而且还感到无趣,她萌生了离开的想法。"此处不留爷,自有留爷处",东方卫视招录主持人,师梦芳把她的材料,用电子邮件的方式,传送过去,没出三天时间,人家即通知她去试镜。她去了,一试过了关,二试又过了关,三试再次过了关。近来她办理着调转手续,很快就会离开西安,到十里洋场的大上海去了。所以说,龚小烟在她的"绥米风"设宴,既是给锁子赴美学术交流送行,也是给师梦芳去上海工作送行。

就在这天,一份精美的结婚请柬,送到了师梦芳的手上。

给师梦芳送来结婚请柬的女孩,是师梦芳在台里原来比较要好的一个小姐妹。她找到师梦芳,很诚恳地向师梦芳陪了情,道了歉。她说她把师梦芳的情是欠下了,她还说她把师梦芳的心伤着了,她要结婚,请师梦芳不要记她的仇,不要记她的恨,到她结婚的日子,还要师梦芳给主持婚礼呢。师梦芳把那份请柬粗略瞥了一眼,就一下子什么都明白了。她的金话筒，就是这位送她请柬的小姐妹横刀夺取的，师梦芳在局领导和评委们当皮球踢来踢去的时候，她就听人说了，她的小姐妹之所以夺得去她的金话筒，那是人家背后有人了。对这样的传言，师梦芳是不屑一听的，她不知道她做电视节目主持人，有人背后说她没有，她相信一定也少不了。主持人这个职业，从中央到地方，差不多都被人添油加醋地议论过，她身在其中，又岂能幸免？所以她的小姐妹虽然夺去了她上报金话筒评比的资格，她也并没有记恨人家。每年的金话筒评比，是个主持人，咱有资格，人家也有啊。这是一种竞争，不能因为自己几乎拿到手的金话筒被小姐妹夺了去，而去记恨人家的。她所以不平，所以气愤，都在于她有被人玩儿了一把的窝囊气！

太窝囊了！

不论台里，还是局里，还是将要组织起来的评委人员，私下里传出的口风，这一届就推她了。大家相互传说着，推她上去，不会浪费名额，一定能把金话筒拿回来。然而没人知道，师梦芳自己，在这节骨眼上，被市委的一位当权者瞄上了。这位当权者把他的原配离弃了，转回头来，狂热地追逐起了师梦芳。倒不是师梦芳清高，瞧不起人家当权者，平心而论，在师梦芳的日常工作中，她还得到过那位当权者的百般照顾，有时被那位当权者邀请去，吃吃饭，喝喝茶，聊聊闲天，也是常有的。师梦芳并不反感当权者，而且也有一些感激和感动，但那又算什么呢？她对他没有感情，她怎么能答应他呢？

师梦芳没有答应那位当权者，她的小姐妹答应了。

小姐妹的结婚请柬上，红纸黑字，清清楚楚地写着，小姐妹和那位当权者就要结婚了。事已至此，师梦芳才相信了大家的传说，她的金话筒资格，是这么失去的。不过，这时她已经把金话筒的事放下了，她没有给她的小姐妹摔脸子，但也没有答应给他们主持婚礼。她的小姐妹不知是太傻，还是太精明，竟然还不甘心，坚持要师梦芳来为她和当权者主持婚礼。

小姐妹说："请您主持，是……"

师梦芳知道小姐妹还没说出来的是什么。她很厌恶地加重了语气，说：

"饶了我好吗?"

小姐妹听出了师梦芳的厌恶。她不再坚持了,却还眼巴巴地盯着师梦芳看。这让师梦芳好不为难,她就是这么一个人,不畏谁强势,但怕谁示弱。小姐妹这一怯弱,让她一下子又和缓下来,给小姐妹说了。

师梦芳说:"我祝福妹子!"

师梦芳说:"我都要走的人了,我不合适。"

师梦芳给小姐妹说过这几句话后,就背转身去,头也不回地来参加龚小烟为他们大家设立的宴席了。

龚小烟忙碌在"绥米风"的店子里,先是等来了张子蕊,接着又等来了付心莲、鲜红玉,再后才等来了师梦芳、锁子和桂正香。

师梦芳来迟的原因,她是不好给大家说的。但锁子和桂正香来得迟,是可以说的。

锁子一到"绥米风",就给大家说,他和桂正香路过八仙庵,是还想把牛秋乡也叫来的。牛秋乡如今入了八仙庵,锁子驾着车,和桂正香顺道儿去了那里。那里人山人海,锁子找不到停车的位子,就让桂正香下了车,进到八仙庵去找牛秋乡了。桂正香找到牛秋乡了,苦口婆心地给牛秋乡说了许多话,但她说的所有的话,都像说给了一截木头。牛秋乡无动于衷,她盘腿坐在庵子里的一间窄小的屋舍里,与几个像她一样的女孩子,埋头在一本道论书里,默默地诵读着。桂正香急了,如果不是在庵堂里,她真会伸手拖起牛秋乡,拉着她一起走的。桂正香不能急,她给牛秋乡说起了锁子。

桂正香说:"锁医生就在庵堂外等着你哩!"

桂正香的这一句话,还起了些作用,牛秋乡把她埋在道论书上的眼睛抬了起来,看向了桂正香。不过,也就只是一眼的功夫,牛秋乡就又低下头,埋首在她手中的道论书上。

桂正香对牛秋乡没办法了。

二

别说桂正香把牛秋乡没办法,就是牛秋乡自己,也没了办法。

在鲜红玉的明星时装店里,牛秋乡选择好了自己赴京演出的服饰后,却突然想起了八仙庵。那个虚空之地,她过去也想到过,但从来都没有那一天那么强烈,一想起来,就想立即到那里去,给供奉在那里的神灵烧一炷香,央求神灵能够给她以启示和保护……于是,她起身就往八仙庵去了。

一切的一切,仿佛神差鬼使。

牛秋乡给付心莲和桂正香连招呼都没打。到付心莲和桂正香发现不见了牛秋乡时,牛秋乡已经打车到了香烟缭绕的八仙庵大门口,她走下那辆绿色的出租车,没防顾,却有三辆黑色的小车,前后左右夹住了她,其中靠她最近的一辆小车的后门打开来,是个穿着西服的壮硕男子,一把抓住她,就把她推进了小车后座……西服男子的动作快得让牛秋乡都没来得及喊一声。她就被黑色小车驮着向前飞驰而去。惊魂未定的牛秋乡,看见副驾位置上的轮椅男子,而她的身边一侧,坐着的是把她推上小车的那位西服男,另一侧呢,则是她亲不够的老父亲。

牛秋乡的眼泪流下来了。

牛秋乡没有反抗,她无限悲伤地叫了一声老父亲:"爸!"

可是她的老父亲没有应她。

老父亲不仅没有应牛秋乡,还把他的头拧向窗外,连看都不看牛秋乡一眼,仿佛快速奔驰的小车窗外,有什么他看不够的红火似的。

找不见牛秋乡的面,付心莲、龚小烟、桂正香和鲜红玉打牛秋乡的手机,响了几声,却突然又被掐断,再打干脆打不通……付心莲和桂正香,还有鲜红玉,急得热锅上的蚂蚁一般,在明星时装店左冲右撞,找了一阵牛秋乡,确信牛秋乡出了问题,这就紧急把电话打给锁子。锁子其时正给一位乳腺癌患者做切除手术,这个时候,他是不方便接电话的,别说是付心莲、龚小烟、桂正香、鲜红玉打来的,就是天王老子赶在这个时候打来,锁子也不会理睬，人命关天！职业责任和职业道德，养成了锁子的这一种职业精神。

手机在震动上，一会儿在锁子的裤兜里躁动一阵，一会儿又在锁子的裤兜里躁动一阵……先还是，躁动一阵停一阵，到了后来，就几乎是不歇气地躁动着了。便是如此，锁子依然不受干扰地为手术台上的患者精心地手术着，一丝不苟，全心全意，随在他身边，协助他手术的实习医生和护士，也都注意到了他裤子口袋里的手机了，他们中有人还用眼神提醒了一下锁子，锁子也都没有搭理……谢天谢地，为患者切除癌肿块的手术完成了，而且以锁子的临床经验来看，他这次手术做得特别干净，特别漂亮。虽然他穿一身浅绿色的手术服，嘴上又戴着个大口罩，但到他彻底做完手术后，眼角上自觉泛出来的笑意，让在场的人都轻轻地吁出了一口气。锁子放下他手里的刀剪和钳子，指派一位实习医生为患者缝合伤口，他则退到一边，这才从裤兜里摸出手机，刷了刷手机屏，一连串几十个来电，不是付心莲的手机号，就是龚小烟、桂正香和鲜红玉的手机号……短信也是，一个接着一个，都是付心莲、桂正香、龚小烟、鲜红玉发来的。锁子从未接来电上，看不出她们三位失急火燎的内情，但从短信上，看得就很清楚了。

付心莲、桂正香、龚小烟和鲜红玉的短信内容全都一样："牛秋乡不见了！"

这确定是个火烧眉毛的急事呢！

牛秋乡怎么就不见了？

牛秋乡是怎么不见了的？

牛秋乡……读着付心莲、桂正香、龚小烟和鲜红玉的手机短信，一连串关于牛秋乡的问题，跳荡在锁子的脑子里。他努力地梳理着一切可能，最后归结到一个点上，牛秋乡被她轮椅上的"男朋友"劫走了！

锁子有了这个判断，他慌乱的心安静了些，在手机上找到张子蕊的电话，把牛秋乡失踪，以及他的判断，简明扼要地告诉了她，让她迅速行动，采取一切办法把牛秋乡找到，营救回来。

张子蕊同意锁子的分析和判断。

为了及时营救牛秋乡，张子蕊立即作出部署，甚至不惜拉下脸面，向她正在坚持与之离婚的陶有光请示，由市局刑侦支队，派出专门力量，会同张子蕊和锁子,一路北上,追赶被劫持的牛秋乡。他们的车速不谓之不快,他们的行动也不谓之不敏,他们还电话联系了当地警方配合,可是到他们一路飞驰电掣般赶到轮椅男家所在的山村,却没有见着人。牛秋乡没有见着,轮椅男也没有见着,那个凹在深山沟里,砖砌石垒,堪称豪华的煤老板家,就只有几个看家护院的人,和几条看家护院的狗。张子蕊一身警服,还有与她一同来的西安刑警,以及当地配合行动的警察,十多个人,也都一身警服,显得威严而凛厉。他们和锁子的到来,首先引起狗儿们的警觉,在煤老板的家院里,早早地就叫成了一团,张子蕊他们都是富有经验的干警,他们会怯几条狗吗?当然不会,他们不仅不怯狗儿们的吠叫,甚至追着狗儿们狂暴的吠叫,直扑煤老板的家……在路上,锁子想了很多,张子蕊也想了很多,他们想的是,煤老板给儿子抢亲,家里肯定是一派迎亲的模样,门上的大红喜联是一定有的,窗子上大红的窗花,以及院子里大红的帐子,还有炸裂后铺在地上大红的炮屑,也是一定有的,红红火火,火火红红,陕北人娶亲,别说富得流油的煤老板家,随便一个家庭,都要营造出一片红红火火的喜庆气氛。可是他们想象中的这些应该有的火火红红景象全都没有,有的只是狗儿们的吠叫,这让一路追赶而来的张子蕊、锁子们,一时十分地懵懂和不解,他们在心里问起自己来了。

三

锁子问自己:"轮椅男没有劫持牛秋乡?"

张子蕊问自己:"牛秋乡被劫持,没回陕北,他们都还在西安?"

多年积累下来的办案经验,使张子蕊想到这里,由不得跺了一下脚,懊悔自己接到锁子的电话,没有多想,而是感情用事地只管往陕北跑,把西安的现场忘了……牛秋乡被劫持,轮椅男的嫌疑不会有错,第一现场在西安,就应该先从西安摸排,从西安查才对呀!

再怎么猖狂的狗儿,遇着了一干作风硬朗的干警,吠叫了几声,也都躲在一边,不再吭声了。

张子蕊与同来的西安刑警,以及当地配合行动的警察,交换了几句,大家以为她的分析有道理,陕北的煤老板,谁不在西安买房呢?坊间传说的情景是,他们开着小车来西安,后备厢里都是钱,一麻袋一麻袋地装着,看上哪家楼盘,不是买一间,而是成单元地买,楼高十层,就买十层,楼高二十层,就买二十层……轮椅男的老子是煤老板,他能不在西安买房子吗!

但是这个煤老板把房子买在哪个小区?哪幢楼房?哪个单元?张子蕊他们,在煤老板的陕北老家,唯一能做的,就是向几位看家护院的人,询问煤老板在西安的置房情况。可是看家护院的人,都只说老板在西安是买了房,而且不是一处,有好几处哩,但具体在什么位置,叫什么名称,他们不知道。

张子蕊已经相信了看家护院者们的话,他们不知道煤老板在西安买房的具体地址和名称。但她并不甘心,还想从他们嘴里知道一些情况,就威严地继续问他们。

张子蕊问:"你们要实话实说,不能有任何隐瞒。"

看家护院的两男三女,他们被张子蕊的气势吓住了,瑟瑟缩缩你一句,他一句,说来说去的,还是他们前面说过的话。他们说了,他们都老老实实地钻在陕北的山沟沟里,都没到西安去过,他们咋能知道呢?

张子蕊觉得再在这里问话,只能是浪费时间,她不再问看家护院的人了。她想牛秋乡没被劫持回陕北也好,只要在西安,他们警方是有办法的。于是她决定回西安去,因此便与前来营救牛秋乡的刑警,向当地配合的同行道着谢,也不接受他们欲尽地主之谊的宴请,这便不吃不喝地又回到呼啸而来的警车上,往西安赶了。

在回程的汽车上,张子蕊向技侦处的同事打了电话,报告了煤老板的名字,让同事在西安城查找煤老板购置的房产地址。

如果办了西安户口,如果买了房办了房产证,张子蕊所在的技侦处,不消多少工夫,就能查得一清二楚。可是煤老板不是西安户口,买了房又还没有办理房产证，所以查起来就不容易了。

张子蕊他们马不停蹄地跑回西安，直到牛秋乡失踪后的第三天，才在曲江池南湖边的一处别墅小院里，找到了牛秋乡。

这处别墅小院，不同于煤老板陕北的家，他把这里搞得喜气洋洋、红红火火，门楣上有红红的喜联，玻璃窗上贴着陕北人喜爱的红窗花，便是厅堂里的桌椅板凳，还有小院里的树木，不是被红色的帐子罩着，就是被红色的帐子裹着……这里的一切，都向找来的张子蕊、锁子他们证明着，这里刚刚操办完一场轰轰烈烈的婚礼。

四

牛秋乡的父亲就在院子里的石桌前坐着，与轮椅男的父亲煤老板，抽着烟，吃着茶，煤老板是一脸的骄豪和惬意，而牛秋乡的父亲虽然也满脸的红光，却也透出些许献媚与巴结的神情。

张子蕊和刑侦支队的人，走在前边，锁子、付心莲、鲜红玉、桂正香等人跟在后边，此外就还有师梦芳，以及电视台的几位记者，扛着摄像机，做着现场摄录……呼啦啦，突然涌进这处豪华别墅小院里，惊得煤老板和牛秋乡的父亲，霍地站了起来，往后退了两步站住，质问他们是谁，想干什么。

张子蕊亮出她的警官证，没有废话，直接问："牛秋乡在哪？"

只这一句话，煤老板和牛秋乡的父亲就知道是怎么回事了。煤老板没开口，只把他骄豪的眼睛看向牛秋乡的父亲，牛秋乡的父亲挺了挺腰杆，往前跨出一步，面对着张子蕊说话了。

牛秋乡的父亲说："秋乡是我女儿，我把她嫁人咧！"

锁子挤上前来，想要说话，被张子蕊挡住了。

张子蕊没让锁子说话，她自己说了："我把你叫声大叔吧。大叔你要知道,现在都是什么时候了,你女儿秋乡嫁人,不说你要嫁就能嫁的,这要她自己愿意,她不愿意你硬嫁她,国家法律不允许,是会保护她的。"

牛秋乡的父亲耍起横来,说:"甭拿国家法律吓人。我女儿是我养大的,我想把她嫁谁就是谁!"

法和理,在牛秋乡的父亲面前,是说不清了。

张子蕊果断地挥了一下手,刑侦支队的干警上去,先把牛秋乡的父亲控制住,再就是付心莲、桂正香、龚小烟、鲜红玉她们一拥而上,直往别墅里扑,扑到别墅门口,迎门而来的是怒气冲冲的轮椅男,他坐在轮椅上,两手转动着轮椅两侧的转盘,急速向付心莲、桂正香、龚小烟、鲜红玉她们冲过来。见识过轮椅男的付心莲,对付起他来,很有自己的手段,她腾空一跃,即从轮椅男的头顶上飞越过去,同时回过身来,一把抓住向前滑行的轮椅,让轮椅和轮椅男,如一颗钉子一样,死死地固定在了门侧一边……还做着摄像报道的师梦芳,这时也不做了,她同桂正香、龚小烟、鲜红玉躲开轮椅男,直入别墅楼内,呼叫着牛秋乡的名字,先把别墅底层的几间房子找遍,就又爬到二层,在二层一间金碧辉煌的大房子里,终于找到了牛秋乡。

几天的失踪,牛秋乡仿佛变了一个人。

牛秋乡一身鲜艳的大红裙装,恭呆呆坐在同样红艳艳的一张大床沿上,两眼直勾勾的,既空又虚……师梦芳、桂正香、龚小烟、鲜红玉她们,突然地拥围到她的跟前,她也像没看见似的,一动不动,既不说话,也不做任何表示。

锁子这时也跟了进来,他看到牛秋乡的样子,心酸地坐在她的身边,爱怜地捉起她的手,在她的手腕上摸着她的脉搏,她的脉搏跳得太弱了!医生的直觉,使锁子已经得知,牛秋乡在失踪的日子里,是绝食了。他没说二话,弯下身来,把牛秋乡的两只胳膊,搭上他的肩头,背起牛秋乡就往别墅楼下走,走到小院里,他朝牛秋乡的父亲低低地吼了一声。

锁子低吼的话是:"牛秋乡还是你女儿吗?"

牛秋乡的父亲还不嘴软:"她是不是我女儿不要你管,我只说她今天从这里出去,她就不是我女儿!"

气息孱弱的牛秋乡,这时候说话了:"我要去……要去八……八仙庵。"

牛秋乡只是气息奄奄的一句话，就把师梦芳、付心莲、桂正香、龚小烟、鲜红玉她们，说得都不能自禁地流出眼泪来。

　　锁子没有依从牛秋乡的要求把她送往八仙庵。这时的牛秋乡，身体太虚弱了，她迫切需要的，是能获得几天的怡养。锁子在此后的几天，把牛秋乡安顿住在他所在的科室里，一边接受着他所能做的疗养，一边做着牛秋乡的思想工作。

　　锁子搜索枯肠，古今中外地找榜样，开导劝慰牛秋乡。他觉得他把这一生没有说过的话都说了。特别是，他说牛秋乡热爱演唱事业，也有演唱的天赋，这是比什么都重要的呢！"旧时代的阿炳，牛秋乡你不知道吗？啊，你是知道的，人家还是个盲人，两眼看不见，但他不放弃自己音乐的梦想，在浩渺的太湖之滨，手里拿着他的一把二胡，转着乡给人拉曲子。他拉曲子，不是华丽舞台上的演出，而是无可奈何的乞讨。结果怎么样呢？他坚持着，一直坚持着，艰难压不垮他，困苦挡不住他，他栉风沐雨，他迎雪顶霜，他成了中国历史上一位伟大的音乐家。"

　　锁子说得情动，自己竟然还泪光闪闪，说："一曲《二泉映月》，我啥时候听，啥时候都心潮难平，都把阿炳敬仰得神仙一样！"

　　可是，锁子说不动牛秋乡，他是一点办法都没有了。

　　没有了办法的锁子给牛秋乡还发了脾气，吼了她："那你给我说，我还是你哥吗？你的锁子哥哥？"

　　牛秋乡到这时笑了笑，回答了锁子一句话："你逃不脱，你必须是我哥，我锁子哥哥。"

　　锁子的口气软下来了，说："这就好，我就要说你，你要听我劝呢。"

　　然而牛秋乡却还咬牙一句话："只要你是我锁子哥哥，你就一定能理解我。"

　　锁子说："理解你，让你去……"

　　锁子不敢把那句说出来，牛秋乡接着说了："去八仙庵。"

　　牛秋乡住院疗养的几天里，桂正香陪着她不离左右，桂正香劝慰她，也没能把她劝慰过来。师梦芳、张子蕊、鲜红玉、付心莲、龚小烟她们，前前后后都来看望了牛秋乡，她们也都好言劝慰，同样没能改变牛秋乡的主意。

牛秋乡坚持说:"我要去八仙庵。"

五

几天的治疗,牛秋乡的身体恢复了过来,她义无反顾地去了八仙庵。锁子不死心,在牛秋乡去八仙庵时,他一路陪着,到了八仙庵的门口,他还接着劝牛秋乡。

锁子说:"《星光大道》的舞台等着你哩。"

牛秋乡没说话,只对锁子凄然地笑了一下,这便一步一步,迈进了八仙庵的门槛。

龚小烟在她的"绥米风"组织大家聚餐,锁子开车拐到八仙庵来,想要请到牛秋乡一起去,这是因为,他还没有死心,他不能看着一个鲜活的生命,在他的眼皮子底下,就这么无奈地坠入空门。这让他什么时候想起,什么时候心痛,什么时候心伤。

桂正香从八仙庵里出来了,她没有请出牛秋乡。

锁子从车上下来,他想继续桂正香没有完成的使命,把牛秋乡请出来一起去聚餐,但他向八仙庵走了几步,就不走了,黯然转回身来,和桂正香上了小车,开着小车,心情极为黯淡地来了"绥米风"。

龚小烟一片好意,摆酒为将要赴美的锁子和将要去上海东方卫视的师梦芳送行,但是大家酒喝得并不欢心,菜也吃得很不开心。席间,大家没人提说牛秋乡,一味只说锁子赴美学术交流,是怎样的光彩,同时又一味地说师梦芳去上海的大电视台,是怎样的了不起。然而,便是这样两件让大家自觉光彩和了不起的事,却也一直调动不起宴席上的气氛,闷吃闷喝了一阵,就都放下筷子,放下酒杯,不吃不喝了。

龚小烟不想大家气闷,便在大家放下筷子酒杯的时候,建议大家上"绥米风"的三楼,她有一幅长卷要大家鉴赏。

是个怎样的长卷呢?锁子、师梦芳、付心莲、张子蕊、鲜红玉、桂正香她们鱼贯地上到三楼,立即看到雪白的展墙上,是龚小烟依据锁子头一次来"绥米风",看到她的画作随口吟诵出的诗句而重新创作的荷花图。

龚小烟在长卷的起首,题写了三个隶书大字:孕荷图。

下来呢,就是锁子手书的一首诗,再是龚小烟创作的一幅荷花图,依次看过,总共有八首诗、八幅画,长长地横陈在展墙上,真的是太有意味了。

前四首诗,师梦芳、付心莲她们都还有印象,而后四首,则完全是龚小烟凭着记忆,把锁子那天的吟诵手书并写意出来的。

其一:
梦残碧池恨多情,淡月楼榭催泪倾。
可怜君来花依旧,红尘漫溅一池新。
其二:
秋风起时爱成灰,朝日几度荷花醉。
莫悲红颜如梦残,往事随缘不可回。
其三:
倩影处处淡似云,芳心点点绝烟尘。
古往今来花咏遍,青莲一品韵动人。
其四:
微波池清风摇红,锦云满目碧妆新。
香莲承露随心舞,流芳百世逐浪生。

在长卷的末尾,龚小烟还题了一段跋语,说她幼时常见家乡的沟道里,有一池碧泉,春来芙蓉出水,夏到红莲映日,秋至残荷凝霜。她求学于西安美院,凭借回忆,草绘了几幅荷花图,"不意有锁子君,明眸识画,触景生情,口占八首七绝,字字句句,如珍珠落盘,似玉露沁心,启发我愿,大有孕莲荷而育之的冲动,奇思生妙笔,翩翩然如佛一念,悠悠然似禅一意,都在莲叶一片,都在荷花一枝,让人生悟,使人欢喜。"

那些诗原来只是锁子率性的顺嘴一说，如今被龚小烟郑重其事地这么书画装裱起来，往展墙上这么一挂，看起来还真是不错。

锁子从长卷的一头看过去，看到长卷的末尾，特别是最后的一段跋语，把他看得不仅更加佩服起了龚小烟，而且觉得自己还有那么点儿诗人情怀。这一认识使他不能自禁地耳热心跳，拿眼去看随在他身边的龚小烟，发现她也心跳耳热着，并且睁着她的一双好看的大眼睛，看着他，像是在征求他的意见，有那么点儿自豪，还有那么点儿任性……陪同观看长卷的师梦芳禁不住先赞出了口。

师梦芳说："珠联璧合，相得益彰。"

师梦芳的语音一落，付心莲、张子蕊、鲜红玉、桂正香们哇的一声都跟着大赞特赞起来。

就在她们都夸诗画长卷的精妙和雅逸时，龚小烟当着大家的面，向锁子提出了一个她们谁都没有想到的要求。

龚小烟给锁子说："你能抱我一下吗？"

龚小烟说着，也不等锁子回应，她自己就先偎进锁子的怀里，把她的头贴在锁子的胸怀里，并伸出胳膊，揽腰抱住了锁子。锁子能怎么办呢？他用眼睛扫视着师梦芳、付心莲、张子蕊、鲜红玉、桂正香她们，心更跳，耳更热了……师梦芳鼓动着付心莲、张子蕊、鲜红玉、桂正香她们，全都没心没肺地鼓掌起哄，要锁子抱一个。

她们几个，是师梦芳先喊出来的："抱一个！抱一个！"

师梦芳喊过了，付心莲、张子蕊、鲜红玉、桂正香也都跟着喊了："抱一个！抱一个！"

锁子能怎么办呢？他把偎进他怀里的龚小烟拥住，两条胳膊用了用劲。锁子感觉得到，在他用劲的时候，龚小烟也用了劲，他不知是因为他用了劲，还是因为龚小烟用了劲，抑或是他俩都用了劲，他只觉他的右胸那里，蓦然疼了起来，不是一般的疼，而是钢锥刺胸似的那般疼呢！他疼得虽然没能喊起来，却也不能自禁地表现在脸上，是种几乎搞怪式的痛苦挣扎。

龚小烟怨起锁子了。她说："你呀，千真万确，就是个锁子！"

六

　　锁子痛苦挣扎的表情，惹起了师梦芳的兴趣，在龚小烟知足地从锁子的怀抱里脱出来，师梦芳骞骞地走向锁子，与锁子也相拥相抱了一下。是这一抱，锁子又感觉到了右胸部位钻心的疼痛……师梦芳拥抱过了锁子，依次就还有付心莲、张子蕊、鲜红玉、桂正香，都在《孕荷图》的长卷前，与锁子拥抱了。锁子和她们每一个人拥抱，都像和龚小烟拥抱时一个样，右胸那块地方，都要灵锐地疼痛一下。

　　锁子不要龚小烟、师梦芳、付心莲、张子蕊、鲜红玉、桂正香她们发现他身体的不适，就还在与她们相拥相抱时，给她们讲着他的一种发现。

　　锁子说了，他在临床上积累着，发现了一个女性共存的问题。这也就是女性与男性的区别了："你们女性，怀里是不能空着的。想想看，父母亲把你们生下来，抱在怀里，抱大了，抱不动了，你们自己，或者是父母亲就要给你们找一个男人，让人家抱着去。人家抱着你们，抱不了三年两载，你们会自己生一个孩子出来，自己来抱孩子了。过去的女人，生下一个又一个，七个八个地生，怀里总有自己可抱的。现在的计划生育，一对夫妇只能生一个，你们把自己的孩子抱大了，没有可抱的，怎么办呢？许多人就弄回家一只狗，抱着狗到处转。当然，也有不养狗的，她们又不能让自己的怀空着，就买一只大大的绒布狗熊或是一只绒布熊猫来抱了。我这么说，你们现在承认不承认，是不要紧的，你们可以想想，我说的可有理？人世上最不认真最潦草的女人，也不会让自己的怀空着，空着是受罪的，坐在沙发上看电视，就得随手拿一个靠枕抱在怀里，晚上睡觉，还得拉床被子抱着……总之啊，你们女人的怀空不得，也不该空着，不能空着，空着就会出问题，你们说呢？"

　　锁子这么说着，最后就劝她们说："你们呀，最好都给咱找个男人，把自己嫁出去，让你们怀抱里充实着。"

　　锁子的这一番理论，说得龚小烟、师梦芳、张子蕊、付心莲、鲜红玉、桂正香她们一愣一愣的，觉得还真是锁子说得那样，她们无论谁，潜意识里，都不想使自己的怀抱空着，她们都渴望自己的怀抱有所拥抱，但她们能拥抱谁呢？锁子是她们想要拥抱的目标，可是谁又能独自拥有他呢？

这是锁子的悲哀呢？还是龚小烟、师梦芳、张子蕊、付心莲、鲜红玉、桂正香她们的悲哀？已经远离她们的锁子，魂在天上游荡，他要想起这个问题，也是难有结论的。不过，锁子会难受、会自责，以为都是他不好。

就在那一天，他把这个问题提出来，龚小烟、师梦芳、张子蕊、付心莲、鲜红玉、桂正香她们几个，应该是都想了。想了与他的关系问题，他看得出来，她们没有人抱那个希望。所以，在锁子那一番理论过后，她们不约而同地都笑了起来。

师梦芳不愧电视节目主持人，她的反应总是快一点儿，她不想大家的思绪纠缠在锁子所说的议题上，就向锁子提出了另一个问题。

师梦芳说："我们女人怀里不能空，那么你们男人呢？你们男人又怎么样？"

师梦芳的本意是，男人的怀里就能空着吗？她想从锁子的嘴里得到她想要的答案。可是锁子把他的两只手抬起来，抬到她们几位的面前，让她们看。

锁子说："男人嘛，手不能空。"

师梦芳她们不解地重复了一遍锁子的话："手不能空。"

锁子说了，没错，手不能空。男人和女人，可不只是性别上的那点差异，是方方面面的。女人的怀不能空，男人的手不能空。女人怀里空了心慌，男人手里空了心慌。男人活在世上，手里是一定要有东西拿着的，譬如当官的，手里有印把子拿着，所以才气势汹汹；再譬如种田的农民，做工的工人，有锄把子在手，有锤把子在手，他们才心安理得；还有从军的和从文的，有枪杆子在手，有笔杆子在手，自然也会心平气和……咱们不妨想一想，让当官的放下印把子，让农民和工人放下锄把子和锤把子，让军人和文人放下枪杆子和笔杆子，他们一定会心慌的。这就是男人，必须要有东西拿在手上才好。印把子、锄把子、锤把子、枪杆子、笔杆子拿在手里，开心了，高兴了，拽几个相好的，叫上一桌子菜，打开一两瓶酒，端着酒杯就是一种乐；不开心，不高兴，抓一盒香烟，抽出一根夹在手指缝上，红红灭灭熬时间就是郁闷；当然高兴了还有麻将，还有扑克牌，能搓能摔，搓一会、摔一会……郁闷了有KTV之类的一些地方，灯红酒绿，手拿麦克风，喊破嗓子地乱吼一场也可解闷！

锁子能说，善于总结，但是连他都没有想到，他是这么能说，这么善于总结，而且是谁听了，都挑不出毛病的生命总结。

龚小烟、师梦芳、张子蕊、付心莲、鲜红玉、桂正香她们再次为锁子鼓了掌。一场开始不怎么欢快的聚餐，到这时热烈了起来，因为热烈，便也到了尾声，大家相互问候着，告别着，相互依依不舍地离开了龚小烟的"绥米风"。到了来日，锁子和师梦芳，双双乘坐飞机，先从西安飞到上海，锁子还要转机往美国飞，师梦芳就留在上海的浦东机场，陪着锁子，直到锁子办好一切出关和乘机的手续，两人才在国际航班的安检口分了手。

分手时，两人自自然然地拥抱了起来。

这一次拥抱，锁子依旧感到了他右胸那里的疼痛。这一次不仅他感觉到了，师梦芳似乎也感觉到了。她关心地问了锁子一句。

师梦芳说："你胸前有什么不舒服吗？"

锁子还要掩饰，说："没有啊。"

师梦芳说："别骗人了。你昨天就表现得很不舒服，今天又表现出来了。"

锁子这才老实地说："我的右胸不能挤压，一挤压就疼。"

师梦芳说："到了美国，你别耽误自己，好好检查一下。"

七

在龚小烟的"绥米风"店子里，龚小烟怨了锁子是个锁子。

龚小烟埋怨后，接下来师梦芳、张子蕊、付心莲、鲜红玉、桂正香她们，在和锁子拥抱的时候，也都埋怨了他，她们说锁子真是个锁子。让人听起来，好像是种埋怨，但仔细地听，却又会听出一种撒娇的意味来。就在她们撒娇般埋怨了锁子后，都又如师梦芳一样，关心着锁子的身体，要他不敢耽搁了自己。

她们撒娇式的埋怨，锁子都当了耳旁风，没往心里去。锁子所以不往心里去，是他清醒地知道，他绝对不能往心里去，那对自己，还是对她们，都是不负责任，都是伤害。锁子不记她们的埋怨，但他记住了师梦芳她们关心他身体的话，他乘坐着东方航空的一架国际航班，昏昏沉沉经过十六个小时的高空飞行，这就到了加州的旧金山机场。

凭着医生的职责和经验，不仅对患者要全心全意，对自己也是不能马虎的。锁子从机舱门里走出来，走过长长的廊桥，从行李提取处，找到自己的行李，这就往航空港的出口走了去。他一边走，一边想，在美国期间，他要于学术交流的间隙，到医院里去，给自己做个检查。他是这么想的，在给自己身体检查的同时，他可以真切地认识和体会美国同行的诊疗手段和行医精神，这对他来说，不啻是一次非常好的学习机会。

头一次出国，在旧金山机场，如果不是各种指示牌上的文字和人们嘴上的语言，锁子几乎要以为他还没有出国，还在祖国大陆的上海航空港呢。出出进进的人流，有高鼻梁蓝眼睛的洋人，也有黑头发黑眼睛的中国人，很难说哪一种人多，哪一种人少……这叫锁子好一番感慨——改革开放的中国，人员的流动和交流，是频繁的，是可喜的。虽然他在出发前做了一些功课，知道在美国的旧金山，中国人和华侨的比例要大一些，但在机场亲眼看到大成这种样子，还是超出了他的想象。

即便如此，前来接机的上官兰，却也早就发现了锁子，而锁子还没有发现她。

五颜六色的接机牌，七形八状的接机牌，在机场的出口处，高高低低举起了一大溜，其中英语的有，日语、韩语、阿拉伯语的也有，当然，中文的也不少，锁子在那树林般的接机牌阵里寻找着，可他找了一个遍，都没有发现哪块牌子是接他的。这让他有点茫然，也有点儿无措，甚至埋怨起会议的组织者，怎么可以这么疏忽？太不严谨，太不……就在他心里埋怨着会议组织者时，一束红玫瑰里杂着白玫瑰和黄玫瑰的花束，被人热情地送入了锁子的怀中。

送花的人是谁呢？

定睛看来，锁子看见了上官兰。她把大朵大朵的红玫瑰、大朵大朵的白玫瑰、大朵大朵的黄玫瑰夹杂在一起，用一根嫩绿的丝带，扎成一束，捧在她的胸前，站在机场出口处，已有很长时间了。世界乳腺肿瘤专业会议在斯坦福大学医科学院召开，上官兰既是会议的组织者之一，又是会议邀请的专家。在斯坦福大学医学院读了研，接着又读了博的上官兰，毕业后就留在医学院，既做妇科疾病的教学研究，又在其附属医院做临床医生。锁子撰写发表的女性乳腺肿瘤病的诊疗与预防的论文，就是由她在网络上阅读后，推荐给会议组织者们。这样锁子才获得组织者的青睐，获得了参会的邀请。这一切，锁子此前一概不知，所以他就还被蒙在鼓里。突然的一束玫瑰，捧在他的胸前，他看见了笑意盈盈的上官兰，锁子方才有些明白，方才心里一阵悸动，同时又还有一阵不安，不知他在异国他乡的美国，应该怎样面对他的这位多情聪慧而又任性的师妹。

他乡遇故知，锁子掩饰不住他的欣悦，他说："上官兰，怎么是你？"

上官兰顽皮地一乐，说："没想到吧？"

锁子诚实地点着头，说："打死我，我都想不到。"

上官兰说："打、打、打，谁要打死你呀？啊？我这人你不是不知道，呈现给你的，你什么时候想到了？你总是想不到，因为我就是这么特别，这么与众不同，这么老是出人意料，老是让人惊讶，你说是吧。"

锁子被上官兰说得更乐了。他得承认上官兰对自己的认识和评价，所以他顺着杆子往上爬，夸了她一句："不错不错，你难得有这么点儿自知之明。"

上官兰说："现在变得嘴甜了！"

锁子说："有点进步是应该的。"

锁子应着接他的上官兰，就还拿眼睛在上官兰的身边看，上官兰就问他："你找谁呢？"

锁子说:"不会是你一个人接我吧?"

上官兰说:"我给你组织一个军乐团如何?铺上红地毯,让你从红地毯上走来,军乐团奏乐,两边都是夹道欢迎的人群鲜花、气球、彩带……还有歌舞,载歌载舞迎接中国专家锁子!"

锁子没有拦阻上官兰的话,听她绘声绘色地说完了,他顺着她的话说:"你倒真该搞那样一个场面哩。"

上官兰说:"你是国家领导人吗?你不是,你是锁子,你甭想那些美事。"

上官兰是这么说的,却身不由己地张开双臂,偎进锁子的怀里,拥抱住了他,并且在他的脸腮上,左亲一口,右亲一口……就在上官兰拥抱住锁子的时候,他的右胸那儿,像他在国内,被师梦芳、付心莲、张子蕊、鲜红玉、桂正香、龚小烟她们拥抱时一样,剧烈地疼了一下。

在上官兰亲热地拥吻锁子之前,锁子之所以在上官兰的周边拿眼找人,他知道那是自己的一种下意识的举动。单身一人,赴美深造的上官兰,硕士、博士地读下来,如今既做教学研究,又做职业医生,她还会是单身一个吗?她该有自己的一个家呢,一个幸福美满的家呀!

上官兰还是上官兰,她看明白了锁子的心思,当她从锁子的拥抱里脱身出来,就一点弯子都不拐地告诉他:"我是一个人来接你的,我的身边没有第二个人,如果有,我一定会和第二个人一起来接你的。"

上官兰的话,说得再清楚不过了。锁子不由自主地叹息了一声。他不再说什么,左手怀抱着上官兰献给他的那束玫瑰花,右手拖着一件行李箱,随在上官兰的身边,跟她走出大得有些夸张的候机厅,去了地下停车场,坐进上官兰驾来的一辆小汽车,悄无声息地滑出停车位,三转两转,这就跑上了一条泛着青光的高速公路,风驰电掣地开到会务组安排的宾馆里,签了到,住进了一间宽敞的房间里。

原来还是肉身的锁子,与上官兰通个话倒是不难,见个面还是很难的。

在旧金山机场,以及接下来的会议活动中,锁子和上官兰的相见,是他们从西安的大学毕业后,极为少有的几面。现在,他魂游长天,倒是可以毫无约束地,探寻俯瞰上官兰了。锁子希望上官兰活得好,不要再一个人。

　　在旧金山的日子，锁子没少劝导上官兰，要她不要一个人硬撑。

　　上官兰没听他的话，不仅没听，还拿话激他。说："你自己呢？"

八

　　锁子被上官兰的一句话，当下噎得什么都不能说了。

　　上官兰单身的讯息，叫锁子的心情从开始见到她时的惊喜，一点点变得越来越沉重了。从机场往会议举办地的斯坦福大学医学院来，沿路的风光，不能说不美，上官兰专心致志地驾驶着汽车，不时地要瞟一眼坐在她身边的锁子，而锁子却像个机器人一样，一直偏着脑袋，一眼不看上官兰，只是看着车窗外迅速滑过的风景。远处的山，像墨染了一样，而近处的树和草，则像泼了油一般，锁子看不到一点人工雕琢的痕迹，一切都是那么自然，千年万年，似乎就没有变过，山清水秀……水秀山清……锁子一眼一眼地看过去，直觉告诉他，人类对于自然的合理需求，似乎就该是这个样子，人不要太自以为是，人不要太骄傲自大，人不要太欲望无限……锁子触景生情，他这么想着，以为他提交给会议的学术论文，是有必要再改一改了，加上自然与人的疾病关系这么一笔，或许更值得参会的专家讨论和研究。这个想法的产生，让锁子有了点儿兴奋，为此，他回了一下头，来看驾驶着小汽车的上官兰，想要与她先交流一下，恰其时也，上官兰的视线，也正好瞟到了锁子的脸上，锁子张开嘴，刚想把他关于"自然与疾病"的关系，作为新发现说给上官兰听，上官兰却先他开了口。

　　上官兰说："怎么样？美国的自然风光还值得一看吧？"

　　锁子说："都还非常原始。"

　　上官兰说："你的发现很对，在美国，不仅立法保护自然的原始性，便是人自己，差不多都也自觉自愿地维护着自然的原始性。"

锁子想接着上官兰的话题，把他的发现说出来，可是小汽车钻进一座宾馆的门廊，停了下来。所以，锁子把他要说的话，便暂时埋在肚子里，没往出说。这下好了，在上官兰的帮助下，锁子顺顺利利地住进了会议给他安排的房间，他有机会和时间，来和上官兰交流他新发现的那个议题了。

美国的宾馆，不像我们中国的宾馆都设有烧水的设备。这一点，锁子是不知道的，但是上官兰太知道了，所以她在去机场接锁子之前，先去了旧金山的华人超市，买了一把烧水壶，同时还买了一袋绿茶，一袋红茶。进了锁子要住的房间，上官兰就找电源插座，把烧水壶的电源插头，插进电源插座里，又去卫生间的直饮水龙头上，给热水壶接上水，这就为锁子烧水泡茶了。

房间的玻璃窗是落地的，锁子进了房间，把他带来的行李箱往房间的一角堆过去，他自己就先站在落地窗前，像他坐在上官兰接他的小汽车里一样，贪婪地望着窗外自然原始的风光。

上官兰问锁子："你喜欢绿茶还是红茶？"

锁子答非所问，他向上官兰说出了他来美国后的新发现。锁子说："你许多年没有回国了。现在，咱们国内的环保意识，是有一点点觉醒了呢！而且也在一点点加强，民众的参与意识，随着时代的发展，也在一点点地进步，这是非常可喜的，也是非常可赞的。但是，咱们过去的欠账太大了，相信'人定胜天'，你说人为什么一定要胜天？人胜了天又能做什么？人啊，必须知道，人有人欲，天有天道，人是不可以与天斗的，人必须认识天，知道天，顺应天，做天的朋友，天喜欢的事，人就要大胆地做，充分地做，做到极致。而天不喜欢的事，人就要小心地做，做少一点，做小一点，甚至不做。人把天视为朋友，天会感受得到，天就会热爱人，保护人。反之，人要与天斗，把天视为自己斗争的对象，天也感受得到，天就会不爽，就会报复人，伤害人。我们今天的许多疾病，就是人不能与自然和谐相处而产生的……我不知道美国的妇科疾病是怎样一个状况，但我从我的临床统计来看，咱们国家的妇女疾病，特别是乳腺肿瘤和子宫肿瘤的发病率，上升的速度太快了！我要说的是，这都是我们不尊重自然，甚至违背自然所造成的结果。"

　　锁子说得滔滔不绝，上官兰没有插话，她定定地看着锁子，听他说……说……说……上官兰被锁子的那种认真精神再一次地感动了，她虽然身在美国，但她关心祖国的事情。她和锁子一样，是个研究医治妇科疾病的专家，所以她就特别留意专业刊物和网络上祖国同行对于妇科疾病的研究信息，锁子说的情况，有一些她是知道的，有一些还不甚清楚，所以她听得就极仔细。

　　烧水壶在电力的作用下，开始吱吱地响着，响了一阵，就又咕嘟咕嘟地叫了……就是热水壶咕嘟咕嘟的叫声，把听得入迷的上官兰叫醒了过来，她再一次问了锁子。

　　上官兰问："你喝绿茶还是红茶？"

　　说得忘我的锁子，把他望着窗外的眼光收了回来，他答应着上官兰："随便。我喝茶很随便的，有啥喝啥。"

　　上官兰说："美国喝茶，比不得在咱中国，这里喝不到新鲜的茶，所有的茶都是陈茶，我绿茶、红茶都给你泡上，你尝哪一种能喝，就喝哪一种。"

　　来美国参加学术交流，巧遇上官兰，被她无微不至地关心着，锁子不是铁人，自然也就不是铁石心肠，架不住她对他深入真切的照顾，他的心就暖暖的，充满了一种如同阳光一般的热望……锁子走到房间里的茶几前，一手接过上官兰给他冲泡的绿茶，一手接过上官兰给他冲泡的红茶，各自送到嘴边，轻轻地小啜了一口，然后放在茶几上，坐在沙发里，想着要和上官兰拉一拉话了，可是，锁子几次都要开口说话，但却都没能说得出来，他在肚子里搜索着要说的话，这样的，那样的，似乎有一大堆，把他的肚子撑得满满的，但他要说了，却没有哪一句话抽得出来，说得出去……因为，他接着要说的话，不是他们可以讨论的专业话题，如果只是专业话题，他会像刚才一样，侃侃而谈，说出他的想法，说出他的意见，说出他的观点，他一定会谈得很流畅，毫无保留。可是他能只说那些专业话题吗？显然不能，过去的好同学，而且还不是一般意义的好同学，他是应该说些别的话的。那么说什么呢？怎么说呢？锁子把自己憋着，憋得脸都红了起来,才极不容易地说出话来。

锁子说的依然是茶,他说:"绿茶好喝,红茶也好喝。"

锁子的话把上官兰说乐了。她乐了一阵,像锁子一样,想她也该说些别后重逢的话,可她也是说不出来,所以就把她热辣辣的眼睛,看在锁子的脸上,让锁子的脸像被火烫着,他抬起手,在上官兰眼睛注视的地方,小心地摸着……锁子摸着,突然想起了一件过去了的往事,让他一下子找到了能说的话题。

锁子说:"我的脸上可还有虱子?"

锁子这么自揭自丑,他是想活跃气氛,让上官兰再乐起来的,但是,上官兰却没有再乐起来,她依然沉默着,眼睛死死地盯在锁子的脸上,眨也不眨……上官兰没有乐起来,不是锁子说的旧事不可乐,而是那件曾经的乐事,沉淀了许多年,被锁子在提起来,上官兰再想起,却感到是那么珍贵和可爱。

九

上官兰的父亲上官毅先生,是锁子的硕士生导师。上官兰认识锁子,是在她父亲的书房里……当时上官兰也已读到大学二年级,所学专业,像锁子一样,也是妇科。上官兰记得非常清楚,寒假时,锁子回陕北老家过年,正月十五过后返校,他为了表达对导师的尊重之情,带了陕北的油圈、油糕、黄馍馍,以及大红枣儿、糜子酒等几样土特产,到上官兰的家里来看他的导师。上官兰的父亲上官毅,把来看他的学生锁子让进他的书房。正在春节期间,师生相见,过年的问候和家常话是一定要说的,而一个作为导师,一个作为学生,学业方面的事更是必须说的。一年之计在于春,新的学年和学期,上官毅把他的教授计划和方向,很认真地说给了锁子,说了还征求锁子的意见……就在这个时候,上官兰进到她父亲的书房里来了。

上官兰听他父亲上官毅夸赞过他的这位研究生，说他出身于陕北的山沟沟里，志向却很远大，学习既刻苦又用功，而且方法得当、方向明确，天生一个做学问的好材料。这样的学生，假以时日，是一定会有大出息、大成果的。父亲上官毅，在女儿上官兰跟前赞扬锁子，总是以锁子为榜样，要求他的女儿上官兰，鼓励他的女儿上官兰，向锁子学习，日后也能做出自己的成就和贡献。

锁子当时不知道，他就这么成了上官兰离得最近的学习榜样。

机会来了，就在自己的家里，上官兰能不现身，会一会她的榜样吗？

冲了一杯她自己偶然要喝的速溶咖啡，上官兰端着到她父亲的书房里来了。医学教授的书房，与其他教授的书房不一样，其他教授的书房除了书还是书，而医学教授的书房除了书还有人体骨骼标本。端着速溶咖啡走进来的上官兰，自然不用先看或是先问候她的父亲，她必须先来注视锁子和问候锁子了。锁子其时所坐的位置，恰在那具人体骨骼旁边，上官兰看见了他，第一感觉是，锁子如果没有一身衣裳穿着，瘦得差不多就是另一具骨骼标本。锁子太瘦了，上官兰见过骨瘦的人，但没有见过他那么瘦的，她注视着他，把她端在手里还冒着热气的速溶咖啡往锁子的手上送。

上官兰说："你就是我爸经常念叨的高足锁子吧？"

锁子老实的回答："是我。但我不是……"

上官兰的嘴真快。说："我爸说了，你是他的高足，你敢不承认吗？"

锁子无言了。

上官兰说："我爸把你树立为了我的榜样，不是他的高足能行吗？"

一句接一句，都是毫无商量余地的反问句，锁子能怎么办呢？他没办法了。不过，他的心里是高兴的。关心他、帮助他的导师，把他树立为女儿的榜样，他没有不高兴的理由。而且是，他从对他非常上心的上官毅导师嘴里知道，导师的女儿读的也是医学院，导师要他有空了多到家里来。导师让他多到家里来，是让他给他女儿做榜样吗？导师没有明说，他更不能往那个方向想，上官兰突兀地说出来，把心里高兴着的锁子，当下说了个大红脸。

锁子不知道他该怎么说，所以就沉默着没应上官兰。

上官兰也不管他应不应，把速溶咖啡送到锁子手上，就催他喝了：

"没什么好喝的招待你,就只有速溶咖啡,我困了时,冲一杯喝喝,蛮提神的。"

锁子接过速溶咖啡,却没有听上官兰的话来喝,而是说:"这阵儿我还不困。"

上官兰被锁子的话逗乐了,觉得锁子很幽默,而且还是那种不动神色的冷幽默。

上官兰乐着说:"咖啡,并不是困了的时候才喝。那是一种饮品,渴了的时候也能喝。"

锁子依然顺着上官兰的话说:"这阵儿我也还不渴。"

锁子这么回答上官兰,让她觉得更加可乐,把自己笑得弯下了腰,眼角上都笑出了闪闪的泪光……呵呵乐着的上官兰,在锁子的耳轮旁的发际线边,发现了一只爬动着的小动物。上官兰生活在教授父母的身边,从小到大,没有见过可以寄生在人身上的虱子,所以她当时还不知那个爬动的小动物是什么,她只觉得新鲜有趣,把她乐着的情绪猛地收住,两只好看的眼睛,好奇地盯着锁子耳轮边的虱子,看它从发际线边爬出来,爬到了锁子的脸颊上……起小对小猫小狗就有特殊感情的上官兰,被锁子脸上的虱子吸引着,看得既专注又出神……她父亲上官毅不知道女儿上官兰的发现,只见她痴痴呆呆、愣愣怔怔的样子,就数落起她来了。

上官毅说:"兰兰,永庆是你师哥,你要尊重他。"

上官兰说:"父亲的教诲我知道。"

上官毅说:"知道还那么不懂礼貌。"

上官兰说:"我没有不礼貌。爸爸你看,师哥的脸上爬的是个啥?小小的,圆圆的,肉肉的,太可爱了。"

上官毅有段乡村生活的经历。女儿上官兰没有见过虱子不认识,他是认识的。生活在乡村,谁身上不生一些虱子呢?上官毅自己就曾生过。女儿上官兰那么一比喻,他一下子就明白了过来,回到陕北老家过年的锁子,把老家炕上的虱子惹到了他的身上,他把虱子带着,带回学校里来了。

上官毅这么想着时,锁子也这么想了。

锁子这么想着,抬手就朝他脸上有些感觉的地方,拍了一巴掌。锁子的那一巴掌，拍得够重，清脆的响声，把专注于他脸上虱子的上官兰吓了一跳。

上官兰紧张地眨了几下眼睛，伸出手来，扯住着锁子的巴掌，说："你不能打它。"

虱子的特点是皮厚，锁子重重的一巴掌，并没能要了虱子的命，小东西什么都没伤着，腿脚还是腿脚，脑袋还是脑袋，肚皮还是肚皮，它只是被锁子的掌击吓了一下，锁子的巴掌被上官兰扯住后，小东西从惊吓中回过神来，摇了摇它的小脑袋，摆了摆它的小肚皮，蹬了蹬它的小腿脚，感觉自己还很健康，还很有活力，所以，小东西在锁子的脸颊上，又兴高采烈地攀爬起来了。锁子的脸上，当时还有几颗青春痘，红赤赤的，特别耀眼，虱子被其中的一颗红豆豆所羁绊，它因此也不乱攀乱爬了，驻足在红豆豆上，把它尖尖的小嘴巴兴趣无限地吻在了红豆豆上……锁子感到了那颗红豆豆的痒，那个痒，一点点地强烈起来，锁子先还能忍，渐渐地就不能忍了，好像那只虱子的小嘴不是吻着他脸上的红豆豆，而是很有耐心地吻在了他的心上，这让他如何都不能忍了。锁子挣着被上官兰扯着的手，他要把那个让他脸红、让他奇痒的虱子捉住，挤死它，让它碎尸万段！上官兰感到了锁子的挣扎，她也看见锁子红了的脸更红，而且又还因为虱子在红豆豆上的作为，让他痒得脸皮乱颤的样子，上官兰别提有多开心了。

上官兰安慰着锁子，说："你别乱挣扎，我给你捉。"

锁子不要她捉，说："一个虱子你捉它干什么？"

上官兰说："我养着它。"

锁子说："养着让你身上也生虱子？"

上官兰说："我还就想知道虱子叮人的感觉哩。"

上官兰说着把锁子脸上的虱子捉住，还直往自己的脸上放，可她几次都没有放住，无奈了就把虱子放在她左手的手背上，任虱子纵横捭阖、左右乱爬，使上官兰玩得好不开心，喜眉笑眼，直说她要把锁子脸上的这只虱子当宠物养了。

十

身为教授的上官毅，被女儿上官兰的孩子气，惹得也很开心了。

一开始，锁子期望他的导师上官毅能够阻止他女儿的举动，这使他难堪，而且丢人。一个大学里的硕士研究生，身上养着虱子，你是虱子你钻在衣裳里边就好了，没人看见，痒了只是自己痒，你却不知道羞耻，还大摇大摆地爬出来，爬到人的脸上，让人是太伤脸了。偏偏的，还被导师的宝贝女儿上官兰所发现，小心地保护着它，还要把它当宠物养！这也太离奇了，物质生活好起来的城里人，养条小狗、养只小猫什么的，宠着爱着，倒也可以理解，一只害人的虱子，怎么能当宠物养呢！

胡闹！彻头彻尾的胡闹！

锁子要不是碍着在导师家里，上官兰又是导师的宝贝女儿，他是一定会愤怒的。

导师上官毅从锁子憋得通红的脸上，看出了他的愤怒，他来为锁子解围了。不过，他解围的方式，却也别致得可以。

上官毅说他的女儿：“养只虱子做宠物！好，只有我的女儿想得出来。”

上官毅说：“但我要你养着，不能只做宠物，你还得研究它，发现它还未被人所发现的特征，这样养着才有意义。”

上官毅说得开心，说了一大堆话，表面看像是给他女儿上官兰说的，实则也是说给锁子的。

上官毅说：“学习医学，对一切与人息息相关的生物，都要有兴趣，都要有研究。”

锁子与上官兰最初认识时的那一幕，仿佛一部纪实性影片，这时候，又在锁子的脑海里重演了一遍。这是因为，上官兰坐在锁子的旁边，把一杯绿茶、一杯红茶，推给锁子喝的时候，她如他们初次见面时一样，把她好看的眼睛，再一次盯在锁子的脸颊上，而且又还像她们初次认识时一样，有点儿任性，还有点儿顽皮。

锁子一口绿茶、一口红茶地喝着问上官兰:"我喝茶,你喝什么?咖啡吗?"

锁子想以此分散上官兰注视他脸颊的意念,但却一点作用都没有,上官兰依然睁着她好看的眼睛,盯着他的脸颊看。当然,锁子这时候不会因为上官兰注视他的脸颊而脸红发烧了。不过,总被上官兰盯着,他还是有点不适应。

锁子因此又说:"我的脸上是不是又爬来一只虱子?"

锁子这一说,上官兰笑了。她说:"虱子是没有了,红艳艳的青春痘也没有了,有的是你原来没有的皱纹。"

锁子同意上官兰的说法,他回应着她,说:"时间不饶人,你也不是当年那个任性、顽皮的你了。"

上官兰轻轻地叹了一声,说:"任性、顽皮,我倒是想着还保留一些好哩。"

会议安排得特别紧凑,锁子到达的第三天,就举办了开幕式。开幕式举行得那个简约,几乎到了可以忽略不计的程度,就是在来自欧洲、亚洲、非洲、拉丁美洲及美国本土的专家到了会场里后,由会议的组织者,斯坦福大学医学院的院长,上台致了不到三分钟的辞,无非"欢迎……交流……成效……"——东道主用几句会议应有的客套话把一片热情交代完后,便把时间一股脑儿全都给了与会的专家。

该到锁子宣读他的论文的时候了。

在宣读之前,来自欧洲和美国的两位专家先发了言,下来就是锁子讲了。锁子的论文是现成的,只是他来美国后,结合他的新发现和新认识,在上官兰的帮助下,依据西方学界通行的模式,又做了进一步的修改。修改的部分,就是加进了人与自然的那一部分,强调中国哲学所推崇的"天人合一"理念,他说:"在古代中国,人们崇尚的是大医精神,'能做良医者,必须能做良相','治大国如烹小鲜',中国传统文化中,有一系列的论述,都是我们当代人要深刻领会的。现在,这样的疾病、那样的疾病,自然包括这次会议重点讨论的女性疾病,病在人的身上,根子也在人的身上,一切的疾病,一切的苦难,首先要从人自身来找原因。我们人太不知满足,太贪婪了，无约束、无限度地向自然索取。我们只有一个地球，我们人为了获取资源和能源，在地球上挖坑打洞，我们挖了多少坑？我们打了多少洞？没人统计过，所以不知道，这是极端可悲的事情。'要得公道，打个颠倒。'中国的民间是这么说的，那么我们颠倒一下，把地球看成一个人，在一个人的身上，那么不计其数地挖坑打洞，那个人受得了吗？问题就在这里，地球奈何不了人，自然奈何不了人，地球和自然，就只能奈何它们自己了，地球升温发烧，自然恶化异常。人的疾病，因此也在升温高烧，也在恶化异常。譬如女性疾病，表现在乳房肿瘤和子宫肿瘤两个方面，大有逐年增加之势，这是我们必须认真面对和重视的。人类生活在地球上，想要千秋万代生生不息，没有女性的乳房和子宫能行吗？人的生命，谁不是住在母亲的子宫里，吊在母亲的乳房上成长起来的？可是我们，今天在座的各位专家，之所以能够成为专家，都是因为手拿手术刀，不断地切除女性的乳房和子宫而换来的，我们头戴专家的帽子，我们就不亏心吗？我们就不羞耻吗？"

　　报告大厅，在锁子报告到这里，鸦雀无声，听会的人，都屏住了呼吸，心惊肉跳地聆听锁子这位中国医生的报告。

　　锁子报告到最后，他举起拳头，在眼前挥了挥，说："我们是时候保卫女性的乳房，保卫女性的子宫了！我们保卫女性的乳房和子宫，就是保卫我们的母亲，保卫我们人类的未来！"

　　掌声响起来了！

　　掌声是在锁子的报告结束、会场还寂静了几秒钟后才响起来的。热烈的掌声一响起来，就又持续了好长时间，仿佛雷鸣，仿佛海啸，满脸都是泪水的上官兰，在海啸雷鸣的掌声里，冲上报告台，扑进锁子的怀里，把他紧紧地抱住。上官兰仰着脸，她希望锁子的头能低下来一点，让他们能够脸对着脸，热辣辣地吻在一起……可是，上官兰没有等到锁子低下来的头，而且看到了他脸上强忍着的一种痛。

　　上官兰知道，一个人如果不是身体严重不适，是不会流露出那样的痛的，她忘情地搂抱着锁子，仰脸望着他，十分伤心地问他了。

　　上官兰说："你告诉我，你哪儿不舒服？"

十一

锁子没有告诉上官兰他哪儿不舒服。他坚持在会议上,聆听与会专家的每一次报告,并且选择他所感兴趣的主题,找到那个做报告的专家,与他们展开真诚的对话与讨论。当然,锁子也如会议上的明星一样,不断地接受专家们的拜访,还有专业杂志和新闻媒体的采访,直到会议闭幕,上官兰再一次询问锁子的身体状况,他才老实地告诉她,说他有一个预感,他也患上了乳腺癌!

"乳腺癌!"

从锁子嘴里蹦出"乳腺癌"三个字后,他自己倒没怎么紧张,而听到了这三个字的上官兰,则吃惊得几乎眩晕过去。

原来,上官兰给锁子在美期间是有一个安排的。她计划会议结束后,就陪在锁子身边,到美国的一些著名景区走一走,譬如拉斯维加斯,那个沙漠里的赌城。中国人到了美国,差不多都要到那里去一下,锁子如果也有那个兴趣,她陪他就去,小赌一把也是可以的。他如果没有那个兴趣,还可以去纽约、华盛顿、洛杉矶那样的旅游城市看一下,再不济,斯坦福大学和旧金山市也是值得一游的,斯坦福大学的自然风光,旧金山的唐人街,也是很迷人的。可是所有的安排,都因为锁子得的乳腺疾病而取消了,上官兰把锁子安排进她自己持业的斯坦福大学医学院的病床上,动用她能动用的一切人脉关系,还有一切用得着的诊疗手段,来为锁子的乳腺疾病,进行最全面也最科学的诊断。

很遗憾,因为时间的原因,锁子没等拿到确诊结果,他就回国来了。

米细心

一

送机不比接机，上官兰在旧金山机场接锁子的时候，她的心里充满了期待和温暖，但是送机就不能了，特别是已经预知锁子的乳腺有问题，情况就更加不同。上官兰满心的惆怅和伤痛，她甚至不希望锁子走，就留在美国，留在她的身边。她要用她的全部力量，当然还有埋在心底的对锁子持久热烈的爱，来关心和照顾锁子。

上官兰是个管不住自己嘴巴的人，她心里这么想，也就这么给锁子说了。

在临去机场前，上官兰把锁子接到她位于斯坦福医学院附近的家里，给锁子准备了一大堆要他带着回去的物品，她给锁子的旅行箱里装着，一边装一边给锁子说。

上官兰说："你能不回去吗？"

锁子说："咱们国内的情况你应该知道，什么都有纪律，你让我违反纪律吗？"

上官兰说："我真不想放你走。你住在我这儿，让我给你把病情确诊了也好。"

锁子听得懂上官兰的真诚，但他还是坚定地拒绝了。他说："你把确诊的结果用邮箱，或是短信、微信什么的传给我就行了。"

上官兰想把锁子留在美国的愿望，是怎么都不能实现了。上官兰就只有无奈，她无奈地收拾着锁子的行李，她准备了一只可爱的绒毛小羊，卷卷的一身绒毛，比雪还要白，而一对黑色的眼睛，又如黑宝石镶嵌的一般，乌丢丢，非常明亮。上官兰往旅行箱里装着时，把绒毛小羊特意拿着，拿到锁子的眼前，朝他晃了晃。

上官兰像国内的师梦芳、张子蕊、付心莲、鲜红玉、桂正香她们一样，在这时候，突然地也把锁子埋怨上了。

上官兰说："你就当你一辈子的锁子吧！"

锁子听得懂上官兰的埋怨，但他听懂了也还得装不懂。说："我锁子怎么了？一辈子锁子就一辈子锁子，我当一辈子锁子不好吗？"

上官兰这时没有心情和锁子置气。毕竟他现在已是一个病人了，和他置气，既不明智，也不合适。于是，上官兰把绒毛小羊塞进锁子的怀里，给他说这样一句话。

上官兰说："这是我买给细心姐的。"

上官兰一提说到米细心，就还多了一句："细心姐现在怎么样？她还好吗？"

在锁子的脸上，上官兰发现了那只肉滚滚的虱子，与此同时，又有教授父亲的鼓励，上官兰还真找到一只进行科学实验用的玻璃杯，把那只虱子装进去，当宠物养了起来。几天来，上官兰在她晚上睡觉时，都不忘把装着虱子的玻璃杯小心地放在她的床头柜上，让她睡醒过来，睁眼就能看见虱子。可是不幸得很，上官兰并没能养活那只虱子。又是一个晚上，上官兰把装着虱子的玻璃杯放在床头柜上就睡觉了。就在她把装着虱子的玻璃杯往床头柜上放的时候，她还恋恋不舍地多看了虱子几眼，她看见玻璃杯里的虱子，依然胖胖壮壮、圆圆滚滚，趴在玻璃杯底，瞪着一双圆丢丢的黑眼睛，左顾右盼……上官兰睡着了。她睡着了还做了梦，梦见了玻璃杯里的虱子，圆圆滚滚、胖胖壮壮，黑丢丢的眼睛瞪得更圆，大喊大叫的，说它要死了！要死了！上官兰自己就是在梦里虱子的大喊大叫中醒来的。她醒来时也已是第二天的清晨，她从被窝里爬出来，揉了揉眼睛，偏过脸去看床头柜玻璃杯里的虱子。她看见虱子，已一动不动，成了一具死尸。

这叫上官兰太失望了。

但上官兰又岂能善罢甘休？她养虱子，才养出一点心得，一点体会，她不能没有虱子养。穿上衣服，上官兰洗漱一毕，就到校园里找锁子了，她想从他的身上，再找一只虱子抓回来继续养……上官兰的记忆十分清晰，当时她从锁子脸上捉到那只虱子，很开心地先是放在手背上让虱子爬，虱子的小腿，爬在她手背上的感觉，真是太妙了，说痒不痒，说不痒又痒，上官兰甭说有多享受了。上官兰还想要有这样的感觉……正是大学校园吃早饭的时候，上官兰在学生食堂的大厅，找到了锁子。其时，锁子打了一饭盒小米粥，还有一个蒸馍和一点咸菜，穿过人山人海，端到一张长条餐桌上，和他熟悉的几位同学一块儿用餐。上官兰找来了。她先在锁子的脸上看，没在他脸上发现虱子，这就二话不说，上手在锁子的头发里找起来了。

开始，锁子不知是上官兰，以为别的谁开他的玩笑，就摆着他的头，不让人动，上官兰就说他了。

上官兰说："你安静会儿好不好！"

听出是上官兰的声音，锁子转回头来，说："别闹。"

上官兰说："我没闹。你不知道，我养的那只虱子死了，我想在你头上另找一个。"

上官毅是医学院最负盛名的老教授，老教授就只上官兰这样一个女儿，大家不仅耳闻过，而且许多人还认识她。她赶到学生食堂，在锁子的头发里找虱子养，让与锁子聚在一起吃饭的同学，忍不住哄笑起来。

这件事太有趣了，锁子导师的女儿在锁子的头发里找虱子，一天时间不到，就传得满校无人不知，无人不晓。

执着于虱子的上官兰，在锁子的头发里没有找到虱子，就缠着锁子，去了锁子的宿舍，在他的被窝里也找了好一阵，自然也没有找到。上官兰的性格，做什么事情没有结果是不罢休的，她在锁子的头发和被窝里找不到第二只虱子，就不管不顾来扒锁子的衣襟了，她相信锁子的身上有虱子。任性的上官兰，让锁子哭笑不得，他不停地给上官兰解释，在他的老家，惹上虱子是可能的，他到学校来了，把身上的衣服换下来，自己去澡堂洗个澡，把衣服也用开水烫洗了一下，惹上身子的虱子就都没有了。

上官兰将信将疑，说："真没有了？"

锁子说："真没有了。"

上官兰因此而气愤，她气愤锁子开水烫死虱子的做法，就嗔怪他："残忍！非人道！"

二

要养虱子作宠物的上官兰，到暑假的时候，缠着锁子，去了锁子的陕北老家，他们见到了亲爱的米细心大姐。

米细心把上官兰当成了锁子的女朋友，不是一般的女朋友，而是相亲相爱的、将来要进一家门，在一个锅里搅勺把的女朋友。所以，米细心对上官兰便特别地上心，把她在家里能够想到的，而且能够做到的好吃的饭菜，一顿接一顿地给上官兰做了吃。为此，米细心宰了一只羊，杀了两只鹅，煮了三只鸡……让上官兰享尽了口福，又领着上官兰，满天世界地瞎逛，逛了距离她们村最近的石圪家镇，还准备着去逛远一点的绥德城……上官兰对赶集上会的逛似乎兴趣不大，倒是对米细心出坡揽羊，或是下地干活很有感觉。这样的粗工大活，米细心怎么能让细皮嫩肉的上官兰去呢！米细心不让去，上官兰就随着她，软缠硬磨，非去不可……暑期里的陕北，也许正是陕北气象最好的时候，天是那么高，地是那么绿，高天上一咯嘟一咯嘟的白云在飘，绿地上一簇拥一簇拥的花儿在开，两相呼应，真格是太美太美了！

上官兰随在米细心的后边，揽羊或做农活，猛不丁的，还能听到某个地方，突然爆出的一首信天游。上官兰头一天随着米细心爬坡揽羊，就听到了一个后生家款款深情地高声吼唱：

　　大河你那个畔上哟种辣子，
　　我给我哥哥呀补袜子。
　　补了你那个袜子哟没补上鞋，
　　不知我哥哥呀几时来。
　　风尘尘那个不动哟树梢梢摆，
　　什么的风儿呀哥哥你快来。

广播、电影、电视上的信天游，上官兰听得多了，她虽然也觉得好，但是怎么能和野天野地里的这种野腔比呢！太不能比了，这样的信天游才叫信天游，自由奔放，自在天然，不做势，不装腔，是堪称天籁的。上官兰听迷了，还想再听的，但是高唱信天游的人，却哑了声，不唱了，把上官兰惹得撒开米细心，不断往坡的高处爬，想要找到那个高唱信天游的人，但她却没能找见那个人，她只能站在高坡上四处眺望了……东南西北，涌入上官兰眼睛里的陕北景象，全是绵延不绝的山嘴嘴和绵延不绝的山沟沟，山嘴嘴上灿烂着太多太多艳红的山丹丹，山沟沟里则靓丽着太多太多莹润的蓝花花，此情此景，上官兰自己都想唱一曲信天游了。可是她，只是张了张嘴，还没唱出来，声音就被一股强劲的风头子，堵回了她的肠腔里。

上官兰唱不了信天游，就站在坡梁梁上，央求米细心唱了。

上官兰高声地问米细心："刚才是谁唱的信天游？"

米细心没告诉上官兰，说："你猜哩？"

上官兰自然猜不出来，就说："他唱的是个啥？"

米细心说："妹在山坡种辣子。"

上官兰说："太好听了！细心大姐，你给我唱一曲怎么样？"

米细心依了上官兰的请求，就那么站在草坡坡上，扬起头来，用手把她脑后扎成马尾似的头发捋了一下，又甩散开来，这便撕锦裂帛般唱了起来：

　　一更子月儿东湾湾红，
　　二老爸娘爱财神，
　　啰啰上嗦嗦几多人问，
　　单崩崩还是奴一人。

　　二更子月儿树稍稍动，
　　倒坐门槛两眼睁，
　　地畔上溜过来奴干哥，
　　笑盈盈妹子点上一盏灯。

　　三更子月儿照门门来，

> 双扇扇门儿单扇扇开，
> 一天不见哥哥的面，
> 小桃红成了个病人人。

上官兰不知米细心唱的是信天游《小桃红》，但她看出来米细心唱得投入，唱得动情，唱得上官兰自己的心软软的，都要成为信天游里的那位多情善感的女主人小桃红了。

听了米细心的信天游，上官兰没有像她听到他人唱信天游时那么冲动，不断地往山坡的高处爬，四处张望，寻找吼唱的人。米细心唱了，倒把上官兰唱得心静下来，又从高处一点点地溜下来，溜到米细心的身边，轻言细语地给米细心说，你把我的心都给唱软了，都给唱化了……上官兰有所不知，《小桃红》是一首比较长的信天游，从一更的月儿唱起，二更三更，四更五更的，一直要唱到十更里呢！所以，上官兰溜到米细心的身边给她说话时，她还没有唱到头，还有"九更子月儿万丈丈高，空中的鸟雀啦啦叫，苦叶生在苦树梢，九天仙女照九照。十更子月儿绣鸳鸯，鸳鸯绣在窗棂上，好男好女难成双，恩爱夫妻不久长"。上官兰给米细心说话，米细心听到了，但她没有停下她唱着信天游，坚持把最后两段都唱完，这才拧了拧身子，和上官兰站了个面对面。上官兰看见，米细心的眼里，蓄满了热喷喷的泪水。

上官兰被米细心感动了，她往米细心身边走得更近了些，并伸出双臂，把米细心轻轻地搂住，她问米细心了。

上官兰说："细心姐，你把自己怎么还唱哭了？"

米细心说："我不知道，让你妹子见笑了。"

就在上官兰和米细心相拥相抱在一起说话时，锁子从山梁的一个转弯处翻了过来。锁子听到了米细心唱的信天游，他就是寻着信天游而来的，他一路转来，还撺着山坡上的山丹丹和山沟畔的蓝花花，一枝一叶地折着，折了有一大束，拥在他的胸前，走到了上官兰和米细心的身边。是米细心先看见锁子的，她看见了，就把还拥在她身上的上官兰推了一把，推开来给她说了。

米细心说："兰妹子，你转过头去，看谁来了？"

还沉浸在米细心信天游里的上官兰,听话地回头了。回头来她就看见了锁子和锁子拥在胸怀里的山丹丹和蓝花花。

上官兰喜欢锁子胸怀里的山丹丹和蓝花花,她说:"好漂亮的花儿呀!"

拥着一怀的山丹丹和蓝花花,走到了上官兰和米细心的身边,锁子却不知怎么办了。倒是上官兰大方,她向锁子走近了去,从锁子的胸怀里接过山丹丹和蓝花花,她接过来,却没占为己有,而只是凑到鼻尖上闻了闻,就又走向米细心,送到她的怀里。

上官兰说:"细心大姐的信天游你听到了吗?"

上官兰说:"你一定听到了,你不知道,细心大姐把她自己都唱哭了!"

三

追着撵着锁子,到他陕北的老家来,上官兰原想要以她的身体来养虱子的。锁子陕北的老家,没有辜负上官兰的期望,几天的时间,她的身上就都是胖胖壮壮、圆圆滚滚的虱子了。如果只有一只,或许也是好玩的,但是一多,就一点都不好玩了。上官兰的身上,都是被大虱子咬起的红疙瘩。红疙瘩太痒了,不是捉住一只大虱子放在手背爬着的那一种痒,那种痒是开心的,而现在这种痒不仅难以开心,而且要命。上官兰开始还想强忍,但她哪里忍得住?不能忍就挠,许多红疙瘩就被她一次一次地挠,挠破了,渗出了血……欲以虱子为宠物的上官兰,就这么狼狈地败在了虱子的小嘴上,她要告别锁子还有认识不久的米细心,回到西安城她的家里去了。

离开的那天,锁子和米细心送上官兰,把她送出了他们家,送到了村子外,上官兰拦挡着锁子和米细心,不让他们送,米细心就不送了,但米细心却千叮咛、万嘱咐要锁子送上官兰,往前送,送到石圪家镇,送上车……米细心这么叮咛嘱咐过了,上官兰还坚持着,也不让锁子送,锁子就想站住不送，但米细心是不答应的，她没说话，只拿她的眼睛瞄着锁子，一瞄两瞄的，看起来一点儿都不严厉，锁子却像得到米细心最为严厉的指示一般，跟着前头的上官兰，亦步亦趋地送着走。

在路上，上官兰还想挡住锁子不送的。

上官兰说："别送了，我知道回去的路。"

锁子说："你看见细心姐的眼睛了吗？"

上官兰说："看见了。"

锁子说："看见了你说我还能不把你送到石圪家镇，送上车吗！"

上官兰想她真是心血来潮，为了养虱子，居然会不管不顾地跟着锁子到他陕北的老家来。她领教到了虱子的厉害，从此不会再有那种稀奇的想法了。到这时，上官兰觉出了一点后悔，但很快就又不后悔了。而且她还想，她这一生，还会再来陕北锁子的老家吗？大概不能了。所以，锁子陪在她的身边送她，让她有了心情来看风景了，他们走过的每一座山梁梁、每一条山沟沟，还像她初来这里时一样，是迷人的，同时又还十分牵心。

上官兰问锁子了："那天米细心大姐唱信天游时，我俩听到另有一个人也唱了信天游。我不知是谁唱的，米细心大姐，她让我猜。我当时没猜出来，但我今天猜出来了，那个人就是你。"

锁子点头承认了。

上官兰就高兴地说："在咱们学校，我怎么没听你唱过？"

锁子说："信天游有很强的地域性，在陕北的山梁梁、山沟沟里唱，就能唱出效果，离开了陕北，到咱们学校，我试过几回，怎么唱怎么不对味儿。"

上官兰承认锁子说得对，因此，她鼓励锁子说："我们今天就走在陕北的山梁梁、山沟沟里，你能给我唱一曲信天游吗？"

锁子说："给你……一个大活人！好，我唱，我起小在陕北，唱信天游时就不见个人，但我唱了，我白天唱，唱给山听，唱给水听；我晚上唱，唱给月亮听，唱给星星听。"

锁子这么说着，就给上官兰唱起了信天游，他唱的是《搭戏台》：

姐儿的门前一树槐，

槐树根儿上搭戏台。

前晌里唱了梁山伯，

后晌里唱了祝英台。

十七八的女娃娃呀穿红鞋，

你看哩把人爱不爱。

红嘟嘟小嘴白格森森牙，

我把我的妹妹搂进了怀。

  锁子唱罢了《搭戏台》，上官兰还想鼓励他再唱的，却见一对花喜鹊叽叽喳喳飞过来，轻盈盈地往他俩身边的一颗枣树上落下来，依旧叽叽喳喳地叫，好像它们也学着锁子的信天游，跟着他唱了。锁子说话时，尽量往普通话上靠，回到老家唱信天游，就全是道地的陕北腔。刚才他唱的《搭戏台》，有些歌词，上官兰听得不是很懂，一对花喜鹊飞来叽叽喳喳，倒使她有种豁然开朗的感觉。她回忆锁子刚才的唱词，知道他唱的是梁山伯和祝英台的故事。为此，她不鼓励锁子再唱了。她忽然有一种不说不出的冲动，她要给锁子说她的埋在心里的一句话了。

  上官兰说："我这个人，你说，是不是有点疯，还有点喜欢心血来潮。"

  锁子不知上官兰说这话的意思，就跟着她说："咱又不想做那缠脚绣花的淑女，咱疯点儿，心血来潮点儿，咱才可能得来咱自己想要的收成哩。"

  锁子的话还没说完，自嘲有点儿疯、有点儿心血来潮的上官兰，把她背在肩背的旅行包往地上一摔，返身伸长她的双臂，合抱着挂在了锁子的脖子上，用她温热的嘴唇，在锁子的左脸上亲两下，又吻到锁子的右脸上，吧吧地又亲了两下……上官兰的动作太突然了，在锁子还愣怔着不知该如何动作时，上官兰又抛开他，捡起脚下的旅行包，撒开脚，往前头已看得见轮廓的石圪家镇跑了去。

  上官兰兔子一样跑得飞快，她跑着还不忘回头给锁子喊："细心是个好姐姐，你回去给她说，就说我爱她！"

四

难道米细心只是一个好姐姐吗?

带着上官兰买给米细心的绒毛羊,锁子坐在回国的飞机上,似睡非睡地躺在座椅上,总会想起上官兰当年说的话。是的,米细心的确是个好姐姐,尤其对锁子而言,米细心不是他的亲姐姐,但绝对比亲姐姐还要好、还要亲。此外,上官兰有所不知,好姐姐米细心,给予锁子的,已远超了一个好姐姐所能给予的呢!这是一个秘密,是埋在锁子的心里,永远也不会与人言的秘密呢!

锁子的父母离世早,六岁的时候,米细心的母亲,也就是锁子的姑姑,把锁子接到了他们家。锁子的嘴甜,他此前也到米细心的家里来,来了叫米细心的母亲姑姑,这没有什么错,她本来就是锁子的亲姑姑。这一次来,锁子长长久久地住了下来,也不知是别人教他的,还是他自己悟出来的,他把米细心的母亲、他的亲姑姑,改叫了姑妈。"姑妈""姑妈"地一叫,在最初的一段时间,米细心的母亲很受用,把锁子真当自己亲生的儿子一样疼着。可是时间一长,亲生的与不是亲生的,情况大不一样。论吃,都在一个锅里,稀了稠了,看似很分明,但却不然,常常是,米细心吃着她的碗里,会有一个鸡蛋沉在碗底,会有一块肥肉卧在碗底,而这些,锁子的碗里是不会有的;论穿,米细心穿过的衣裳,改一改就让锁子穿,米细心穿新,锁子穿旧,甚至是,米细心穿花,锁子也跟着穿花。对此,锁子倒没什么,米细心却很不爽,她和她妈还因此吵了几回嘴,气得她妈说她不懂娘的心。

母亲说米细心了:"吃里爬外,尽操外姓人的心。"

谁是外姓人?是表弟锁子吗?

米细心听懂了母亲的话,她不和母亲因此而吵嘴了。但她母亲给她沉在碗底的鸡蛋,卧在碗底的肥肉,省着不吃,让表弟锁子随在她身边吃饭,乘着母亲看不见时,她把鸡蛋,或是肥肉,迅速地拨进锁子的碗里,让他不要出声,赶紧吃,赶紧咽……米细心有一件火红的旧棉袄,入冬时,母亲给米细心做了一件新花袄，就把那件火红的旧棉袄，拆洗了一下给锁子穿。锁子穿了，但他穿得很勉强，很不自在。米细心看在眼里，就把锁子拉到他们家的当院，从她的书包里掏出一瓶墨汁，用她写字的毛笔，蘸着墨汁，在锁子身上穿着的火红旧棉袄上涂，一瓶墨水涂没了，锁子的旧花棉袄也涂黑了。

寄居在姑妈家里，米细心表姐是锁子的保护神，谁不能惹他，惹了他就是惹了她，她会舍上命与人拼的。

锁子上学了。

锁子读一年级，米细心读三年级，他们表姐表弟，一路来，一路回。一次，米细心值日，晚回了一阵儿，锁子自己回，在村头上，被一个高他半头的同学挡住，那个同学还有两个跟班，他们把锁子堵住后，大高个说他新买的一块橡皮不见了，另外两个就指斥锁子："是你偷了吗？偷了不要紧，交出来算你没事。"锁子听了，啥话都不说，只是淌眼泪……晚回的米细心，这时候赶着回到了村口上，她看见了淌眼泪的锁子，也看见了大高个和他的两个跟班，她插进他们中间，问大高个想干什么。大高个说他不想干什么，刚买的一块新橡皮丢了，怀疑是锁子偷的，锁子把偷他的橡皮还给他就成。这是个啥话呢？米细心一听就火了，她回身过去，问锁子偷人的橡皮了没有。米细心当时的架势，如果锁子真偷了人家的橡皮，别说人家不饶他，她也不会饶了锁子！米细心问了锁子，锁子倒不淌眼泪了，他把他的书包翻过来，倒出书包里的所有东西，有书有作业本有铅笔，就是没有橡皮。大高个还不答应，锁子就把自己身上的衣服口袋都翻了过来，依然什么都没有。大高个儿仗着他身高力大，并且又有两个小跟班在旁边，仍然一口咬定，是锁子偷了他的新橡皮……急不可耐时，锁子把他倾倒在地上的作业本拿起来，既让大高个儿看，又让米细心看。

锁子说："都看好了，我写错了字要改，就没用过橡皮，都是蘸一点唾沫，把错字洗了，再写上正确的。"

这是证明锁子清白的最为有力的证据。大高个儿和他的两个小跟班，开始往后退了。米细心又岂能让他们后退着跑掉，她似乎早就懂得擒贼先擒王的理由，抢前一步，扭住大高个儿的衣领，要他给锁子道歉，大高个儿抵赖不住，给锁子鞠了个躬，说了声："对不起，冤枉你了。"两个小跟班，见大高个儿鞠了躬，道了歉，就也不敢敷衍，双双向锁子鞠躬道歉，说他们以后再不冤枉锁子了。孩子嘴边的话，米细心还不敢保证，她抓住大高个的领口，拖着他，去了他的家里，向他家的大人也说了橡皮的事，要他家的大人，把他家的儿子教育好。

三年级的米细心，对付一年级的学生，还是很有办法哩！处理好锁子无端被同学欺辱的事后，米细心要升四年级了，她有意考砸，留了一级，到小学六年级时，小升初她又有意考砸了一次，从此和表弟锁子成了同一年级的同学。而从此，表姐表弟上初中读高中，就一直在一起，直到高考，米细心故技重施，她再一次地考砸了。

锁子因此去了西安深造，而米细心则回了家，成了一个做工挣钱、供养锁子读大学的后援力量。

五

高考时米细心有意考砸，锁子是有察觉的，平时的学习，锁子比米细心虽然要好一些，但米细心也不是太差，好一点的大学她考不上，一般的她应该是有机会的，但她决然考得不成样子。为此，锁子为米细心痛苦得不行，而米细心却一点都不在意，甚至自己考砸，如锁子考好一样，让她高兴，让她开心。锁子不傻，他从米细心高考考砸后表现出的高兴、开心往下想，还想起她小学时的两次留级——锁子蓦然明白过来，他亲爱的细心表姐，是怎样地偏着他，爱着他呀！

表姐米细心一次次地牺牲自己的前途，而鼓励、促使锁子进步成长，锁子觉出了自己的自私，他要和偏他爱他的细心姐来一次巴心巴肺的谈话了。

大学录取通知书送达的那天，喝过晚汤，锁子约上表姐米细心，从他们枣树圪梁村走出来，一路往高处走，这就走到村前那座高高的梁顶上。他们站在梁顶上，抬头看得见天上的月亮和星星，低头看得见村子里散散乱乱的灯火，以及深陷在村子脚下沟道里的小河，有风吹来，暖暖的，拂动着锁子和表姐米细心的头发，同时又掀动他俩的衣襟，直往他俩的心怀里钻……站了一阵，锁子没说话，米细心也没说话，他俩默默地抬头看天，又默默地低头看地。锁子积蓄了满肚子的话，想要在这个晚上说给表姐米细心，但他的心是乱的，太乱了，他不知从哪里说起，情急不过，他突然扑沓一下坐在梁顶的草坡上，像只暴躁的小公羊，双手抬起，刨乱了他本来就已乱乱的头发，很是无奈，又很无辜地对米细心说了。

锁子说："好我的细心姐哩，永庆把姐欠下咧！"

随着这一句话说出，锁子便哇地号哭起来。

米细心被锁子的号哭吓住了，她把他心疼地看了一眼，就在他的身边坐下来，搬着锁子哭得颤动的肩膀，把他搬进自己的怀里，拥着他，给他说："我是你姐哩，你咋能把姐欠下呀！"

米细心劝说着锁子："你有出息了，姐高兴，你可不能瞎说。"

米细心劝了一句又一句："姐为有你这个表弟而骄傲，而自豪，姐不觉得有啥欠。"

伏在米细心怀里的锁子，把他的双臂拦到米细心的身后，他紧紧地搂抱着米细心，依然坚持着他的说法。

锁子说："我就是把姐欠下咧！"

锁子说："我把姐欠下都不知道怎么还！"

锁子说："我想我就用的我一辈子来还姐了！"

风在这个时候，忽然变得大起来，呼呼地吼叫着，而远处偏南的地方，还闪起了电，有雷的低啸，隐隐地往锁子和米细心的耳朵里灌……姐弟俩，不知什么时候，脸和脸贴在了一起，然后是嘴，又热辣辣地吻在了一起……衣裳的扣子是怎么开了的？裤子的扣绊是怎么松开的？锁子不知道，米细心不知道，他们表姐表弟，一个进入了一个，一个接纳了一个……啪的一滴雨珠，打在了锁子赤裸的身上，啪的又是一滴雨珠，又打在米细心赤裸的身上，两滴雨珠滴打过后，啪啪啪啪，是一滴紧跟一滴，一阵紧跟一阵的雨珠，从天而降，滴打在表姐表弟俩赤裸的身上！

开学报到的日期近了，表姐米细心把表弟锁子送到西安，她自己多一天都没停，买了一张南下广州的火车票，在那里的一家餐饮店里，打起工来了。

锁子在西安军医大学读书，他读了四年本科，表姐米细心就也在广州的那家餐饮店打了四年工。锁子读完了本科，读硕士时按国家政策有补贴，表姐米细心这才从那家餐饮店辞工回乡，开始了她自己的创业历程。在此之前，按月按时，表姐米细心，都把一笔她打工的获得，通过邮电局，汇兑到锁子的手上。

锁子被表姐米细心无微不至地照顾着、关心着，张子蕊是见证者，后来，上官兰也知道了一些。当然，包括见证者张子蕊在内，锁子只让她们知道了她们可以知道的一些，另一些，譬如雷雨交加的那个傍晚，就绝对让不她们知道。不过，她们可以见证、可以知道的那一些，已经足够使她们而感动了。

张子蕊能够见证锁子和米细心的事，那是因为他们既是同学又是同乡，而且又是好朋友，她很自然地就成了见证者。上官兰就不一样，她都是从锁子嘴里知道的。锁子所以要告诉上官兰他和表姐米细心的心事，他是有用意的。

上官兰跟着锁子去了一趟陕北，想要养虱子做宠物的计划，因为上官兰被虱子所害而放弃，但她顺带认识了锁子的表姐米细心。上官兰看得出，作为表姐的米细心，十分用心地照顾和关怀锁子，但她也因为虱子做媒，也暗暗地爱上了锁子。

枣树圪梁村之行，在锁子送她回西安的路上，她给锁子突然的吻别，是把她心里的一切，都毫无保留地表现给锁子了。

收假回到学校，锁子还做他的研究生，上官兰还读她的本科生。上官毅是锁子的导师，锁子有学术问题要请教，就必须到导师的家里去。他去了，上官兰也在家，就一会儿斟茶、一会儿倒咖啡的，甚至还有这样的点心、那样的小吃，端给锁子喝，拿给锁子吃。锁子喝不惯咖啡，上官兰不勉强他，就自己喝……总之，上官兰几乎就如锁子的表姐米细心一样照顾着他，关心着他了。在她的家里，她表现得虽然热情有加，但还不失得体，而在校园或别的地方，上官兰就表现得很露骨，俨然锁子不二人选的知心朋友。本来是，上官兰可以不吃学生食堂，但因锁子在学生食堂用餐，她也就自己办了卡，撵着与锁子一块吃。锁子端来的是素菜了，上官兰就一定端两个荤菜来，锁子端的荤菜了，上官兰就一定端素一点的来。她逼着锁子与自己交换着吃，锁子敢不往她端来的菜里伸筷子，她就敢把菜夹了往锁子嘴边送。

对上官兰，锁子是一点办法都没有了。

六

锁子就要研究生毕业了，上官兰也要本科生毕业了。在这个人生的关键时期，锁子为了躲避上官兰，原本留校任教的机会，他都自觉放弃，而到现在持业的妇女专科医院里来。对此，上官兰想不通，有意见，就追着锁子，撵到他的宿舍里来，当着锁子几位研究生同学的面，要锁子给她说明白。

上官兰责问锁子："谁让你拒绝留校去妇专医院的？"

锁子说："是我自己想去那里。"

上官兰说："你就狡辩吧。我知道你讨厌我，不想见我，是我把你逼去妇专医院的！"

锁子说："你别乱猜。"

上官兰说："我没有乱猜。"

在同学们的面前，这么吵能吵出什么结果呢？锁子在心里叫着苦，他走到上官兰身边，一只胳膊拥住上官兰，给她说："咱找个地方，我给你说。"

上官兰还要犟，还要挣扎，还要和锁子吵，但却还是在锁子的拥裹下，从宿舍里出来，去了医学院的大草坪，在一棵树冠如盖的大雪松下，并肩坐下来，锁子给上官兰说了他和表姐米细心。

锁子就把他亲爱的米细心表姐对他的好说给上官兰听，锁子说得仔细，说得动情，他说着把自己说得一脸的泪水，同样的，也把上官兰说得一脸泪水。

锁子说完了，上官兰说："你表姐可是太爱你了。"

锁子抹着脸上的泪水，说："我今天的所得，都是表姐用她的所失给我的。"

上官兰说："你有一个好表姐。"

锁子说："人世上最好最好的一个好表姐。"

上官兰不忌妒锁子有个好表姐，她十分善解人意地说："但她怎么说，都只是个好表姐，你说是不是？"

锁子老实地点头说："是。"

上官兰就也老实地说："我不能做你表姐，但我会像你表姐那么爱你的，你知道吗？"

锁子没有回避，他说："我知道。"

上官兰说："你知道就好。"

锁子说："不好。因为爱，我把我表姐欠下了。因为爱，我还能欠下你吗？不能，我不能再做欠人的事了！"

上官兰后来和锁子还谈了几次，结果都如雪松下的谈话一样。

上官兰奈何不了锁子，她就只有想自己的办法了。她想的办法是出国，申请了美国三所医科大学，又申请了英国两所医科大学。斯坦福大学医学院的申请批准件来得早，上官兰就去美国读了斯坦福大学医学院。

出国深造，怎么说都是件好事。硕士毕业，已经顺利进入西安市妇女专科医院工作的锁子，请他的导师上官毅和上官兰一家吃了顿饭。上官兰办完一切手续，就要去上海乘坐国际航班远赴美国时，她请求锁子送自己到上海。锁子的心里虽然犯着难，可还是开开心心地把上官兰送到上海，送进浦东航空港。

走进航空港的上官兰，没有回头，但看着她背影的锁子，知道她落泪了。

当然，锁子也落泪了。

那个落泪的日子，已经逝去了好多年，但在锁子回忆起来，还像昨天一样清晰。便是魂飞天际的如今，也还记忆得清清楚楚，肝肠寸断……从旧金山登机回国,当时的锁子,想着曾经的事情,他不能自禁地又落了泪。

　　回到西安,锁子原想他该回陕北绥德的老家去一下,他应该把他的情况,给他亲爱的表姐米细心说说的。是谁都一样,在预知自己身患恶疾的时候,心理上的压力都很大,锁子不能例外,尽管他是个着有非凡成就的医学专家。好像正因如此,他对自己的问题知道得更清楚,同时,心里的压力也会更大。可他刚从飞机上下来,走到出站口,看见来接他的张子蕊、龚小烟、鲜红玉、桂正香,而没有看见付心莲,他就心里怪怪的不是味道。

　　师梦芳已去上海的东方卫视上班,在西安的几位来短信说,她们约好了,都来为学术交流成功归来的他接机,她们几个来了,付心莲怎么没来呢?

　　锁子没有问接机的她们,他只是拿眼睛从她们的脸上往过扫,他扫到了张子蕊脸上时,张子蕊没有隐瞒付心莲未来接机的事。

　　张子蕊说:"心莲妹子有点事,她一时还不能来接你。"

　　锁子说:"什么事?大吗?"

　　张子蕊说:"机场大厅不是说话的地方,咱们走,坐到车上我给你说。"

　　张子蕊有一台小汽车,不够他们坐,所以她借了一辆七座的。她们接到了锁子,下到地下停车场,都坐上了车,而关于付心莲的事,大家依然守口如瓶,没人给锁子说。就是张子蕊,答应上车后给锁子说的,这时又借口她正开车,说等会儿到了龚小烟的"绥米风"了再说。

　　"绥米风"到了,张子蕊、龚小烟、鲜红玉、桂正香她们簇拥着锁子,去了为锁子接风洗尘的包间,锁子就又问起付心莲了。

　　锁子说:"付心莲有啥事,你们倒是给我说呀!"

七

　　不说不能了。大家坐在一张餐桌的周围,餐桌上又都是龚小烟精心安排的六凉六热十二道菜，再不给锁子说明白，设宴是给他接风洗尘的，他不捉筷子，更不捉酒杯，这还怎么接风？怎么洗尘？

张子蕊轻叹了一声，她说了："付心莲进去了，行政拘留，还需要几天才能出来。"

锁子想起付心莲接受电影《拉手手》剧组邀请，担任电影中女一号的事，他说："与她要演的电影可有关？"

张子蕊说："还就是那档子事。"

锁子不由想起付心莲，在他出国前，找到他，要把她给他的事。当时，付心莲不让锁子乱猜乱想，只给锁子说，她把她的身子清清白白地留着，也不知是留给谁的？她想过了，她想留给她想给的人。她找不着这个人，她认识了锁子，她问过他，也凭着她的知觉，知道锁子是她想要把自己的身体给予的人。她把自己交给锁子，有没有婚姻是无所谓的，她从此，就能无牵无挂，没有顾虑地去做自己的事了。

锁子怎么能要付心莲的身体呢？尽管是她自觉自愿地投怀送抱，而且也不牵扯婚姻，锁子也不能要。他如果就那么要了付心莲，他就不是锁子了。为此，锁子好言劝慰了付心莲。劝慰时，他本来想要义正词严告诉她，不能乱来，特别是不能糟践自己。但话到嘴边，他只是淡淡地说了说，就自己抓住可抓的机会，悄悄地溜走了。锁子不知道他溜走后付心莲是怎样一种情态，但他想得出来，付心莲不会恨他吧！她也许会失望，但她是会更加尊重他锁子吧！这从锁子要去美国参加学术交流，付心莲和她熟悉的姐妹们给锁子送行时的表现可以看得出来，付心莲还是原来的付心莲，没有不快活，没有不高兴。

锁子出发去美国了，此后的事他不知道，也就两天时间不到，《拉手手》剧组的解副导演，通知付心莲去试戏，付心莲去了。她去的是一家宾馆，解副导演在那里早早地定了一个房间，付心莲到那间客房里，解副导演表现得特别殷勤，又是给付心莲烧水泡茶让她喝，又是给付心莲削水果皮让她吃。付心莲倒也拿得住，茶水她浅浅地啜一口，水果她轻轻地咬一口。下来就只听解副导演天上地下地海说了。

解副导演可真能说啊！

他先说选本子的不易，公司老总和导演计划拍摄一部陕北题材的电影，但是没有本子。他们相信他，让他找。他黑了看，白了看，爬在图书馆看，吊在网络上看，他不知看了多少可以拍摄电影的素材，直到他看见了《拉手手》这部中篇小说，他才喜出望外地有了目标。这部小说发在《文学界》，接着又被《小说选刊》《小说月报》转载，好是好，却不能直接拍成电影，而且那个有点儿名气的吴作家，太难说话了。他自己可以做编剧的，那样多省心，可他自己不做，还要知道公司的实力如何、导演的水平怎么样、请哪位编剧改编……嘿呀……你听人家吴作家说的，是又刁钻，又入情入理。人家说了，他的小说写出来发表了，就如他养在家里的闺女，在自己身边，闺女想疯尽可以疯，闺女想赖了尽可以赖，那是没有问题的，但要卖给影视制作公司，就是另一回事了。这就像嫁闺女，哪有一个闺女的亲爸爸，在嫁闺女时，不问一问婆家的情况呢？是富是穷？是个正人君子？还是个浪荡公子？要做到心中有数是不是？嫁出去的闺女泼出去的水，话是这么说的，是不能这么办……"我呀，真是服了人家了。但我不能只是服气人家才行啊，我要说服他才好，我想尽了办法，费尽了唾沫，玩尽了手腕，这才叫我说动了吴作家，买下了改编权。下来就是筹建剧组，就是挑选演员了。筹建剧组的事，导演负责，咱是副导演，挑演员的事咱负责。我给你说，你还不要不信，想上《拉手手》戏的演员真是不少，腕儿大的，腕儿小的都有，有别人推荐的，也有闻听信息自荐的。我是谁呀？副导演，我不要别人推荐的，只要自荐的。剧组成立以来，其他演员，我都试过戏了，也都定下了人，唯独女一号，我还在看，还在挑，就在我登记的这间客房里，你知道我试过多少人的戏了？你不知道，我把两只手上的指头，加上两双脚的指头都算进来，也算不过来我试过戏的人。我一时不能确定谁出演女一号，你知道为什么吗？我在期待你，期待你试过戏后，就你是女一号，你知道吗？"

解副导演把他说得唾沫星子飞溅，却也把付心莲说得心像一颗豌豆儿一样，忽上忽下地跳。

付心莲的心跳跳的，她说了一句话："听你说的，我对自己都没信心了。"

解副导演说："你必须有信心，因为我对你就特别有信心。"

解副导演说得他自己都激动了起来了，他从他坐着的沙发上站起来，挥舞着他的手，走到付心莲坐着的沙发前，把他挥舞的双手，搭在了付心莲的肩上，给付心莲说起他们影视圈儿里的潜规则来。他批评说，那可不好，拍一部电影，拍一部电视剧，拍得好不好，你先把人家出演角色的演员潜规则一下，那成什么了？他自己就不，来试戏的女孩子那么多，有一些竟然知道影视圈这种不好的潜规则，来他这儿试戏，主动得很，投怀送抱。"想要我潜规则一下她们，我能吗？我不能。我把谁潜规则了，谁就是女一号了——这对《拉手手》这部电影是不负责任的，要拍一部好电影，我绝对不能那么做。"

付心莲被解副导演的职业精神感动得都要流泪了呢。

解副导演说有女孩子知道影视圈里的潜规则，她付心莲岂能不知。这些年，影视圈里的那点事，传说得沸沸扬扬，除了吃奶的小娃娃不知道，就绝对没有人不知道了。因此惹起的风波，此波未平，下一波就已起来了……解副导演说有女孩主动投怀送抱，想要他潜规则她们，付心莲对此，在自己来时，也做好准备，如果解副导演试戏潜规则她，她眼睛一闭也会认的。可是她遇到了一个好的副导演，人家不是那样的人。付心莲便由衷地赞了一声解副导演。

付心莲说："你是一个值得人敬重的好导演！"

解副导演说："把话不要说得太早，一会儿你该知道我确实是个不错的导演哩。"

八

解副导演很负责地给付心莲说起戏来了。

解副导演问付心莲《拉手手》小说看过没有。付心莲说她为了试戏，找到吴作家的原作，认真读了几遍。解副导演就说这很好，一个演员想要演好一个角色，把原作找来读，是个不错的方法。解副导演夸着付心莲，又问她，其中那曲《拉手手》的信天游你读到了吗？付心莲说她读到了。解副导演便接着她的话问她会唱吗？付心莲摇头说她不会唱。解副导演就自己哼唱了起来：

　　你要拉我的手，
　　我要亲你的口，
　　拉手手的那个亲口口，
　　咱们二人圪垴垴里走。

　　解副导演浪浪地唱完那四句信天游，就还问付心莲圪垴垴是什么地方？付心莲依然不知道。解副导演就给付心莲解释了圪垴垴，并且顺带解释了去圪垴垴里的勾当，就是男欢女爱，自觉自愿地做一回那样的事。

　　解副导演循循善诱，一步一步地引导着付心莲，让她一点一点往他预设的方向走。解副导演觉得他给付心莲说戏说得到了火候上，于是，他从旁边的衣柜里，取出一件性感暴露的女性内衣出来，要付心莲把她身上的衣服换下来，说是《拉手手》里有一场强暴女一号的戏，女一号不仅要穿性感暴露的内衣，还要被一根绳子绑起来。今天约付心莲试戏，就试这一出好了。

　　付心莲没有怀疑解副导演，她从他的手里接过性感暴露的内衣，去了一边的洗手间，把她身上的衣服换下来，穿着走到解副导演跟前。解副导演早有预备，他在付心莲暴露性感地向他走来时，他把一根花彩的绳子，从他的身后亮出来，让付心莲看，并说绳子不是蛇，但是绳子也是会吃人的。付心莲听解副导演这么说，一时觉得他还有点儿幽默感，就羞怯怯地朝着解副导演笑了笑。

　　解副导演是受了付心莲笑的鼓舞了吗？他说："那就对不起了，我的绳子来咬你了！"

　　付心莲没有说话，依然对解副导演羞怯怯地笑着。

解副导演就不客气了，他把手里的绳子对折起来，挽了一个带有环扣的结，居中搭在付心莲的后脖子上，交叉拉到前胸，在付心莲乳沟处，斜向拉紧，于乳房下款款地拽到身后，各自一边一根绳子，在付心莲的胳膊上，很有规律地缠了几圈，到了手腕上，打成一个小结，这就把付心莲的双臂，拦到身后，用余下的绳子，再把双臂手腕绑紧，拉着穿过后脖子留下来的环扣里，只是往紧一抻，付心莲即被很紧束成一只粽子似的了。幸亏付心莲有练跆拳道的功夫，如果没有，她非得被解副导演的这一番捆扎，捆得骨碎，扎得筋断……付心莲有点难以忍受地叫出了声。

　　付心莲叫了："呀！"

　　因为是试戏，付心莲难忍也忍了。她苦苦地忍着，还要依据解副导演的要求，摆出各种造型，让解副导演端着个照相机，选择着角度，给付心莲啪啪地照着相……解副导演照几下，就把相机端付心莲，翻着一幅一幅给付心莲看，嘴里呢，还一个劲夸赞付心莲太有气质了，特别是绑起来的样子，气质更好。这时付心莲还没觉出别的什么来，但她听到客房的门铃响了。在付心莲试戏的时候，谁会来呢？付心莲想到解副导演之上的导演，或是解副导演的摄影什么的，如果是他们，付心莲会把戏试得更真实一些，哪怕有点过火，只要是戏里需要的镜头，她都做得出来……艺术，是需要点儿献身精神的。

　　可是，解副导演把门打开，进来的不是导演，不是摄影，而是付心莲熟悉的新能源汽车营销商姚老板。

　　姚老板的到来，让试戏的付心莲迷惑不解，随之就还产生了一种深切的羞耻感。然而，姚老板却还无所知觉，一副幸灾乐祸的样子，大夸特夸付心莲这个样子好看，太性感，太迷人了。如果以这样的装束给他们新能源汽车，在车展上当众代言，他的新能源汽车一定能够卖得更火了呢。姚老板嘴上夸着穿着暴露性感又绑着绳索的付心莲，手也不闲着，又挥又舞，直往付心莲的身边靠，得亏有解副导演在付心莲前边挡着，才没使姚老板接近了付心莲的身体。

　　解副导演是得意的，他说："怎么样？姚老板，我给你做到了。"

　　姚老板是满意的，他说："不错，做得不错。"

　　解副导演就把他的一只手伸出来，说："你满意了，也得让我有所满意呀。"

　　姚老板从他的裤兜里掏出一把汽车钥匙和一张银联卡，拍在解副导演的手里，说："汽车在宾馆门口的停车场里，钱你自己到银行去取。"

　　一场交易，就这么明目张胆地在付心莲眼前上演着。付心莲听得出来，解副导演指示她换穿上性感暴露的内衣，并把她用一根绳子绑起来，并不是试戏，而是为了满足姚老板的一种嗜好。他这个怪癖的嗜好啊！羞耻着的付心莲，有股不可遏制的愤怒堵在她的内心生成着，她大睁着眼睛，看向交易中的解副导演和姚老板。他们的交易成功了，解副导演闪身在一边，把受绑的付心莲，彻底暴露在了姚老板的面前，而姚老板也被他内心的欲念煽动着，嘴里念念叨叨："宝贝，宝贝，我可爱的宝贝……"这就意欲对付心莲动手动脚了。内心愤怒的情绪，赶在这时，已经达到了一个高点，付心莲从小练就的跆拳道功夫，这时也贯穿了她的全身，虽然她的胳膊和上身，被一根绳子紧紧地捆绑着，但她的两条腿还自由着，自由的两条腿已足够解决她想解决的一切问题。

　　付心莲修长的左脚飞了起来，迅雷不及掩耳地劈在了姚老板的右脸颊上，锐利的高跟鞋跟把姚老板的右耳生生地劈扯了一半，软软地吊在还连着的那一半上！

　　姚老板没命地惨叫了一声。就在姚老板惨叫声发出的那一刻，付心莲的右脚又飞了起来，同样以迅雷不及掩耳之势，劈在了解副导演的右脸颊上，把解副导演很能说话的嘴角，劈扯了有一寸长，同时，还有两颗带血的牙齿，丁零当啷掉落出来，砸在铺了木地板的客房地上！

九

　　解副导演没命地大喊起来了，因为他的嘴被劈扯了，鬼哭一样的喊声就非常难听。

宾馆的保安被惊动了，呼啦啦跑来时，正有被劈扯半边耳朵的姚老板打开客房门出来，一迭声地喊叫："我的耳朵！我的耳朵！"

此情此景，宾馆的保安慌了手脚，他们拦挡住现场的三个人，报警给片区的派出所，叫来几位办案的警察，把解副导演和姚老板送去医院治疗，并解开付心莲身上的绳索，让她穿上衣服，带着去了派出所……笔录是一定要做的，付心莲老实地说了事情的经过，她这一说，派出所的警察就把她暂时关进拘留室里，然后又去医院，向治疗中缝好耳朵、缝好嘴巴的姚老板和解副导演做笔录。

付心莲笔录的关键词是："试戏。"

解副导演和姚老板笔录的关键词还是："试戏。"

案情是如此简单明了，办案的民警能够怎么办呢？他们用一个"过失伤害"的罪名，判了付心莲十五天治安拘留，把她送进看守所暂时关了起来。

这他妈的算是什么事！

锁子是愤怒了。他说什么都要去看守所探望付心莲的，张子蕊便找了关系，带着锁子去了。在戒备森严的探访室里，狱警把付心莲带来了，一面不锈钢的栅栏墙横在锁子和付心莲之间，他们可以相视，也可以说话，但想要拉一拉手，拥抱一下是绝对不能的。但在此时，锁子十分强烈地想要拉一拉付心莲的手，并且拥抱她一下。隔着不锈钢的栅栏墙，心里这么想着的时候，锁子给付心莲做了拉手的手势，同时又还做了个拥抱的姿势。付心莲看懂了锁子的手势和姿势，就在不锈钢栅栏的另一边，也向锁子做了个拉手的手势和拥抱的姿势。

他俩做了同样的手势和姿势后，没有伤心，也没悲痛，反而没心没肺地你乐了一下，我也乐了一下。

锁子乐着给付心莲竖起大拇指，说："你干得好！"

付心莲则乐着给锁子说："我的跆拳道很有用吧！"

分　骨

一

　　几乎是，锁子前脚从美国回到西安，拿到锁子乳腺癌确诊报告的上官兰，后脚也赶回了西安。

　　赶回西安的上官兰，没有通知锁子，她是自己乘坐飞机先到上海，又转机回到西安的，所以没人知道她回来。她从机场叫了一辆出租，连她西安医科大学的父亲那里都没去，直接就去了锁子所在的西安妇女专科医院。在这里，上官兰打锁子的手机没有打通，问医院里人，才知道，锁子请了几天假，回陕北他的老家去了。

　　上官兰在妇产科医院问到的人是桂正香。

　　桂正香听锁子说起过上官兰，她凭着女性特有的敏感，第一眼看到上官兰时，就认定了她的身份。因此，她告诉了上官兰锁子的去向后，又多问了上官兰一句。

　　桂正香当时在她的工作岗位上，她一只手里拿着个血压计，一只手拿着个体温计。她问："你是从美国回来的吧？"

　　上官兰吃惊于桂正香认出了她，说："你怎么知道？"

　　桂正香便狡黠地乐了一下，说："我不仅知道你是从美国回来的，还知道你叫上官兰。"

　　上官兰就更吃惊了，说："你是……"

　　桂正香不想让上官兰乱猜，说："我叫桂正香。"

　　桂正香……上官兰也想起来，在美国的时候，锁子给她提说过桂正香，因此，她也就不避讳桂正香，把锁子在美国诊断为乳腺癌疾病的结果说了出来，让桂正香想办法找辆小车，赶去陕北锁子的老家，把他迅速接回医院，对他的乳腺癌进行必要的治疗。

上官兰说:"他把他耽搁了,乳腺癌已到晚期。"

上官兰说:"早一天治疗,早一天希望,晚一天治疗,多一分不测。"

事不宜迟,桂正香听上官兰这一说,吓得她僵硬了好一阵子。上官兰把她催了两声,她才醒过神来,但还不相信地盯着上官兰看。

桂正香说:"你说的是真的吗?"

上官兰说:"我从美国回来,我哄你?!"

回过神来的桂正香转身把她手里的血压计和体温计,往身边另一位护士怀里一塞,也不给医院里请个假,拉住上官兰的手,就往医院外边跑。她俩慌慌乱乱地跑动,惹得医院楼道里的人,纷纷往两边躲,不知她俩是怎么了……桂正香跑着,眼泪就刷刷地往外流,她拉着上官兰跑出医院门,跑到了大街上,才猛然地站住脚,掏出手机,给张子蕊打电话了。

在手机上,桂正香哭着说:"子蕊大姐,你快找辆车,我要到陕北去!"

张子蕊不知原因,回着手机说:"你去陕北做啥?"

桂正香说:"接锁子医生。"

张子蕊说:"锁子……他怎么了?"

桂正香说:"他确诊为乳腺癌。"

张子蕊说:"他一个男人……得的什么乳腺癌?"

眼看桂正香说不明白,上官兰把桂正香的手机接过来给张子蕊说。张子蕊是锁子的中学同学,上官兰还在医科大学读书的时候,就通过锁子认识她了。因此,上官兰在电话里说得就很直接。她告诉张子蕊,说她是上官兰,刚从美国回来,锁子在美期间,做了一些身体检查,结果出来了,他患了乳腺癌。

张子蕊对上官兰的解释依然不解,她说:"你回来了好。但你带回来的这个消息,让我不能理解,锁子一个男人,咋会得这样的病?"

上官兰就又说:"你是学解剖学的,应该知道男人也有乳腺。"

张子蕊不说话了。她不是不知道男人有乳腺,而是不信身为男人的锁子会得上那个恶疾。她沉默了一会儿,在手机上告诉了上官兰,让她和桂正香等一会儿,她马上开车过来,一起去陕北接锁子。

二

　　张子蕊驾车载着上官兰和桂正香往陕北的绥德县赶的路上，师梦芳打了电话来，说她带着一个团队，要做一档红色题材的专题，她回到西安了，"打锁子电话关机，就打给你们了。鲜红玉、龚小烟我通知了，给你们都通知一下，咱们好姐妹聚一下如何？"师梦芳打的是张子蕊的手机号码，张子蕊不好接，桂正香接了。桂正香接通后听师梦芳一说，忍不住又低泣起来，扯着泪声给师梦芳说，她和张子蕊，还有从美国回来的上官兰，正往陕北绥德的路上走，她们要接回锁子，让他住院，给他治疗乳腺癌。

　　师梦芳像张子蕊初听锁子罹患乳腺癌时的认识一样，吃惊地问了："什么乳腺癌？"

　　师梦芳说："锁子一个大男人？"

　　桂正香说："千真万确，上官兰就在我身边，是她从美国带回来的诊断。"

　　怀疑可以有，但师梦芳的心不由慌了起来，她又给鲜红玉、龚小烟，还有住进八仙庵的牛秋乡打了手机，告诉了她们这个不幸的消息！她们在西安等不及，待不住，四个人开着一辆小车，也往陕北绥德县赶来了。

　　上官兰是中午十二时回到西安的，没吃没喝，没有休息，又和张子蕊、桂正香，还有师梦芳、鲜红玉、龚小烟、牛秋乡，分乘两辆小车，紧赶慢赶，赶到绥德县城时，也已半夜时分了。她们这个时候，去找锁子，显然只会引起更多人的惊慌，而且是，不仅上官兰从美国往回赶，舟车劳顿，累到了极点，便是张子蕊、师梦芳、桂正香、鲜红玉、龚小烟也都累得够呛。所以，她们在绥德县城，随便找了一家宾馆，登记了几间客房，就都昏昏睡去，只待来日去找锁子了。

　　表姐米细心打工回乡创业，她因地制宜，在绥德县城注册了一个陕北民间小吃公司，开发的产品有闻名陕北的小米、豆钱钱、豌豆黄和苦荞茶等二三十个种类，其中最为市场所追捧的是她的熟食加工——用黏糜子粉和小米粉掺和发酵蒸出来的黄馍馍。这还要感谢央视纪录片《舌尖上的中国》摄制组，他们到陕北采风，还用了很长的篇幅进行了讲述报道，使黄馍馍一举走出陕北，风靡了全国。上官兰在大学时代来绥德的枣树圪梁村，吃过米细心蒸的黄馍馍，后来每逢年节，米细心都要把她蒸好的黄馍馍，给锁子捎来一些。所以，张子蕊、师梦芳、鲜红玉、龚小烟、桂正香、牛秋乡们，都从锁子那儿，饱尝过黄馍馍的口福。

夜里无梦，赶来绥德县城的上官兰、张子蕊、师梦芳、鲜红玉、龚小烟、桂正香、牛秋乡们，一觉醒来，仓皇地梳洗了一番，就都出了宾馆，分乘着她们开上陕北的两辆小车，去了米细心的陕北民间小吃公司。当她们齐刷刷从公司门里鱼贯进去，让看见她们的锁子和米细心，不禁十分吃惊和诧异。

锁子的职业本能，让他一下子就知道了她们匆匆赶来的目的了。

也就是说，妇科专家的锁子被确诊得了乳腺癌了！

上官兰从美国赶回西安，又赶上陕北绥德，他没有确诊为乳腺癌，她会赶得这么急吗？锁子心里明镜一样，他是知道她们来的原因了，但米细心是不知道的，她就使出十分的热情，张罗她们一块儿吃早餐了。

锁子回到米细心的身边，说他就馋家乡的豆钱钱稀饭和黄馍馍，米细心准备的早餐就只是豆钱钱稀饭和黄馍馍，外加几样陕北独有的小菜，譬如凉调沙葱，譬如苦苦菜。在张子蕊、师梦芳、鲜红玉、龚小烟、桂正香、牛秋乡鱼贯来到公司的时候，豆钱钱稀饭、黄馍馍和几样小菜，都已端上了桌。来了这么多人，米细心说什么都要再加些主食和小菜的，但她被赶来的姐妹们拦挡住了，她们都说有餐桌上的豆钱钱稀饭、黄馍馍和几样小菜就够了，不要再张罗。这样的主食和小菜，是最地道，也最馋人的呢。米细心经不住大家的拦挡，就依了大家，让公司食堂的厨子，往餐桌上多加了几双筷子几只碗，同样的，也把豆钱钱稀饭、黄馍馍和凉调沙葱、苦菜菜几样小菜多加了量，大家就都围成一圈坐好，来吃早餐了。

除过米细心，别的人都把这顿早餐吃得非常艰难，有一口没一口的，且都你看一眼锁子，我看一眼锁子，这让米细心的心里也起了疑，她也如赶到绥德来的姐妹几个一样，吃着早餐，有一眼没一眼地观察起锁子来了。锁子看出了问题，他不想气氛如此沉闷，因此故作轻松地没话找话说了。

一口黄馍馍，就着一筷子沙葱，锁子在嘴里嚼着问了大家。他说："你们几个，老大不小了，把自己总是嫁不出去，你们知道原因吗？"

什么原因呢？大家不应锁子的话，但都心里明镜似的，说不出来罢了。

锁子也不想大家回答他，他接着自己的问题说："你们呀，都太优秀，都太好了。我在妇女专科医院，把你们女子们算是看透了，凡是优秀，凡是出色，凡是心肠好的女子，都不好嫁出去。你们左左右右地看看，社会上所说的剩女，哪一个不像你们几个一样！你们再左左右右地看看，傻点儿、拙点儿、笨点儿的女子，又把谁剩下了？都屁颠屁颠、欢欢喜喜、快快乐乐地把自己早早都嫁了！"

锁子想他说了这样的话，早餐的气氛会好起来。但却没有，似乎更为沉重，更为压抑，眼皮软的龚小烟、桂正香和牛秋乡，都还不能忍受地落起泪来。

米细心看出问题来了。张子蕊和她初中、高中都是同学，上官兰她有较深的接触，她把吃着的早餐停下来，问张子蕊和上官兰了。

米细心目标直冲张子蕊，问："子蕊你说，你们一团一伙地赶来有啥事？"

张子蕊的嘴巴蠕动着，想说又说不出来。

米细心的目标就又冲向了上官兰，说："兰子你说，你从美国回来往绥德赶，到底是啥事？"

上官兰的嘴巴也蠕动着，没有说出来。

米细心问了张子蕊和上官兰，她俩没人回答，她便加重了语气，又问了一声："天要塌了吗？地要陷了吗？啊？说给我，咱们一起扛着。"

锁子知道，张子蕊说不出来，上官兰说不出来，其他几位就更是说不出口了。怎么办呢？大概就只有他自己来说了。

锁子说："细心姐，我这次也许是最后一次回老家呢。"

三

还有什么好说的呢？匆匆吃过早餐，她们簇拥着锁子，把他保护得仿佛一只大熊猫，安顿在米细心公司的一辆客车上，一路饭不用、水不喝地回到了西安，并当即送他住进他自己持业的西安妇女专科医院。由锁子自己主持，结合上官兰的意见，以及西安市各大医院这方面的专家们讨论，给锁子制订了一个治疗方案。方案的第一步，是不要轻信美国方面的诊断，在自己的医院再做一次充分的检查。检查由已退休的上官兰父亲上官毅主导，一个程序一个程序、一种方法一种方法地做下来，证明了美国方面的检查，是可信的。下来就开始了方案的第二部，迅速手术切除。

手术的那天，行政拘留的付心莲走出了看守所，米细心、张子蕊、师梦芳、上官兰、鲜红玉、龚小烟、桂正香、牛秋乡和付心莲，都来到锁子的病床前，送他往手术室走……所有人的心情都是沉重的，唯独锁子自己，倒表现得十分轻松，而且是，把他都推到手术室门口了，他还调侃着给她们说笑话。

锁子说："我呀，大概切除别人的乳腺太多了。"

锁子说："老天要报复我。"

锁子说："也要把我的乳腺切除掉。"

锁子的话说完了，把来送他进手术室的米细心、张子蕊、师梦芳、上官兰、鲜红玉、龚小烟、桂正香、牛秋乡和付心莲都瞄了一眼，便由医生护士，有点悲壮地把他推进了手术室。

手术中的火检也是关键的一种检查，把锁子病变的乳腺切下来一点，送到化验室活检，结果证明，锁子的乳腺肿瘤，是恶性的，而且已经扩散到身体上的淋巴及血管之中了！

本来，上官兰和桂正香在给锁子手术时，都有条件站在他的身边，但她俩心惊肉跳，谁都没敢跟进去。

术后，是一个时期的化疗，还有一个时期的放疗，但是一切的手段，却没起多少作用。锁子的病情一再恶化，他顽强地坚持了一百天，油干灯熄，走到了他人生的终点，叫人无限痛惜地送去了西安南郊的火葬场。

　　火化的那一天，锁子的同事都来了，他的导师上官毅和他的一些同学也来了，闻讯而来的还有许多他生前治疗过的患者，其中自然少不了米细心、张子蕊、上官兰、师梦芳、付心莲、鲜红玉、龚小烟、桂正香和牛秋乡。她们是告别大厅里最为引人注目的九个人，一色儿的黑色礼服，臂弯上佩着黑纱，胸前戴着白花，一字排开，站在鲜花簇拥着的一副水晶棺旁，垂目凝视着躺在水晶棺里的锁子，她们的眼角上都挂着怎么都流不干的泪痕，在哀乐声里，看着每个参加告别仪式的人，从锁子的遗体边绕行而过，她们一个一个，伸着手，与告别锁子的来宾握手。

　　锁子的遗体被火葬场的工作人员推着，往里间的火化炉慢慢推进去。这时候，龚小烟把锁子作诗题字，她描画的《孕荷图》长卷拿出来，放在锁子的身边。

　　龚小烟说：＂就让孕荷图伴着你吧！＂

　　热烫烫的骨灰，不多一会儿，就被筛选出来，盛在一个精致的漆盘里，被端到了骨灰纳殓房里，米细心、张子蕊、上官兰、师梦芳、付心莲、鲜红玉、龚小烟、桂正香她们从告别厅里出来，都静静地等在这里。她们每人怀里捧着一口漆色图案完全一样的骨灰盒，敞开盒盖，看着殓骨师把锁子的骨灰，一撮一撮地分别盛殓在九个骨灰盒里。

　　就在这时，牛秋乡以她低沉的陕北乡音，唱起了一曲名叫《扣娃娃》的信天游：

　　　　一炷名香上呀天空，
　　　　千罗万象都知呀闻。
　　　　打起铜锣铁面呀鼓，
　　　　玉皇大帝迎呀亲人。

2015年2月14日初稿于西安曲江
2016年5月20日定稿长安魏家岭

仰望锁子（后记）

  锁子这个人物在我意识里成熟起来时，一部包括雷达、胡平、王春林等多位文学评论家评述我的论文集，被陕西师范大学出版总社出版了出来，这本论文集墨香四溢地与我同眠共枕，我一篇不落地又读了一遍。我知道，我的创作离不开评论家朋友，没有他们的关心，我的创作会很寂寞，而且更会失去头绪，有了他们的指导，情况就会不一样，我会变得聪明、精神抖擞，我会走一条我能走的道路。

  我要说，我之所以还有点文学成果，就是关心指导我的评论家朋友，抬着我实现的。

  锁子的出现就是一个证明，我把武强君说给我的一个故事，又讲给我在西安熟悉的几位评论家朋友听，与他们反复讨论，反复磋商后，才确定下来写的。这样做，我会少走一些不必要的弯路。我强烈地体会到，在这个时候，一个作者，不会听是要命的。为此我甚至想说，有志于文学创作的人，耳朵里既要听得进赞扬鼓励的话，更要听得进鞭笞批评的话。光听进去还不成，而且一定要听得懂，就如乡里人说的，"听锣要听声，听鼓要听音"，锣鼓的声音绝不只是敲敲打打那么简单，其中饱满的韵律感，以及震撼人心的节奏感，是要听者认真体察，并仔细体会的。不如此，就不能懂得锣鼓声音的庞大宽阔，自然也就不能懂得锣鼓声音的细腻传神。

  作家自己冲锋陷阵，评论家就是击鼓鸣锣的人，我们焉有不认真仔细聆听的理由？

  我阅读各位评论家对我的分析批评，觉得我的视野是要放得再开阔点儿才好，我的情怀是要放得再大点儿才好，我要耐着性子，贪婪地吸收和学习，努力听我听不见、听不懂的评论家朋友的谆谆教诲。我阅读到最后，有了一个让我会心一笑的发现——评论家朋友中,有一些人说我总是把女人写得很好,似乎我有很强的女性情结。

我得承认,旁观者清,评论家朋友看到我作品的核心了。我1985年发表的《渭河五女》,以及这些年发表的《初婚》《手铐上的蓝花花》等众多中长篇小说,可不就是以女性为核心吗?《渭河五女》一口气写了五个高中毕业的女孩子,《寡婆祠堂》写了三个新嫁娘,《手铐上的蓝花花》虽然写了一个叫"闫小样"的陕北姑娘,但她背后,还有她的亲娘和比她亲娘还早的一个旧时代的"蓝花花"。何以会造成我创作时的女性核心意识,我小心地检讨了,知道这与我的成长经历有很大关系。兄弟姊妹七人,我最小。而在我之上,又是两位大我许多的姐姐,加之我的母亲和外婆,我几乎就是在一群女性的怀抱里长大的,姐姐、母亲和外婆,让我充分享受到了女性的温馨、温暖与温和,我今天提笔来写,她们对我能不产生影响吗!

我规划着要有自己的突破了。我要写一个像样的男人出来。

武强君出差南方,回来给我说,那里有个男人,死后火化,有九个女人把那个男人的骨灰,和和气气地分了去。武强君撺掇我,还要陪我一块儿去南方,去与分了一个男人骨灰的几位女人聊聊,他鼓励我说,"或许能写出一部不错的作品呢。"

武强君的话我是听进耳朵里去了,但我没有动身与他去南方,我需要消化这个故事,并且寻找写作这个故事的内在情怀。不如此,若照实写出,只不过是《知音》或《家庭》杂志上常发的鸡汤故事,离奇倒是很离奇,好玩也可能好玩,但那不需要我来写。我如果要写,就不能局限于那个真实的故事,我该有我的认识和发现,写出一个具有文字性的男人才好啊。

我没有着急动笔,也不想听取当事人的倾诉,我在思考那位死去的男性,怎么会有九位女人来分他的骨灰?而且分得那么平静、平和、平安。这是怎样一个男人呢?他这个已经踏入天堂的男人,让我着迷,让我以为他能带领我,让我于我的文学写作,实现一次突破。

我是要写他了,写一个我要写的文学化的男人。

2015年元月1日,我取来一个硬抄笔记本,在首页上,用特制的软笔,写下"分骨"两个字。这是我给我的这部长篇小说初定的名字。我翻过一页，开始写一个名叫"锁子"的男人的故事。写的过程中，中国书画院在京召开十周年庆典，作为副院长的我，是必须参加的。而作为中国书画院陕西分院秘书长的武强君怕我孤单，则陪着我乘坐飞机赴京，下榻在北京潘家园附近的陕西宾馆。晚上吃饭，武强君把他手机里的一条微信转给我看。我看了，既觉得气愤，又觉得好笑。微信曝光了某省反贪局长，临近退休时，驾车外出，在大街拐角处，与一位小女孩开着的宝马相撞，反贪局长下车来，对那个小女孩怒目相向，小女孩被吓着了，打电话招来她的男朋友。那位男朋友太冲动了，也不问事非曲直，挥拳就打，把反贪局长打趴在地，当即毙命。反贪局长的身份是特殊的，他同时还身兼省检察院副院长，多年的工作为他赢来了多项荣誉，电视、报纸有报道，称他为反贪英雄。但他当时一身便衣，小女孩和她男朋友没看出来，一拳打出这样的结果，两人无法逃避地陷入囹圄。

事情至此，等待着的应该是一场法律的审判。可是不然，反贪局长尸骨未寒，却有三位女人争起尸体来了。

这三位女人，都有与反贪局长领取的"合法"的结婚证，而且每位女人，都"合情合法"地为反贪局长生了小孩。她们从医院的停尸间争到殡仪馆的冷库，谁也不让谁，争得那叫一个激烈。她们之所以争尸，其实争的只是反贪局长身后的财产。他一个国家工作人员，匿名存款达亿元之多，此外还有多处住宅，以及金银珠宝、名人字画等。

贪财的人，交往的自会是与他一样的贪财人。

一个故事"分骨"，一个故事"争尸"，从两个方向促进着我，使我写起这部作品来，感觉特别顺手，到2015年的2月14日，农历腊月二十六的清晨，就收了笔。我掐着指头算了算，写一个小长篇用了只有四十四天的时间。这在我的创作生涯中，是前所未有的，今后大概也不会有。

当然，我没有急着把《分骨》发出去，我想放一放，既要听一听武强君的意见，还想听一些评论家朋友的意见。这是非常基本、非常重要的一个环节，我听着他们的意见，在我近来着手修改这部小长篇时，不知为什么，我总是不能自禁地要从我书房的飘窗看出去，仰望天空，我仰望飘飘荡荡的云彩，还仰望掠空而飞的鸟雀，仰望夜晚时分天上稀稀落落的星斗……我想我作品里的主人公锁子，是在天际飘荡着的，我需要与他对话，还需要他来评论，以便作为主人公的他，更切实地像他。

会听善听，是我文学创作不断进步的智力源泉。

2016年5月22日　西安曲江